Jenseits der *Mur*

Gudrun Wieser, geboren 1987 in Frohnleiten, machte ihre Matura bei den Ursulinen in Graz (damals noch eine reine Mädchenschule), darauf folgte das Lehramtsstudium für Deutsch und Latein an der Karl-Franzens-Universität in Graz. Aus Leidenschaft für die alten Sprachen hängte sie 2017 noch ein Doktorat in Klassischer Philologie (Latein) in Graz und Wien an. Als Lehrerin verschlug es sie nach einem Abstecher als Lektorin an der Universität und mehreren Sprachkursen an der Urania an das geschichtsträchtige Akademische Gymnasium Graz, wo sie nun Latein, Deutsch, Interkulturelles Soziales Lernen und Darstellendes Spiel unterrichtet. Daneben tritt sie als Erzählerin allein und als Duo Wieser & Wiesler mit der Schauspielerin und Autorin Marion Wiesler auf.

GUDRUN WIESER

Jenseits
der
Mur

—•••—

HISTORISCHER
KRIMINALROMAN

emons:

© Emons Verlag GmbH
Cäcilienstraße 48, 50667 Köln
info@emons-verlag.de
Alle Rechte vorbehalten
Umschlaggestaltung: Nina Schäfer mit einem Motiv von Magdalena
Wasiczek/Arcangel.com
Gestaltung Innenteil: DÜDE Satz und Grafik, Odenthal
Lektorat: Christiane Geldmacher, Textsyndikat Bremberg
Druck und Bindung: sourc-e GmbH, Köln
Printed in Europe 2025
Erstausgabe 2022
ISBN 978-3-7408-1625-4
Historischer Kriminalroman
Originalausgabe
5. Auflage

Unser Newsletter informiert Sie
regelmäßig über Neues von emons:
Kostenlos bestellen unter
www.emons-verlag.de

Dieser Roman wurde vermittelt durch die
Textbaby Medienagentur Carsten Polzin.

Für Gerald,
der mich dazu animiert hat, meinen ersten Krimi zu schreiben,
und Marion,
mit der sich die besten Geschichten erfinden lassen

1

... in welchem ein Schatten auf ein lang ersehntes Tanzvergnügen fällt ...

Natürlich weiß man inzwischen, was mit Charlotte Linhard geschehen ist. Es war eine furchtbare Sache – skandalös und außerordentlich interessant.

Die ganze Geschichte ereignete sich in dem beschaulichen Pensionat am Annaberg, unweit von Gratwein, an einem idyllischen Ort, etwas oberhalb der Mur gelegen, welche die Steiermark ungefähr in der Mitte zerteilte und majestätisch (wenn sie nicht gerade die Abwässer der Poudrette-Fabrik mit sich führte) durch Graz floss.

Man könnte sagen, dass alles bei dem Tanzerl-Abend begann, der jedes Jahr zum Namenstag des Barons stattfand, welcher mit seinem Geld gnad- und huldvoll jene Erziehungsanstalt für junge Fräulein erhielt.

Natürlich könnte man auch etwas weiter zurückgehen, zu dem ersten Tag des Jahres, der einen Hauch von Frühlingswärme mit sich brachte, aber womöglich wäre auch das nicht weit genug. Da derlei Spekulationen jedoch selten zu etwas führen, sollen die Ereignisse bei etwas Vergnüglichem ihren Anfang haben.

Für die jungen Fräulein im frischen Alter zwischen vierzehn und achtzehn Jahren, die in der sicheren Abgeschiedenheit des Pensionats am Annaberg ihre Erziehung vervollkommneten – Gott sei Dank nicht allzu weit von Graz entfernt, aber immer noch mit genügend Sicherheitsabstand, um allzeit den Anstand zu wahren –, bedeutete der Tanzerl-Abend (neben dem Weihnachtsabend und der Fronleichnamsprozession) einen der wenigen Höhepunkte des Jahres. Kein Wunder, denn die Oberlehrerin Fräulein Berta Stieglitz, eine bitterstrenge alte Jungfer noch diesseits der vierzig, war der Ansicht, dass Höhepunkte, egal, welcher Art, im Leben einer anständigen Frau nichts zu suchen hatten.

Allerdings, so hatte besagtes Fräulein Oberlehrerin bereits vor einiger Zeit festgestellt, gehörte es nun einmal zur standesgemäßen Ausbildung ihrer Zöglinge dazu, dass sie sich auch in der Gesellschaft bewegen konnten. Denn dies war ihr erklärtes Ziel: vollkommene junge Heiratskandidatinnen hervorzubringen, fleißig, bescheiden und gut gebildet, gewohnt, mit einem stets freundlichen Lächeln auf den Lippen zu tun, was man ihnen sagte, und nur dann selbstständige Gedanken hervorzubringen, wenn es die Haushaltsführung unumgänglich machte.

Da schien der Oberlehrerin jener jährliche Tanzerl-Abend, zu dem auch Familienangehörige und – es ließ sich einfach nicht vermeiden – ein paar junge Herren aus dem Ersten Staatsgymnasium geladen wurden, noch das geringere Übel zu sein. Nicht auszudenken, wenn sie mit ihren Schützlingen ins Theater hätte gehen müssen oder sie ihnen der Bildung halber gar andere Vergnügungen angedeihen ließe!

Da war es ihrem Erziehungskonzept nur zugutegekommen, dass im vergangenen Dezember 1881 das Ringtheater in Wien dank der altersschwachen Gasbeleuchtung vollkommen niedergebrannt war. Das kam davon, wenn man sich unmäßigen Lustbarkeiten hingab! Die fast vierhundert Toten waren nur eine bedauerliche Bestätigung ihrer Ansicht gewesen, und dass bei dem Unglück auch der Bruder einer gewissen Mary Vetsera umgekommen war, tut hier nichts zur Sache.

Wahrscheinlich hätte dieses Fräulein Stieglitz statt als Oberlehrerin eher ihr Glück in einem Kloster gefunden, in dem sie ganz in Buße und wollüstiger Selbstverneinung aufgegangen wäre. Dummerweise hatte ihr, kurz bevor sie ihr Gelübde ablegen wollte, ein junger Bekannter rein theoretisch eine mögliche Verlobung in Aussicht gestellt. Eilig hatte sie ihre klösterlichen Pläne aufgegeben, um für alle Eventualitäten bereit zu sein – doch es war bei der Theorie geblieben. Statt ins Kloster war sie dann mit säuerlicher Miene und gebrochenem Herzen ins

Mädchenpensionat am Annaberg gekommen, wo sie es durch ihre hervorragend schlechte Laune und ihre Hingabe an jegliche Art der Zurechtweisung und Bestrafung bald von der Hilfslehrerin zur Oberlehrerin gebracht hatte.

Sei es, wie es sei, der Tanzerl-Abend musste stattfinden.

Während die Mädchen, vorerst noch siebzehn an der Zahl, damit beschäftigt waren, möglichst viel Aufheben um ihre abendliche Garderobe zu machen, welche aufgrund der strengen Vorschriften des Hauses ohnehin reichlich schlicht ausfallen musste, blieb den Lehrerinnen des Pensionats wenigstens noch eine kurze Zeit der Ruhe.

Fräulein Helene Ammann, gerade noch diesseits der dreißig und von Kopf bis Fuß faltenlose Korrektheit, saß mit ihrem nachmittäglichen Tee vor dem Hintergrund eines betrüblichen Heiligenbilds im Lesezimmer. Alles an ihr war kerzengerade: ihre etwas lange Nase, ihr Scheitel, der sich blass durch ihre dunklen Haare zog, ihre schmalen Lippen, die Knopfleiste an ihrem Kleid. Ebenso geradlinig gestaltete sich ihr Unterricht in Schönschreiben, Deutscher Sprache und Literatur sowie Englisch und ein wenig Naturgeschichte (bloß nicht zu viel, das könnte die Pensionärinnen nur auf *natürliche* Gedanken bringen!).

Mit den Dingen der Natur war es bei Fräulein Ammann ohnehin nicht so einfach bestellt. Vor ein paar Jahren sollte sie nämlich eine ganz besondere Beziehung zu dem damaligen Hausmädchen des Pensionats unterhalten haben, das jedoch bald eine bessere Stellung im Haus einer reichen Witwe angenommen hatte. Selbstverständlich redete niemand davon, und es galt der allgemeine Konsens, dass man davon auch nichts wusste. Die Vermutung liegt jedoch nahe, dass ihre Vorliebe für Sapphos Dichtung nicht allen unbekannt war.

Rechts von ihr auf einem urgroßväterlichen Polstersessel saß eine zweite Lehrerin, vielleicht ein wenig jünger als sie und gewiss weit weniger geradlinig, denn alles an ihr schien in Bewegung: ihr Haar, das sich hinter den Ohren und im Nacken kräuselte, ihre Augen, ihre Lippen, die manchmal rascher als ihre Gedanken waren, ihre Hände, die die Tasse schwenkten und den dünnen Tee darin tanzen ließen.

»Noch eine Dreiviertelstunde«, sagte Fräulein Ammann mit einem akkuraten Blick auf ihre Uhr, die sie stets an einer Nadel über dem Herzen trug.

»Die Mädchen können es sicherlich kaum erwarten«, erwiderte Fräulein Fichte.

»Die Frage ist nicht, ob sie es erwarten können, sondern ob sie sich, wenn es so weit ist, angemessen benehmen werden.«

»Ich finde, unsere Zöglinge benehmen sich weitestgehend vorbildlich!«

»Das, meine Liebe …«, Fräulein Ammann sah die andere mit tadelnd erhobenen Brauen an, »… kann allein die Oberlehrerin entscheiden. Erst heute musste ich ihr von einer Schülerin berichten, die gewisse Neigungen zu einem jungen Mann gefasst hat, wie es scheint.«

»Um welches Fräulein handelt es sich denn?«

»Auch das unterliegt ganz meiner Verschwiegenheit.«

Ida Fichte schluckte ihre verständliche Neugier herunter und lächelte. Sie war gerade erst dem Status der Hilfslehrerin entwachsen, auch wenn es ihrer Kollegin eine diebische Freude bereitete, sie immer noch zu allerlei Aufgaben heranzuziehen, die nichts mit ihren eigentlichen Kompetenzen, nämlich Geschichte, Klassische Sprachen, Zeichnen und Musik, zu tun hatten.

Ida hatte sich gezwungen gesehen, die Stellung als Lehrerin im Pensionat anzutreten, nachdem sie gleich zwei unglückverheißende Heiratsanträge abgewiesen hatte. Dieses Zeichen von geradezu revolutionärem Selbstbewusstsein hatte ihr Vater, der endlich alles, was ihn an seine erste Ehefrau erinnerte, aus dem Haus haben wollte, für puren Starrsinn gehalten und sie kurzerhand vor die Tür gesetzt. Möglicherweise war es Herrn Fichte auch unangenehm gewesen, als Witwer eine Frau zu heiraten, die ganze zwei Jahre jünger war als seine jüngste Tochter, aber darüber war selbstverständlich nicht geredet worden. Überhaupt hatte Ida Fichte seit damals kein einziges

Wort mehr mit ihrem Vater gewechselt; und deshalb soll hier nun auch keines mehr über ihn verloren werden.

Neben den drei Lehrerinnen gab es im Pensionat noch eine junge Hilfslehrerin, Anna Bauer, die allerdings seit Wochen täglich mit einem Antrag ihres langjährigen Verlobten rechnete, welcher endlich zum Schichtführer in einer Kartonfabrik avanciert war, und somit eher als Durchlaufposten zu betrachten ist.

Weiters verfügte die Institution über eine notorisch schlecht gelaunte Köchin, ein Hausmädchen und einen Hausdiener, der längst die Schwelle zum Greisenalter überschritten hatte – sehr zur Freude der Oberlehrerin, denn so brauchte sie sich um die Tugend ihrer Schützlinge weit weniger Sorgen zu machen, als wenn der einzige Mann im Hause noch etwas ansehnlicher gewesen wäre als der gute Joseph.

Pünktlich mit dem rostigen Glockenschlag der Standuhr erhoben sich die Lehrerinnen. Fünf Uhr, der Tanzerl-Abend begann.

Zugegeben, es war noch reichlich früh, um diese Lustbarkeit einen »Abend« zu nennen, doch es war die fixe Meinung von Fräulein Stieglitz, dass alle Untaten prinzipiell nur in den dunklen Nachtstunden geschähen. Aus diesem Grund wollte die Oberlehrerin das Tanzvergnügen und die damit verbundene Anwesenheit jeglicher Männer im Pensionat so früh wie möglich hinter sich bringen. Am liebsten wäre es ihr ja gewesen, wenn man sich bloß am Nachmittag für ein paar unschuldige Rundtänze getroffen hätte – und womöglich wäre dann auch alles ganz anders gekommen.

Der Tanzerl-Abend begann wie immer mit dem Auftritt der Pensionärinnen, die in ihren hellgrauen Sonntagskleidern, welche sie zu diesem Anlass nach Kräften mit Spitzen und Bändern verschönert hatten, und mit aberwitzigen Frisuren am Kopf die Treppe herunterkamen, wo ihre Verwandten und die geladenen jungen Herren sie schon gespannt erwarteten.

Die Schwestern Judith und Juliane Hahn hatten sich bei dieser Gelegenheit selbst übertroffen, indem sie die Federn eines Staubwedels zweckentfremdet hatten und nun mit wippenden gräulichen Straußenfedern über den hochgesteckten Locken einherschritten.

Sarah Vogelsang winkte schon von Weitem aufgeregt ihrem Vater entgegen, einem geradezu herausfordernd jüdisch aussehenden Herrn, der eine blasse Dame am Arm hielt. Die Schülerinnen Marie Seebenstein und Emma Probst reckten ungeniert die Hälse, um nach ihren Verwandten Ausschau zu halten, während Klara Schlanitz und die sommersprossige Annegret Thun plötzlich in hysterisches Kichern ausbrachen, als sie der Gymnasiasten, die vom Ersten k. k. Staatsgymnasium zum Tanz abkommandiert waren, mit ihren weißen Glacéhandschuhen ansichtig wurden.

Anna Buchenberg gefiel sich darin, alles nach strengster Vorschrift zu tun, und trug (als eine der wenigen) ausschließlich das erlaubte Sonntagskleid zu blendend weißen Strümpfen und altmodischen Zopfschnecken.

Das Fräulein Luise von Eber hingegen, Tochter eines adeligen Rittmeisters außer Dienst, wie sie regelmäßig bescheiden anmerkte, stach wie gewöhnlich unter ihren Kameradinnen hervor. Diesmal hatte sie sich kunstvoll einen Spitzenschal um die Taille drapiert, um damit einen modischen Überrock zu simulieren.

Fräulein Stieglitz blickte mit ausgesucht säuerlicher Miene auf ihre Zöglinge herab. »Popanz«, murmelte sie, ehe sie sich entschließen konnte, sich unter die Gäste zu mischen.

Ihr folgten Fräulein Amman, deren gestreiftes Kleid ihre Geradlinigkeit noch unterstrich, und Ida Fichte, die in einem viel zu selten getragenen hellen Nachmittagskleid, das sie mit ein paar Spitzen dem Anlass angepasst hatte, auf einmal nur um ein weniges älter als die Pensionärinnen selbst wirkte. Es war ihr fast peinlich, als sich, kaum dass die ersten Takte der Tanzmusik erklangen, ein Herr vor ihr verbeugte und sie zum Walzer aufforderte.

»Ich weiß nicht, ob ich …«, setzte Ida an, entschloss sich dann aber doch, diese Gelegenheit beim pomadisierten Schopfe zu packen.

»Ah, so ein junges Fräulein darf sich das Vergnügen doch nicht entgehen lassen!«

Was besagter Herr dachte, als er nach wenigen höflichen Floskeln bemerkte, dass er sich eine Lehrerin statt einer Schülerin angelacht hatte, muss hier nicht näher beleuchtet werden. Allerdings steht fest, dass er nur ein paar Jahre später von den vorrangig finanziellen Reizen einer deutlich älteren Dame dermaßen angetan war, dass er sie in aller Eile heiratete, um bald darauf die gute Gesellschaft Richtung Amerika zu verlassen.

Wohlerzogen schoben ein paar Gymnasiasten die Fräulein übers Parkett, krampfhaft bemüht, höchstens über ihre eigenen Füße, keinesfalls aber über die ihrer kichernden Tanzpartnerinnen zu stolpern. Hier und da drehten sich auch andere Gäste zur Musik, es wurde angeregt geplaudert, und jeder gab vor, sich gebührend zu amüsieren, sodass niemand die Gestalten im Schatten bemerkte, die sich an diesem Abend ebenfalls im Pensionat am Annaberg herumtrieben.

Zwei Männer, die geduckt und eilig durch den Seiteneingang huschten und dann zielstrebig an den Schlafsälen der Mädchen vorbei ins Dachgeschoss stiegen, hätten wohl manchen, der ihnen unvorbereitet über den Weg gelaufen wäre, aufs Höchste erschreckt. Sie hatten etwas Rohes, gewissermaßen Ungehobeltes an sich, von harter Arbeit knorrige Hände, die gewiss nicht zögerten, wenn sie einem jungen Kaninchen das Genick brachen, und zornige Falten auf der Stirn.

Dennoch darf man sie in dieser Geschichte getrost außer Acht lassen. Es handelte sich bei ihnen nämlich um Freunde des alten Hausdieners, die den Tanzerl-Abend zu einer ausgiebigen Runde Schnaps und Kartenspiel nutzen wollten – und um heroische Erinnerungen an die Märzrevolution auszutauschen, an der sie vor über dreißig Jahren allesamt erfolglos teilgenommen hatten. Ein wenig verwundert waren die beiden Männer zwar, dass nun auch noch ein klobiger Schrank, der ob seiner kunstfertigen Ausgestaltung eher in den Salon oder ins Lesezimmer des Pensionats gepasst hätte, den ohnehin spärlichen Platz unter dem Dach einnahm, doch machten sie sich darüber an diesem Abend keine weiteren Gedanken.

Auch Dr. Carl kann aus der Reihe der potenziellen Verdächtigen gestrichen werden. Er erfreute sich eher an jungen Burschen und betrachtete die Mädchen des Pensionats zwar mit Interesse, aber ohne die gewissen Absichten, mit denen er zum Beispiel sonntags die Ministranten bedachte.

Die ältliche Tante der Schülerin Ilse Täublein hingegen war eine eher unheimliche Gestalt in der Runde. Immerhin war es in ihrer Familie bekannt, wenn auch darüber geschwiegen wurde, dass sie gewisse sadistische Neigungen an ihren Haustieren auslebte, meist Dackeln oder Pekinesen, und sie nach einem bestimmten Vorfall ihre Papageien nur noch in einem separaten, stets verschlossenen Zimmer hielt. Angeblich hatte sie in den 1860er Jahren, als sie zur Erholung ihrer Nerven eine Saison in Paris verbrachte, eine kurze, aber stürmische Affäre mit Dr. Claude Bernard gehabt, welcher damals allerhand absonderliche Tierversuche anstellte und mit Curare experimentierte.

Fräulein Ammann, die eigentlich gerne getanzt hätte und daher immer wieder bedeutsam ihre Augen auf die anwesenden Herren richtete, fiel zudem ein Gast auf, der den finsteren Blick nicht eine Sekunde von der sommersprossigen Nase der Pensionärin Annegret Thun wandte und sich dabei immer wieder verstohlen über die Lippe leckte, was sie höchst ungustiös fand.

Ida Fichte beobachtete hingegen einen jungen Mann, den sie für einen der Gymnasiasten hielt, welcher mehrmals mit Charlotte Linhard in einem Winkel verschwand, aus welchem sie stets mit geröteten Wangen und zunehmend finsterer Miene wieder hervortaumelte. Ganz offensichtlich versuchte er mit seinen überlangen Koteletten seinen kümmerlichen Milchbart zu kompensieren, was Charlotte allerdings wenig zu beeindrucken schien. Just als sich Ida dazu bereit machte, dem Treiben Einhalt zu gebieten, war der junge Mann verschwunden, was ihr im Nachhinein besonders verdächtig vorkam.

Fräulein Stieglitz schließlich beobachtete, wie die Mutter der Pensionärin Rudolfine von Oberg sich zwei silberne Vorlegelöffel in ihren Retikül stopfte. Sie entschloss sich aber zu schweigen, denn der Vater des Fräuleins war immerhin Gerichtsrat.

Den eigentlichen Schatten, der mehrmals außen an den Fenstern vorbeistreifte, bemerkte jedoch niemand. Wer weiß, was geschehen wäre, wenn nur einer der Gäste im rechten Moment den Blick in die Dunkelheit gerichtet hätte, wie viel Unglück wäre vielleicht gar nie geschehen.

2

... in welchem ein Morgenspaziergang eine schauerliche Entdeckung mit sich bringt ...

Es war für die Oberlehrerin immer eine besondere Freude, die Pensionärinnen nach dem ihr verhassten Tanzerl-Abend extra früh aufstehen zu lassen, um sie zu einem erfrischenden Morgenspaziergang zu zwingen. Das zaghafte Aufbegehren der Mädchen pflegte sie mit biblischen Weisheiten und Durchhalteparolen zu übertönen. »Wer abends lang der Freuden frönt, sich morgens harte Arbeit gönnt«, war einer ihrer Lieblingssprüche.

Überraschenderweise allerdings hatte sie an diesem Morgen verschlafen.

Fräulein Ammann und Ida Fichte, die in Erwartung der traditionellen Schikane nach dem Tanzvergnügen bereits angezogen waren, standen mit Hut und Schal bewaffnet vor dem Zimmer der Oberlehrerin. In den Schlafsälen der Mädchen herrschte noch selige Ruhe.

Pflichtbewusst hob Helene Ammann schon die Hand, um zu klopfen, als Ida einen Einspruch wagte: »Wollen wir sie nicht diesmal schlafen lassen?«

»Die Oberlehrerin hat nichts dergleichen angeordnet.« Fräulein Helene Ammann betonte die Rechtschaffenheit ihrer Pläne immer gern durch die Anwendung von Titeln.

»Aber es war gestern eine wirklich lange Nacht.«

»Nicht länger als vorgesehen.«

»Da oben schon.« Ida deutete mit dem ausgestreckten Finger an die Zimmerdecke. »Der Joseph hat wohl wieder Gäste geladen, und die Stieglitz hat Kehraus machen müssen.« Ein Anflug von Ironie und eine Prise Schadenfreude klang in ihren Worten. Nicht so viel, um tatsächlich Missfallen zu erregen, doch genug, um für eine Sekunde die Geradlinigkeit von Fräulein Ammann durcheinanderzubringen.

»Davon habe ich nichts gehört. Ich habe selbstverständlich geschlafen.« Helene hingegen bereitete es Vergnügen, in allem vorbildlich zu sein. Selbst im Schlaf, der sich bei ihr ausschließlich auf die dafür vorgesehenen Stunden beschränkte.

In der folgenden halben Stunde kleideten sich die Mädchen in ihre vorgeschriebenen Alltagskleider – denn Bescheidenheit und Reinlichkeit waren oberstes Gebot im Pensionat –, die Köchin ließ den Kaffee anbrennen, das Hausmädchen hätte auf der Vordertreppe fast einen Kübel Waschwasser ausgeleert, und der Hausdiener sann beim Holzholen über einen Traum nach, in dem er immer wieder einen Infanteristen mit einem Pflasterstein erschlagen hatte.

Die beiden Lehrerinnen hatten sich schließlich doch für Pflicht und Tradition entschieden und scheuchten nun eine Schar von sechzehn Mädchen zum morgendlichen Spaziergang. Ida hatte auf den üblichen Appell verzichtet – vielleicht auch, um die Oberlehrerin möglichst lange schlafen zu lassen – und es zugelassen, dass die Pensionärinnen kurz darauf nicht in dunkelblauen Zweierreihen das Haus verließen, sondern lediglich als eine Schar junger Mädchen, die kichernd und schwärmend einander jedes Detail des vergangenen Abends rekapitulierten.

Fräulein Ammann, der schon allein der Gedanke Sodbrennen verursachte, von der Oberlehrerin dabei erwischt zu werden, wie sie irgendeine Form von Individualität zuließ, konnte erst aufatmen, als sie ihre Schützlinge wieder in Reih und Glied sah. Erleichtert gab sie das Kommando zum Abmarsch, wobei sie auf die verhasste Anweisung, in welcher Sprache die Konversation während der Promenade zu geschehen habe, vergaß. Üblicherweise wechselten sich Deutsch und Französisch ab, hin und wieder gab es auch Experimente mit Englisch oder gar Italienisch, was zu besonders schweigsamen Ausflügen führte.

So kam es, kaum dass sie die Gartenmauer des Pensionats hinter sich gelassen hatten und im Begriff waren, auf die

Landstraße einzubiegen, dass plötzlich ein Mädchen, wahrscheinlich war es Ilse Täublein, auf Deutsch aufkreischte: »Die Charlotte! Die Charlotte liegt da!«

Für einen Augenblick hing ihre helle Stimme in der Luft, als scheute sie sich, den bis dahin so milden Morgen in einen Scherbenhaufen zu verwandeln. Klirrend stürzten die Worte dann den Mädchen und den beiden Lehrerinnen ins Bewusstsein.

Viel zu friedlich lag Charlotte Linhard am Straßenrand, die zu komplizierten Kringeln zusammengefassten Haare (welche am folgenden Morgen wie immer als modische Löckchen ihre Toilette hätten vervollständigen sollen) unter einem Spitzenhäubchen verborgen, kaum bekleidet, nichts als leichte Hausschuhe an den Füßen. Allein die bläuliche Blässe auf ihrem Gesicht verriet, dass sie nicht schlief.

Fräulein Luise von Eber machte sogleich Anstalten, in Ohnmacht zu fallen, unterließ es aber, als sie bemerkte, dass sich auf einmal alle um die Mitschülerin Charlotte Linhard scharten und sie nicht im Geringsten beachteten.

»Großer Gott!«, schlug sich Ida die Hand vor den Mund und blickte hilfesuchend zu Helene Ammann, die ihrerseits fürs Erste erstarrte und kein Wort herausbrachte.

Es verwunderte wohl niemanden, dass gleich darauf völliges Chaos um sich griff, zumal daran sechzehn Mädchen und zwei schockierte Lehrerinnen beteiligt waren – ganz zu schweigen von einer Leiche, wie man bald feststellen würde. Kaum dass die Schockstarre von den Schülerinnen abgefallen war, brach eine Flut von Stimmen über die Tote herein. Während die einen einander zu trösten suchten, steigerten sich die anderen immer mehr in panische Klagen, bis selbst die Gefasstesten unter ihnen sich ihren Kameradinnen anschlossen.

Dass weder Fräulein Ammann noch Ida Fichte zuvor auf den Gedanken gekommen waren, die Pensionärinnen zu zählen, ehe sie zur morgendlichen Promenade aufgebrochen waren, mag man den Nachwirkungen des Tanzerl-Abends zuschreiben. Alles andere würde bedeuten, auf eine nebensächliche Nachlässigkeit das Augenmerk zu lenken. Immerhin besaß Ida nach einer ausgiebigen Schrecksekunde genügend Geistesgegenwart, die Hilfslehrerin, die ihnen als Schlusslicht gefolgt war, eiligst loszuschicken, um von irgendwoher Hilfe und Beistand anzufordern.

»Was wird die Stieglitz sagen?«, war das Erste, was Helene nach einigen Minuten stammelte.

»Ich befürchte, wir werden bald ganz andere Sorgen haben«, erwiderte Ida, die sich redlich bemühte, ihren Schrecken vor den Mädchen zu verbergen. Sie sah nicht, wie Helenes Blick bei diesen Worten zum Pensionat zurückflog. Ein ganz eigener Schimmer von Furcht und Sorgen lag dabei auf ihrer Stirn, den sie zu diesem Zeitpunkt jedoch nicht bemerkte, flatterte doch ihr eigenes Herz gerade wie ein aufgescheuchter Vogel in ihrer Brust.

»Und wie sie da liegt …«, murmelte Helene nach einer Weile.

»Hoffentlich musste sie nicht leiden …«

Helene sah Ida an, als hätte sie gerade etwas ganz besonders Ungehöriges gesagt. »Die Frage ist nicht, ob sie leiden musste, sondern ob sie es womöglich –«

Demonstrativ wandte Ida sich ab, bevor Helene den Satz beendet hatte.

Als die angeforderten Gendarmen etwa eine Stunde später – zu Fuß, denn die k. k. Landwehr, der sie unterstanden, sah einen berittenen Einsatz nur in dringenden Fällen vor – vom Posten in Gratwein heraufkamen, fanden sie das verblichene Fräulein Charlotte Linhard am Straßenrand liegend und von sechzehn heulenden Mädchen umstanden.

Man kann sich denken, dass das Erscheinen der beiden uniformierten und ordnungsgemäß adjustierten Männer wenig dazu angetan war, für Ruhe zu sorgen. Im dunkelgrünen Rock, mit krapprotem Kragen, die dunklen Mützen schneidig in die Stirn gezogen, sahen sie sich erst mit strenger Miene um, ehe sie sich der Toten zuwandten. Ein Säbel schlug dumpf auf den

Boden, als sich der eine hinhockte, um sich Charlotte aus der Nähe anzusehen.

Fräulein Ammann hatte ihre kerzengerade Haltung wiedergefunden und sah scheinbar ruhig den Gendarmen bei ihrer Arbeit zu. Nur ihre Hände, die sich zwischen den makellosen Falten ihres Rocks verbargen, hätten ihre Anspannung verraten können. Ida hingegen wartete etwas abseits und versuchte, erst ihre eigenen Gedanken und dann die Mädchen zur Ordnung zu rufen.

Jammernd, wimmernd, hysterisch und erstarrt standen sie wie Gänschen zusammen, starrten die Tote an oder vergruben die Gesichter in den Händen. Selbstverständlich war der Lehrerin bewusst, dass hier etwas nicht mit rechten Dingen zugegangen sein konnte. Zöglinge des Pensionats hatten weder tot noch lebendig etwas am Straßenrand zu suchen. Noch aber scheute sie sich davor, diesen unerfreulichen Gedanken in seinem vollen Ausmaß zuzulassen.

Pfarrer und Arzt waren vorsichtshalber auch bereits informiert worden, doch ließen diese auf sich warten. Der eine, weil er ohnehin zu spät kommen würde, der andere, weil es nicht wirklich einen Unterschied machte.

Fräulein Ammann hatte in der Zwischenzeit die Oberlehrerin herbeigeholt, die nun wie eine dräuende Gewitterwolke über der Szenerie auftauchte. Ihre Miene zeigte steinerne Gefasstheit; und wäre Ida nicht selbst so aufgewühlt gewesen, hätte sie das vielleicht verwundert.

Während sich die eine Hälfte der beiden Gendarmen eifrig daranmachte, allerlei zu notieren und mit Kennermiene die Leiche zu vermessen (nachdem der Kampf mit einem riesigen neumodischen Fotoapparat unter Fluchen gescheitert war), taxierte derweil die andere Hälfte, ein Mann, der auch ohne seine Kopfbedeckung seine Umgebung locker um Haupteslänge überragte, die umherstehenden Frauenzimmer. Anscheinend suchte er nach der geeigneten Person, um die obligaten Befragungen zu beginnen. Schließlich entschied er sich für eine der Lehrerinnen.

»Ich nehme an, Sie gehören zum Pensionat?«, trat der Ruhe- und Ordnungshüter schließlich an Ida Fichte heran, nachdem er einen knappen Gruß angedeutet hatte. Mit geübtem Blick hatte er erkannt, dass aus ihr wahrscheinlich noch am ehesten eine vernünftige Antwort herauszubekommen war.

Ida nickte, wobei sie den Kopf wegen der außergewöhnlichen Höhe des Mannes ein wenig in den Nacken legen musste.

»Was ist geschehen?«

»Wir haben die Pensionärin Charlotte Linhard beim Morgenspaziergang hier gefunden.«

»Genau so?« Er deutete auf die totenblasse Gestalt, im Nachthemd, mit rosa Schleifen im Haar und am Kragen.

»Fast. Die Mädchen haben …«

Sofort zogen sich seine dichten Brauen zusammen. »Sie haben – den Tatort verfälscht!« Die militärische Strenge, die er bei diesen Worten über seine Miene streifte, schien eine Unsicherheit verbergen zu wollen.

Ida versuchte zu erklären, dass die Mädchen allesamt im ersten Schrecken auf die Kameradin losgestürzt waren, dass sie ja selbst nicht gleich begriffen hatte, was mit der Schülerin los war. »Ja, meinen Sie, dass das bei uns öfter passiert?«

»Wozu wurde die Kriminalistik erfunden, dass dann ein paar Frauenzimmer …«, brummte der Gendarm mit professionellem Missmut und wandte sich rasch zu seinem Kameraden, dass nicht womöglich ein unbedachtes Lächeln seine Autorität untergrub. Wieso er für einen Moment versucht war, Ida anzulächeln, wusste er selbst nicht.

Kurz darauf trat die Oberlehrerin zu den beiden Gendarmen, und mit dem Tonfall eines altgedienten Feldwebels befahl sie sofortige Aufklärung des Verbrechens, das Schande über ihr makelloses Pensionat brachte. Die Männer waren sichtlich überrascht von der Art, wie Fräulein Stieglitz mit ihnen sprach, für die beiden anderen Lehrerinnen war es bloß ihr üblicher Tonfall. Nur wer die Oberlehrerin sehr genau kannte und sehr genau hingehört hätte, dem wäre das versteckte Beben in ihrer Stimme aufgefallen.

»Und außerdem dulde ich nicht, dass die Fräulein hier noch länger an diesem Schauplatz des Gräuels herumstehen müssen!«, fügte sie kämpferisch hinzu.

»Aber eine Befragung wäre durchaus –«, wagte einer der Gendarmen zaghaften Einspruch.

»Ich dulde auch nicht, dass meine Zöglinge Ihnen wie gemeine Verbrecher Rede und Antwort stehen! Ich führe ein anständiges Institut. Ein höchst anständiges!«

»Selbstverständlich, aber vielleicht könnten wenigstens die engsten Freundinnen –«

»Und schon gar nicht dulde ich, dass Sie sich in persönliche Belange der Pensionärinnen mischen! Meine Schülerinnen sind den Umgang mit … Männern nicht gewöhnt.«

Der lange Gendarm versuchte seinem Kameraden zu Hilfe zu kommen, indem er höflich und überaus umständlich anmerkte, dass es bei einem Verbrechen, wie es hier offensichtlich vorlag, durchaus angemessen sei, ein paar kleine Unannehmlichkeiten in Kauf zu nehmen.

»Ich bin nicht der Vormund meiner Zöglinge. Wenn der Gerichtsrat von Oberg und Rittmeister von Eber oder Professor Vogelsang ihre Zustimmung erteilen, können Sie deren Töchter sicherlich befragen – wenn es denn unbedingt notwendig ist.«

Der gekonnte Einsatz der wenigen halbwegs prominenten Namen ihres Instituts hatte seine Wirkung nicht verfehlt, und den Gendarmen blieb nichts anderes übrig, als Fräulein Ammann dabei zuzusehen, wie sie sich eilig daranmachte, ihre Schützlinge vom Tatort ins Pensionat abzuführen.

Besorgt sah Ida den Mädchen nach.

Zitternd, weinend, mit vor Aufregung geröteten Wagen oder schreckensblass, erstarrt oder fahrig, hektisch, hysterisch oder apathisch trotteten die Schülerinnen der Lehrerin hinterher. Nur manche wagten es, halblaut miteinander zu tuscheln, und die wenigsten warfen noch einmal einen Blick auf die tote Gestalt am Straßenrand zurück. Nicht alle von ihnen waren mit Charlotte Linhard eng befreundet gewesen, Emma Probst und Maria-Magdalena Zureiter hatten sogar eine herzliche Abneigung gegen sie gehegt, doch die Kameradin tot aufzufinden hatte keines der Mädchen unberührt gelassen.

»Womöglich hat sie nach dem Tanzerl der Schlag getroffen!«, ließ sich im Weggehen noch aus der Gruppe der gänsegleich zusammengetriebenen Mädchen vernehmen.

»So ein Blödsinn. Für einen Schlag muss man alt und fett sein wie mein Onkel Theo oder zu viel trinken wie die Tante Genoveva.«

Fräulein Ammann war mit ihren Gedanken so weit entfernt, dass nicht eine einzige Silbe dieses ernsten Gesprächs in ihr Bewusstsein drang.

»Oder der Gustav …«

Ida Fichte allerdings war schlagartig ganz Ohr.

»Aber wenn er davon gewusst hätte, dass sie eigentlich diesen …«

»Er hat doch beim Tanzerl immer wieder –«

»Hast du ihn abgeschickt?«

Fräulein Stieglitz war gerade mit der ausführlichen Darlegung ihres pädagogischen Konzepts beschäftigt – das vornehmlich aus Arbeit, Gehorsam und der gnadenlosen Exekution weiblicher Tugenden bestand – und bekam kein Wort von dem mit, was die Mädchen einander zuflüsterten.

Ganz im Gegensatz zu Ida, deren Gedanken zu rotieren begannen. Am liebsten wäre sie den Schülerinnen nachgelaufen, um zu erfahren, was sie einander über Charlotte zuflüsterten, doch irgendetwas hielt sie zurück. Ein paar Stunden lang würden die Mädchen nun wohl unter der Aufsicht von Fräulein Ammann ausgewählte Passagen aus dem Katechismus in feinster Schönschrift abschreiben. Ein probates Mittel, um für Ruhe und Ordnung zu sorgen …

Mit allen ihr zur Verfügung stehenden Mitteln bemühte sich die Oberlehrerin, die beiden Gendarmen möglichst rasch wieder loszuwerden. Nicht dass sie kein Interesse daran gehabt hätte, dass für das furchtbare Verbrechen, welches quasi vor ihrer Haustür geschehen war, rasch ein Schuldiger gefunden wurde, doch gab es gute Gründe, die sie dazu veranlassten, zu größtmöglicher Eile zu drängen. Einer dieser Gründe (wenn auch nicht der einzige) war, dass sie grundsätzlich so gut wie keine Männer in der Nähe ihrer Zöglinge duldete – und schon gar nicht, wenn selbige leidlich wohlgestaltet und noch dazu in schneidiger Uniform waren.

Etwas unschlüssig verharrte Ida Fichte derweil neben der Toten. Selbstverständlich hatte sie keine kriminalistische Ausbildung genossen – überhaupt beschränkte sich ihre Bildung lediglich auf den Besuch eines Lyzeums mit einem anschließenden Aufenthalt in der Lehrerinnenbildungsanstalt, der sie schließlich ins Pensionat am Annaberg geführt hatte. Dennoch waren ihr ein paar Dinge aufgefallen, die den anderen womöglich entgangen waren: Rund um Charlottes Leichnam war das Gras am Straßenrand von zahlreichen Füßen zertrampelt, nach Fußspuren eines Täters brauchte man also gar nicht erst Ausschau zu halten, allerdings gab es auch keine Schleifspuren, die darauf hindeuteten, wie das Mädchen an diesen Ort verbracht worden war. Entweder ein halbwegs kräftiger Mann hatte also ihren Körper hierhergetragen – oder sie war an diesem Ort getötet worden. Weshalb sie aber ausgerechnet im Nachthemd hier unterwegs gewesen war, blieb fraglich.

Ida runzelte sinnend die Brauen und schaute sich um. Ein paar Schaulustige aus dem Ort drückten sich einige Meter entfernt unter einem Nussbaum herum, die Gendarmen wirkten beschäftigt. Ihr war klar, dass sie hier nichts mehr zu tun hatte – dennoch hatte sie das unbestimmte Gefühl, dass sie noch nicht zurück zum Pensionat gehen durfte.

Zum Glück, denn wenn sie doch den Fräulein nachgeeilt wäre, hätte jener lange Gendarm namens Wilhelm Koweindl, der sie zuvor schon angesprochen hatte und der bisher ganz nach Vorschrift sein Notizbuch gefüllt hatte, eine interessante Information gar nicht erhalten. Vielleicht hätte sich Ida später auch gar nicht mehr getraut, dieses scheinbar nichtige Detail zu erwähnen. So allerdings sagte sie auf einmal, ohne jemand Bestimmten anzusprechen: »Rosa Schleifen hat sie doch immer gehasst.«

Wilhelm Koweindl, der übrigens unter anderem aufgrund seiner beachtlichen Höhe von über einem Meter und fast neunzig Zentimetern von seinem Regiment in den Gendarmerie-Dienst versetzt worden war, stutzte und vergaß, was er gerade hatte notieren wollen. »Wie meinen, Fräulein?« Es gehörte ja zu seiner militärischen Ausbildung, immer höflich zu sein. Gegen Zivilisten im Allgemeinen und Frauen im Speziellen – vor allem, wenn er quasi versehentlich bemerkte, dass sie auch noch einigermaßen hübsch waren.

»Nichts. Bitte um Verzeihung«, erwiderte sie rasch.

»Nein, sagen Sie nur.«

»Die Charlotte hasste rosa Schleifen«, wiederholte Ida, indem sie den Blick zu seiner imposanten Höhe emporrichtete. »Sie sahen ihr zu romantisch aus und passten nicht zu ihren rotblonden Haaren.«

»Rosa?«, fragte er verwirrt und bemerkte dann, als wäre dies ein passendes Gegenargument: »Aber sie trägt ja auch ein Nachthemd.« Wilhelm Koweindl war nämlich nicht verheiratet, weshalb er die vage Vermutung hegte, dass Schleifen durchaus zu einem Nachthemd passten. Überhaupt hatte er mit Frauen – seine Mutter und ein paar rein körperliche Bekanntschaften ausgenommen – bisher sehr wenig zu tun gehabt.

»Wieso sollte sie dazu Schleifen tragen?«

Rasch versuchte er sein Unwissen zu kaschieren, indem er jenen einen Satz sagte, der in weiterer Folge Ida Fichte dazu bewegen sollte, gewisse Nachforschungen über Charlotte Linhard anzustellen: »Vielleicht ist sie mit so einer Schleife ja erwürgt worden?«

Ida zögerte, sah den Gendarmen forschend an. Sie verfügte über einen raschen Verstand, und es bereitete ihr durchaus Vergnügen, selbigen auch anzuwenden. Wahrscheinlich hatte sie sich ja gerade deshalb damals gegen die beiden Heiratsanträge entschieden.

Dann beugte sie sich zu der Toten hinunter, strich ihr eine Haarsträhne aus der Stirn und wollte gerade den Kragen ein wenig beiseiteschieben, als der Aufschrei der Oberlehrerin sie erstarren ließ: »Was um Himmels willen tun Sie da?«

»Ich –« Bevor Ida noch etwas antworten konnte, hatte Fräulein Stieglitz sie am Arm gepackt und zerrte sie mit sich zum Pensionat zurück.

»Fräulein Lehrerin …«, wollte der Gendarm ihr noch etwas nachrufen. Vergeblich.

Just in diesem Moment fanden sich endlich auch der Arzt und der Pfarrer ein, was die sofortige Aufmerksamkeit der beiden Gendarmen forderte.

Während die Oberlehrerin einen Schwall an Zurechtweisungen auf Ida niederprasseln ließ, blickte Wilhelm Koweindl ihr noch ein paar Sekunden länger als notwendig nach. Vielleicht entschloss er sich da schon, recht bald noch einmal mit der Lehrerin zu sprechen, die womöglich etwas entdeckt hatte, was männlichen Augen entgehen musste. Vielleicht aber fasste er den Entschluss auch erst am Abend, als er mit ein paar Kameraden bei einer Runde Uhudler beisammensaß.

Vor allem aber entschloss er sich zu tun, wozu sie nicht mehr gekommen war. Er beugte sich zu der Toten und zog ihren Kragen beiseite. Es war nichts Scheußliches, was er darunter entdeckte, nichts, was ihn zurückzucken ließ, bloß die dunklen Verfärbungen an ihrem Hals, die ihm verrieten, dass das Mädchen tatsächlich erdrosselt worden war.

Mit Hilfe einiger Schaulustiger wurde die Leiche von Charlotte bald darauf in einen behelfsmäßigen Sarg und weiter nach Graz verfrachtet.

Die folgenden Stunden im Pensionat vergingen wie unter dem Schatten einer Gewitterwolke. Die jungen Mädchen, die bisher behütet und umsorgt dem gesellschaftlichen Feinschliff unterzogen worden waren, hatten zum ersten Mal in einen der vielen Abgründe des Lebens geblickt. Wer weiß, wie viele Taschentücher von hilflosen Tränen durchnässt wurden, wie viele Tagebuchseiten mit den dramatischen Erlebnissen des Morgens gefüllt wurden. Manch eine wagte aus Angst vor dem

»Bösen« kaum mehr allein auf den Abort zu gehen, andere verkrochen sich mit ihrer Arbeit stumm brütend in eine Ecke.

Fräulein Stieglitz verbot unter dem Vorwand größter Diskretion den Mädchen, an ihre Eltern und Verwandten zu schreiben, da sie diese zuerst selbst von dem Vorfall unterrichten wollte – immerhin war sie vom Ruf ihrer Einrichtung und dem Kostgeld ihrer Zöglinge abhängig –, und verhängte ein Schweigegebot über die kommenden Arbeitsstunden. Dies galt übrigens auch für die Lehrerinnen und Hausangestellten. Kein unnötiges Wort durfte über den Tod von Charlotte Linhard gesprochen werden.

Die Köchin versalzte vor lauter Sorge das Essen, und die Hilfslehrerin vergaß, die Tintenfässchen im kleinen Unterrichtsraum nachzufüllen. Der Hausdiener Joseph ließ sich für den Rest des Tages nicht mehr blicken, und hier und da meinten die Mädchen, ein unheimliches Knarren im Gebäude zu vernehmen. Dass es der Geist der Toten sein musste, stand für sie von Stund an außer Frage – auch wenn ähnliche Geräusche im alten Gebälk vorher schon vorgekommen waren.

Die Türen und Fenster wurden am Abend doppelt verriegelt, und die Oberlehrerin stieg kurz vor dem Zubettgehen persönlich ins Dachgeschoss hinauf, um zu überprüfen, ob auch die Dachluken verschlossen waren.

Sehr zum Missfallen von Fräulein Ammann, die sich gerade selbst darum kümmern wollte.

Ida, die mittlerweile den Luxus einer eigenen winzigen Kammer genoss, lag lange noch wach und fragte sich, was in der letzten Nacht geschehen sein mochte.

Charlotte war nach dem Tanzerl-Abend wie alle anderen in den Schlafsaal gegangen, das hatte sie selbst gesehen. Wie alle anderen musste sie sich hinter dem Paravent entkleidet haben, hatte sich vorschriftsmäßig mit dem längst kalten Wasser aus der Waschschüssel Gesicht und Hände gewaschen, hatte ihr Nachthemd angezogen – und dann? War sie etwa mondsüchtig, dass sie zur dunkelsten Stunde einfach hinausgegangen war? Und selbst wenn, vom Mond konnte man ja nicht erdrosselt werden. Also musste jemand anderes das Furchtbare getan haben. Ein Mensch – ein Mann? Natürlich, wer denn sonst … Und wann sonst im Jahr befanden sich so viele männliche Wesen hier im Pensionat?

Kein Wunder, dass Ida in ihrem Bett erschauerte, als sie daran dachte, dass sie doch selbst an dem Abend mit zwei oder drei dieser Individuen getanzt hatte. Fräulein Stieglitz hatte ihr nur zu deutlich missbilligende Blicke zugeworfen dafür, dass sie sich erdreistet hatte, auch ein wenig Vergnügen zu haben.

Das mit den Männern war ohnehin so eine Sache, nicht bloß im Pensionat am Annaberg. Wer nicht rasch genug einen bekam, musste sich entweder von der Familie als alte Jungfer aushalten lassen oder sich eine Arbeit suchen. Und wer das Pech hatte, zu viel Bildung genossen zu haben, taugte nicht mehr als Hausmädchen oder Arbeiterin, vielleicht gerade noch als Zofe. Also musste man Lehrerin werden. Und als Lehrerin war es ihre Aufgabe, die Mädchen darauf vorzubereiten, rechtzeitig einen Mann zu finden …

Es steht übrigens außer Frage, dass Ida Fichte in ihrem ganzen Leben noch keinen einzigen empfehlenswerten Mann näher kennengelernt hatte. Jedenfalls war der Kreis ihrer männlichen Bekanntschaften ausgesprochen klein, ihren Vater und Beichtvater weggerechnet.

Und während sie sich bemühte, endlich Schlaf zu finden, fühlte sie sich in ihren Gedanken von Bändern und Schleifen in allen würgenden Farben umwunden, bis sie keuchend wieder hochfuhr, ohne bemerkt zu haben, dass sie zwischenzeitlich doch geschlafen hatte.

*… in welchem reichlich Tränen fließen und eine Lehrerin ein
ungewöhnliches Angebot annimmt …*

Bei der Inspektion der Schlafsäle am folgenden Morgen entgin-
gen Fräulein Ammann zwar die abgekauten Nägel der kleinen
Paula Theuerdank, nicht aber die ungeputzten Schuhe von
Rudolfine von Oberg, während Ida vor allem die Unruhe bemerkte, welche die Schülerinnen ergriffen hatte. Was ja kein
Wunder war, nachdem eine von ihnen auf ebenso unerwartete
wie furchtbare Weise aus ihrer Mitte gerissen worden war.

Vielleicht wäre es in dieser schwierigen Situation besser
gewesen, die Mädchen nicht mit einem Schweigegebot zu be-
legen, sondern mit ihnen zu sprechen, dachte Ida bei sich. Statt
sich mit dem Katechismus und irgendwelchen Handarbeiten
zu beschäftigen, hätte ihnen erlaubt sein müssen, über ihre
Ängste und Sorgen zu reden, man hätte ihnen zuhören und
Mut machen, ihnen Sicherheit und Trost spenden müssen.
Aber das Wort von Fräulein Stieglitz galt als sakrosankt, und
selbst eine Person wie Ida Fichte widersetzte sich dem nicht
leichtfertig.

Während rund um das Pensionat Gendarmen Präsenz
zeigten und jeden, der ihnen unterkam, nach besonderen
Vorkommnissen befragten, ging Ida in der nachmittäglichen
Rekreations-Stunde, in der die Pensionärinnen zur Erholung
zwischen den Unterrichtsstunden handarbeiten mussten, stri-
ckend und lauschend durch die Reihen und hoffte, etwas Hilfreiches aufzuschnappen.

Die Oberlehrerin war in der Zwischenzeit abermals ins
Dachgeschoss hinaufgestiegen, angeblich um Joseph für seine
Unachtsamkeit die Leviten zu lesen, und Fräulein Ammann
hatte sich in ihr Zimmer zurückgezogen, um die Schrecken des
vergangenen Tages lesend zu verarbeiten. Bei all ihrer Strenge

und Geradlinigkeit hatte sie nämlich jüngst – was noch kaum jemand ahnte – ein neues Interesse für Dichtung entwickelt. Für gute, erhabene Dichtung wohlgemerkt, die den Autor zu einem übermenschlichen Wesen machte und den Leser in lyrische, metaphysische Regionen entführte, in denen sich ohnehin niemand mehr auskannte, aber jeder so tat, als hätte er endlich den Musengral gefunden.

Am festen Boden des Klassenzimmers versuchte derweil Ida den Mädchen eine schwesterliche Freundin und Stütze zu sein. Als Antonia Maurer, die mit Charlotte ein Nachtkästchen geteilt hatte, auf einmal über ihrem Strumpf in Tränen ausbrach, entschloss sie sich, die Gelegenheit zu nutzen und anzusprechen, was wohl allen hinter der Stirn herumgeisterte.

»Ich weiß, ihr trauert alle um Charlotte.«

Sechzehn Paar Augen wandten sich in ihre Richtung.

»Ihr werdet sie gewiss als gute Kameradin in Erinnerung behalten …«

Sechzehn Köpfe nickten zu den Worten.

»Und«, später würde Ida sich wundern, warum sie den Satz ausgerechnet auf diese Art formuliert hatte, »wer ohne Sünde stirbt, wird seinen Frieden finden.«

Statt zustimmender Trauergesten flogen plötzlich beredte Blicke zwischen den Mädchen umher, manche geradezu furchtsam, sodass Ida hinzufügte: »Jeder kann Verzeihung erlangen, wenn –«

Ihr heroischer Versuch, die Mädchen zu trösten, wurde durch Antonias neuerliches Aufheulen unterbrochen. Rudolfine und Emma versuchten sie halbherzig zu beruhigen, ihre Bemühungen waren jedoch nicht von Erfolg gekrönt, denn mit einem erstickten Wimmern sprang das Fräulein Maurer plötzlich auf und rannte aus dem Raum.

Einen Moment zögerte die Lehrerin, irritiert von der überbordenden Reaktion, ehe sie sich entschloss, es wie der gute Hirte zu tun und ihre Schäflein dem Herrn zu überlassen, um sich um das eine verirrte – oder eher entwischte – zu kümmern.

Es war nicht schwer, Antonia zu finden, die sich im Schlafsaal auf ein Bett geworfen hatte und den Polster, auf welchem vormals Charlottes Haupt geruht hatte, mit ihren Tränen wässerte. Wortlos setzte sich Ida neben das Mädchen und wartete, bis es wieder zu Atem kam.

Die Oberlehrerin hätte die Gelegenheit sicher dazu genutzt, über die Unart zu predigen, tagsüber auch nur die Nähe eines Bettes aufzusuchen, da selbiges den Untergrund zu zahlreichen Todsünden bot, im Speziellen der Faulheit und der Wollust. Dass Ida Fichte das nicht tat, genügte wohl schon, um Antonias Vertrauen zu gewinnen.

Nachdem das Kissen keine weiteren Tränen mehr aufnehmen konnte, wandte sie ihre wässrig blauen Augen der Lehrerin zu. »Wie hätte ich denn wissen sollen, dass sie woanders hingeht … sie ist ja sonst nie …«

Ida runzelte irritiert die Brauen. »Was meinst du damit? Wohin ist Charlotte gegangen?«

»Ich … Wir waren alle schon im Bett, weil die Anna auch gesagt hat, dass sich das so gehört nach dem Tanzerl-Abend. Und da ist die Lotti plötzlich noch einmal aufgesprungen und hat gemeint, dass sie … na ja … dass sie eben ein Bedürfnis hat.« Antonia wurde rot und druckste herum, sodass Ida schon befürchtete, gleich etwas ganz Furchtbares zu hören zu bekommen. »Abort …«, nuschelte das Mädchen dann.

»Sie ist auf den Abort gegangen?«, wiederholte Ida.

Antonia nickte nur und wischte sich über die Augen. »Und ich bin dann eingeschlafen … Wenn ich gewusst hätte, dass …«

»Niemand hat ahnen können, dass so etwas … Furchtbares passiert«, versuchte Ida sie zu trösten.

»Und was Sie gesagt haben – wegen der Sünden … die Lotti wird keinen Frieden finden«, flüsterte sie tonlos. »Sie hat nämlich … sie wollte … das heißt, nicht gleich, sondern wenn …«

Zum Glück fand die Lehrerin in diesem Moment genau die richtigen Worte. Sie sagte schlicht: »Erzähl mir, was los war.«

Und während zur selben Stunde in der Stadt die Leiche der Pensionärin Charlotte Linhard von zahllosen männlichen Augen medizinisch, forensisch, kriminalistisch und auch lediglich interessiert von allen Seiten betrachtet wurde, erfuhr die Lehrerin Ida Fichte, dass ihr Schützling angeblich nur Augen für einen gehabt hatte: nämlich den Gymnasiasten Gustav Auer.

Sein Vater war Ingenieur, die Mutter litt an einer neumodischen Krankheit, die sie dazu zwang, das Geld ihres Gatten in sämtlichen Kurorten Europas auszugeben. Der Junge war ein Einzelkind, mit dem niemand etwas anzufangen wusste; und weil er gute Zensuren hatte, ließ ihn der Vater tun, was ihm in den Sinn kam, solange er sich nur mit keinen Beschwerden auseinandersetzen musste. So war es gekommen, dass Charlotte und Gustav einander bei einigen sonntäglichen Ausflügen kennengelernt hatten und sich eine ebenso ernsthafte wie unschuldige Gymnasiastenliebe daraus entwickelt hatte. Dies hatte zahlreiche heimliche Briefwechsel zur Folge sowie unzählige Tagebucheinträge, welche Antonia, die ebenso Angst um ihr eigenes wie um Charlottes Seelenheil hatte, schließlich der Lehrerin zeigte.

»Darin hat sie alles aufgeschrieben«, hielt sie Ida das Büchlein hin. »Wir haben einander versprochen, dass wir gegenseitig unsere Tagebücher erben, wenn … aber wir haben immer gedacht, dass wir dann schon Witwen sind und gemeinsam an die Côte d'Azur fahren.«

Und während in der Stadt Männerhände nach der Unschuld des toten Mädchens forschten, las Ida Fichte von den zärtlichen Schwärmereien und Träumen, die eines Sonntags bei einem der spärlichen Ausflüge zum Thalersee ihren Anfang genommen hatten. Das vage Gefühl, einen Vertrauensbruch zu begehen, ließ sie die Seiten nur überfliegen, hier und da manches auslassend; die Kuverts, die zwischen den Blättern lagen, ließ sie verschlossen. Als sie sicher war, dass außer einem verschämten Kuss, von dem Gustav Auer geschworen hatte, bis zum Tage ihrer Hochzeit in Treue zu zehren, nichts die Unberührtheit ihrer Schülerin gestreift hatte, hatten die Männer in der Stadt Charlottes Schoß vollends durchwühlt und festgestellt, dass sie tatsächlich nicht den Händen eines Lüstlings zum Opfer gefallen war.

Mit dem schwachen Trost, dass ein einziger Kuss sicher eine lässliche Sünde sei, die der Herrgott gern vergibt, wollte Ida wieder zu den übrigen Mädchen zurückkehren, als ihr noch etwas einfiel.

»Sag, war der Gustav auch bei dem Tanzerl-Abend?«

Antonia drückste ein wenig herum, bis sie schließlich verschämt nickte. »Schon … aber da war sie eigentlich gar nicht so besonders froh darüber … sie wollte nicht gern darüber reden … und der Abend war ohnehin so aufregend, dass endlich alle da waren und die Musik … wir haben sie auch gar nicht weiter gefragt.« Sie fuhr sich mit dem Ärmel wenig damenhaft über die Nase. »Vielleicht war es ja auch nur, weil er versprochen hat, dass alles ganz geheim bleibt …«

Ida sah die Schülerin forschend an, aber in ihren Augen war nichts außer Furcht und Tränen zu finden. Wenn sie log, dann auf eine dermaßen gekonnte Art, dass Ida sich das lieber gar nicht erst vorstellen wollte. Außerdem hatte sie ja Charlotte am Tanzerl-Abend mehrmals mit einem jungen Mann beobachtet – mit Gustav Auer, wie sie nun wusste. Auch, dass Fräulein Linhard zunehmend weniger Begeisterung für die Annäherungen des Gymnasiasten gezeigt hatte, passte zu der Erzählung. »Und hat dieser Gustav unserer Charlotte auch … Geschenke gemacht?«, fragte Ida nach einer Weile.

Antonia riss die Augen auf und begann wieder zu weinen, wobei sie abermals nickte und in ihr Taschentuch schluchzte: »Die Millerin und ein vierblättriges Kleeblatt darin.«

Der Lehrerin war sofort klar, dass es sich dabei um das im Pensionat verbotene Werk »Luise Millerin«, auch bekannt als »Kabale und Liebe«, handeln musste. Schiller hin oder her, man konnte alles übertreiben. Ihr war es allemal lieber, dass die Mädchen Schund von Schiller lasen, als dass sie sich mit Schund aus ganz anderer Quelle den Geschmack verdarben. Allerdings brannte ihr noch etwas anderes auf der Zunge: »Und die rosa Schleifen?«

Antonia sah die Lehrerin verständnislos an.

»Die Schleifen, die sie getragen hat, als …«

Das Mädchen schüttelte den Kopf. »Sie hat diese Farbe doch gehasst.«

»Da hast du recht.«

Etwas sagte Ida, dass nun nicht der richtige Moment war, um noch weiter in Antonia zu dringen. Mit einem tröstenden Lächeln stand sie auf und kehrte mit ihr in den Klassenraum zurück, wo die Mädchen bei ihrem Eintreten schlagartig verstummten und sich vollkommen ihren Handarbeiten hingaben. Mit mehr Fragen als Antworten im Kopf widmete sich Ida für den Rest des Nachmittags ihren Aufgaben, ehe sie sich nach dem Unterricht zu einem einsamen Spaziergang hinausstehlen konnte. An einem Tag wie diesem würde ihr niemand verwehren, ein Weilchen allein sein zu wollen.

Selbstverständlich hätte Ida auch eine ganz andere Richtung einschlagen können, doch ihr Weg führte sie nach einem kontemplativen Umweg am Waldrand vorbei just wieder an den Ort, wo am vergangenen Morgen alles begonnen hatte. Gedankenversunken die Augen zu ihrem Rocksaum gesenkt, nahm sie nichts außer einem kühlenden Windhauch in ihrem Nacken wahr, bis sie unversehens von einer männlichen Stimme angesprochen wurde.

»Ja, Fräulein!« Dieser wenig poetische Ausruf, der zugleich als Gruß fungierte, gehörte zu dem langen Gendarmen, der bereits am Tatort aufgetaucht war.

Überrascht blieb Ida stehen und deutete einen Knicks an, welcher dem Mann gerade genug Zeit gab, sich doch noch einen brauchbareren Beginn für seine Konversation einfallen zu lassen. »Sind Sie nicht eine von den Lehrerinnen von dort … vom Pensionat?«

»Richtig.«

»Und Sie fürchten sich nicht, da so ganz allein hier herumzuspazieren, wenn womöglich noch ein Mörder in der Gegend herumläuft?«

Wahrscheinlich hatte der Gendarm gehofft, mit dieser Bemerkung schneidig zu klingen, vielleicht sogar Idas weibliches

Schutzbedürfnis herauszufordern. Doch unter der züchtigen Schale der Lehrerin, die zwei Heiratsanträge ausgeschlagen hatte, befand sich ein überaus vorwitziger und scharfer Geist, denn mit einem geradezu schelmischen Lächeln erwiderte sie: »So schlimm kann es nicht sein – die Gendarmerie läuft ja auch in der Gegend herum.«

Überrumpelt von dieser unerwarteten Antwort, musste Wilhelm Koweindl sich zusammenreißen, um nicht reflexartig vor der jungen Frau zu salutieren. »Selbstverständlich! Fräulein ...«

»Fichte«, ergänzte Ida Fichte.

»Wie der Baum?«

»Nein, wie der Philosoph.«

Mangels einer passenden Erwiderung machte er eine ruckartige Bewegung, die irgendwo zwischen Verbeugen und Salutieren anzusiedeln war, und fügte markig hinzu: »Gendarm Wilhelm Koweindl, sechstes Landesgendarmeriekommando Graz. Ich muss hier noch ... wir haben ja schon gestern ... Sie verstehen.«

Mit diesen eloquenten Worten wollte er sich wieder daranmachen, den Tatort einer abermaligen genauen Inspektion zu unterziehen, Ida allerdings ließ sich nicht vertreiben. Später einmal würden sich beide fragen, weshalb die Lehrerin so überaus interessiert diese Amtshandlung beobachtet und warum sie kurz darauf so offen über den tragischen Tod des Mädchens miteinander gesprochen hatten. Ida würde sagen, dass sie es als ihre Pflicht empfunden habe, dem Gendarmen mitzuteilen, was sie bisher in Erfahrung gebracht hatte, Wilhelm würde nach einigen unartikulierten Lauten zugeben, dass er sich beim Kombinieren leichter tat, wenn er mit jemandem Zwiesprache halten konnte.

Den Blick zu Boden gerichtet, schritt er in immer weiteren Kreisen um den Tatort, wobei ihm die Lehrerin kurz entschlossen folgte. Wonach sie suchten, wussten jedoch beide nicht.

»Sie dürfte wohl freiwillig an diesen Ort gekommen sein«, bemerkte Ida nach einer Weile.

Fast stolperte Wilhelm erst über seine Füße, dann über seine Zunge: »Wie … was … woher … kommen Sie darauf?«

Ida unterdrückte ein Grinsen. »Nur eine Vermutung. Aber es wurden doch keine Schleifspuren gefunden – oder?« Als der Gendarm den Kopf schüttelte, fuhr sie fort: »Und außerdem ist es eher unwahrscheinlich, dass sie an den Straßenrand getragen wurde.«

»Was ist daran unwahrscheinlich? Besonders schwer sah sie nicht aus.«

»Gehen wir davon aus, dass eine Frau nicht die Kraft hat, ein Fräulein über eine größere Strecke zu tragen, so bleibt nur ein Mann für diese Tat übrig. Wäre sie noch am Leben gewesen, hätte sie sich gewiss gewehrt, und man hätte irgendwelche Spuren an ihr oder der Umgebung gefunden. Nun scheint es mir aber schwer vorstellbar, dass jemand, der sie zuvor getötet hat, Charlotte so sorgsam getragen hätte, dass weder ihr Häubchen verrutscht noch die aufgedrehten Haare darunter in Unordnung geraten wären. Zudem bezweifle ich, dass ein Mann in der Lage wäre, selbst diese unsägliche Nachtfrisur wieder in Ordnung zu bringen, um seine Spuren zu verwischen.«

»Hm …«, antwortete Wilhelm Koweindl.

»Sie muss also selbst hierhergekommen sein«, überlegte Ida weiter. »Und wen auch immer sie hier traf, sie kam nicht auf die Idee, vor ihm zu fliehen.«

»Das heißt, sie kannte ihren Mörder?«

»Oder sie vertraute ihm.«

»Aber wieso sollte sie das tun?«

»Das ist die Frage …«

Einige Minuten tat Wilhelm so, als würde er irgendwelche unsichtbaren Spuren am Straßenrand untersuchen, bis Ida wieder das Wort ergriff: »Was wurde denn bisher sonst so unternommen, wenn man fragen darf?«

»Ja …«, brummte Wilhelm vage.

Er war es nicht gewohnt, mit Frauen zu reden. Schon gar nicht über Berufliches. Früher war seine Mutter die Einzige gewesen, mit der er halbwegs offen plaudern konnte. Aber sie redete kaum noch, seit der Vater ihr einmal einen solchen Hieb ins Gesicht verpasst hatte, dass sie sich die Zungenspitze abbiss und fortan lispelte. In den *gewissen* Etablissements waren die Frauenzimmer nicht zum Reden da, und in der Kaserne waren keine Frauen; und geredet wurde dort auch nicht viel.

Umständlich klopfte er sich den Staub von der Uniformhose. »Was man üblicherweise so macht«, erwiderte er schließlich.

»Verstehe. Nämlich?«

»Na ja, wir haben die Leiche in die Stadt geschickt, nach Graz. Dort kennen sie sich eher mit … so was aus. Und man muss schauen, ob der Mörder, der Täter, eben etwas verloren hat, Spuren. Und wir … also die Gendarmen in der Gegend, schauen uns nach Landstreichern um, Wegelagerern, Zigeunern, Verführern, Entführern … nach jedem, der verdächtig ist.«

»Und?«

»Wir haben gleich nachdem die Leich… also das verblichene Fräulein … nach Graz geschickt worden ist, den Burschen gefunden, der muraufwärts schon zweimal den Bauern die Hühnerställe ausgeräumt und die Hofhunde erschlagen hat.«

»Aber der hatte es wohl nicht auf Fräulein in Nachthemden mit rosa Schleifen abgesehen?«

»Eher nicht … Aber die an-thro-po-metrische Identifizierung …«, konzentriert reihte er die griechischen Silben aneinander, »… hat ergeben, dass er durchaus eine Verbrecher-Physiognomie hat.«

»Also haben Sie noch niemanden gefunden.«

»Nicht wirklich …« Man kann sich denken, dass es für Wilhelm eine eher ungewohnte Situation war, sich auf einmal quasi selbst in der Position des Verhörten zu finden – auch wenn die junge Lehrerin das sehr gekonnt und subtil machte.

»Die Frage ist, worauf er es dann abgesehen hatte«, überlegte Ida weiter, die ganz vergessen hatte, dass dies eigentlich die Aufgabe des Gendarmen war.

»Das Naheliegendste wäre es, wenn das einfach ein Sauhund ist, der …«, auch Wilhelm hatte kurz vergessen, mit wem er sich gerade unterhielt, »… also ein Lustmörder, der … das heißt … bitte verzeihen Sie, Fräulein!«

»Ich glaube nicht«, murmelte Ida. Erst als sie den verwirrt betretenen Blick des Gendarmen bemerkte, der aus seiner lichten Höhe auf sie herabfiel, präzisierte sie: »Ich glaube nicht, dass es ein … so ein Mörder war.«

Eilig, wenn auch so diskret wie möglich, berichtete sie ihm darauf, was sie am Nachmittag von der Pensionärin Antonia Maurer erfahren hatte. Gustav Auer sowie dass sie auch das Tagebuch höchstselbst zu Gesicht bekommen hatte, verschwieg sie vorsichtshalber, sonst hätte man es womöglich als Beweismittel eingefordert und die Mädchen vor eine unsägliche Peinlichkeit gestellt.

»Sie wissen ja mehr als ich«, stellte Wilhelm fest.

»Das ist nicht so schwer in meiner Position.«

»Und unsereins muss erst an Ihrem Fräulein Oberlehrerin vorbei, wenn man nur eine harmlose Frage stellen will …«

»Fräulein Stieglitz schätzt eben keine Männer in ihrem Institut«, bemerkte Ida.

»Aber dann könnten doch Sie …« Wilhelm Koweindl war kein Mann eloquenter Worte, allerdings hatte er in diesem Augenblick eine Idee, die für den weiteren Verlauf der Geschichte – ja, vielleicht sogar seines ganzen Lebens – von fundamentaler Bedeutung war: »Fräulein Fichte, könnten nicht Sie den Mädchen ein paar … quasi gewisse Fragen stellen und mir dann Bericht erstatten … das heißt, wenn es Ihnen keine Umstände macht, könnte man sich wieder treffen, und Sie könnten mir mitteilen, was Sie in Erfahrung gebracht haben. Wenn das nicht gegen Ihre Prinzipien verstößt … oder so.« Für seine Verhältnisse war das ein beachtlicher Monolog.

Das Blitzen in Idas Augen wäre jemandem, der schon etwas näher mit ihr vertraut war, Antwort genug gewesen. So aber sagte sie nur vage: »Ja, das könnte ich.«

»Bitte verstehen Sie, gemäß Dienstvorschrift ist es mir nicht erlaubt, mich mit Frauen … oder was der Standesehre wider-spricht …« Was er eigentlich damit sagen wollte, war, dass das Gendarmeriegesetz jedwede Handlung strengstens verbot, welche dazu angetan war, einen Gendarmen dem Spott der Bevölkerung auszusetzen. Dazu zählten unter anderem auch das Hand-in-Hand-Gehen mit anderen Personen, das Mit-führen von Hunden (außer man gehörte zu einer der militäri-schen Hundestaffeln) sowie exzessives Lachen und auffällige Körperbewegungen. Der Umgang mit Gesindel jeglicher Art war ebenso verpönt wie der freundschaftliche Verkehr mit Blödsinnigen und Verbrechern.

Ida zog die Brauen hoch und brachte Wilhelm damit noch mehr aus der Fassung.

»Na, Sie wissen schon …«

»Offenbar mehr als Sie«, gab sie amüsiert zurück, ehe sie sich nach einigem Herumreden und allerlei holprigen Ent-schuldigungen darauf einigten, einander am kommenden Tag genau an diesem Ort wieder zu treffen.

… in welchem Geister und andere Personen ihr empörendes Unwesen treiben …

Ida schlief schlecht in dieser Nacht. Sie musste sich durch ein Dickicht aus rosa Bändern kämpfen, hinter denen sie die ängstlichen Stimmen der Pensionärinnen hörte. Immer dichter schlangen sich die Bänder um ihre Arme, während sie von oben der Gendarm Koweindl angrinste und sie in die Kaserne einlud. Immer lauter riefen die Mädchen nach ihr, sie konnte ihre Schritte hinter den Bändern hören, konnte sie an ihre Tür klopfen hören. Die Bänder flatterten in würgendem Rosa um sie herum, das Klopfen wurde immer lauter …

Keuchend fuhr Ida hoch. Die Bänder waren verschwunden, das Klopfen war noch immer da.

Es dauerte ein paar Augenblicke, bis sie ihre Sinne wieder so weit beisammenhatte, dass sie sich aufrichten konnte. Ihr langes Nachthemd hatte sich eng um ihre Beine geschlungen, als sie aus dem Bett stolperte und zur Tür tappte.

Im blassroten Schein der letzten Glut in ihrem kleinen Kamin schimmerten ihr sechzehn Paar Augen entgegen: »Fräulein Fichte …«

Wie eine Herde Schafe drängten sich die Mädchen in ihr Zimmer.

»Aber was ist denn los?«

Antonia, die sich an die stets forsche Rudolfine klammerte, begann wieder zu weinen, und Ilse stimmte mit ein. Bald schon sah sich Ida von fünfzehn wimmernden Pensionärinnen umgeben (nur Rudolfine presste tapfer die Lippen zusammen und sah kämpferisch über die anderen hinweg) und wusste immer noch nicht mehr als zuvor.

»Jetzt beruhigt euch doch einmal. Es ist mitten in der Nacht.«

Diese Erkenntnis sorgte allerdings nicht gerade für Ruhe, man hätte eher meinen können, ganz das Gegenteil wäre der Fall. Ida schwankte zwischen Unmut und Sorge, Antonia schwankte, weil sie vor lauter Schluchzen keine Luft mehr bekam. Ihre Kameradinnen stützten die Blümerante, und Rudolfine flüsterte endlich: »Der Geist von der Charlotte geht um!«

Die Mädchen schnieften zustimmend, Ida runzelte ihre Stirn.

»Wie kommt ihr denn darauf?«

»Man kann ihre Schritte hören! Merkwürdige, knarrende Schritte. Oben im Dachboden!«

Es fiel Ida nicht ganz leicht, gegenüber dieser wimmernden nächtlichen Übermacht selbst einen kühlen Kopf zu behalten. Zunächst bedeutete sie Antonia, die drauf und dran war, dramatisch die Sinne schwinden zu lassen (obwohl das eigentlich zuerst Luises Plan gewesen war), sich auf ihr Bett zu setzen, dann sagte sie ruhig: »Dort oben wohnt der Joseph. Das kann schon sein, dass man seine Schritte hört.«

»Ja, aber seine Schritte sind anders«, beharrte Ilse.

»Und es sind auch nicht die anderen, die manchmal bei ihm sind«, ergänzte Emma.

Überrascht sah Ida die Schülerin an. Bisher war sie der festen Meinung gewesen, dass außer den Lehrerinnen und dem Personal niemand von den trinkenden und kartenspielenden Freunden des Hausdieners wusste.

»Und außerdem«, fügte Rudolfine hinzu, »kann er es gar nicht gewesen sein, weil er gar nicht oben ist.«

Bei dieser Bemerkung wurde es Ida nun doch ein wenig anders zumute, auch wenn sie sich das selbstverständlich nicht anmerken ließ. Natürlich war es nicht wirklich ein Geheimnis, dass der alte Joseph bisweilen auch einen abendlichen Ausflug ins Gasthaus unternahm, wo er häufig bis zu seinem Hinauswurf durch den Wirt hinter einem Bier saß. Oder mehreren. Manchmal war es auch Wein, wenn er dazu die passende Gesellschaft hatte und Geschichten aus seiner Zeit als junger Revolutionär mit jemandem teilen konnte. Geschichten, die ihm ohnehin schon lange niemand mehr glaubte. Und nicht selten kam es dann vor, dass er wankend den Dienstboteneingang nicht mehr fand und sich stattdessen unter die alte Kastanie legte, um dort den neuen Tag zu erwarten. Sehr zum Gaudium der Mädchen, die ihn morgens vom Fenster aus in dieser misslichen Lage entdeckten.

Mit scheinbar gleichgültiger Miene trat Ida zum Fenster. Im nächtlichen Dunkel ließ sich nicht viel erkennen, nur die Äste der Kastanie streckten sich, schwarzen Fangarmen gleich, in den Himmel. Sie lehnte sich vor, um einen besseren Blick über den Garten zu haben.

Tatsächlich! Da lehnte eine unförmige Gestalt an den Stamm des alten Baumes.

Ida atmete durch. »Ihr habt euch die Schritte sicher nur eingebildet. Und jetzt ab in eure Betten – bevor die Oberlehrerin aufwacht.«

Diese Aussicht bewegte die Mädchen schließlich doch dazu, wieder ihre Schlafsäle aufzusuchen. Wenn auch mit einigem Zögern. Mit milden Ermahnungen scheuchte Ida ihre Zöglinge endlich dorthin zurück, wo sie nächstens eigentlich hingehörten. Ein wenig wunderte es sie zwar, dass Fräulein Ammann den Aufruhr der Mädchen vollkommen verschlafen hatte, war doch ihr Zimmer um einiges näher an den Schlafsälen. Andererseits war es ja bekannt, dass sie alles, was jenseits der Norm lag, tunlichst ignorierte. Nächtliche Störungen gehörten da wohl dazu.

»Es gibt hier nichts, wovor ihr Angst haben müsstet.« Die Worte kamen Ida selbst hohl vor – aber was hätte sie den Mädchen zu dieser Stunde sonst sagen sollen? »Und wenn ihr weiterhin aufeinander achthabt, dann wird euch auch nichts geschehen«, fügte sie etwas leiser hinzu, obwohl sie selbst nicht so recht daran glaubte.

Endlich hatten sich die Mädchen wieder auf ihre Betten verteilt, und Ida wollte sich schon erleichtert in ihr Zimmer zurückziehen, als sie auf einmal innehielt. Natürlich waren Geräusche in einem so großen, alten Haus wie dem Pensionat am Annaberg etwas ganz Normales. Das Holz knarrte, hin und wieder hörte man den Wind in den Kaminen heulen oder das Rascheln der Marder, die bereits seit Generationen im Gebälk heimisch waren. Aber Schritte wie jene, die Ida in diesem Moment vernahm, waren tatsächlich etwas vollkommen anderes. Sie lauschte mit angehaltenem Atem und hoffte, dass die Mädchen das merkwürdige Tappen nicht wahrgenommen hatten. Vielleicht hatte sie es sich ja auch bloß eingebildet.

Rudolfine hob irritiert den Kopf.

Antonia und Ilse hatten sich bis auf die Zopfspitzen unter ihren Polstern vergraben.

Luise von Eber versuchte, möglichst dramatisch mit den Zähnen zu klappern.

Die Schwestern Hahn hatten sich eng umschlungen in ihrem Bett zusammengekauert.

Plötzlich krachte es über ihren Köpfen, eine Tür wurde mit dumpfem Donner zugeworfen. Die Mädchen kreischten auf, rannten zu Ida, um bei ihr Schutz zu suchen.

»Die Lotti ... sie will Rache!«, keuchte Antonia.

Marie Seebenstein wimmerte auf.

Emma versuchte vergeblich wie Rudolfine die Fassung zu bewahren.

Maria-Magdalena faltete die Hände, und Annegret Thun hielt sich die Augen zu.

»Nein ... nein«, versuchte Ida sie zu beruhigen, während ihr eigenes Herz viel zu schnell schlug.

Hastige Schritte am Dachboden, die in der atemlosen Spannung dumpf durch die Decke drangen. Ein paar Mädchen quietschten auf, das Knarren einer Tür – viel zu nahe!

Und plötzlich eine keifende Stimme. »Was soll das bitte schön?«

Wie vom Blitz getroffen fuhren alle herum und blickten in das verzerrte Gesicht der Oberlehrerin. Von einer einzelnen Kerze beleuchtet, zeichneten sich die Zornesfalten auf ihrer Stirn noch deutlicher ab als tagsüber, und ihre Augen funkelten drohend.

»Da waren Schritte!«, »Der Geist von Charlotte …!«, »Der Mörder ist da!«, riefen die Mädchen durcheinander, wobei sie einander gegenseitig nur noch mehr in Panik versetzten.

Ida bemühte sich, einen ruhigen Tonfall anzuschlagen: »Ich bitte um Verzeihung, die Fräulein sind aufgewühlt und …«

Die Miene der Oberlehrerin verfinsterte sich – was nicht nur an dem funzelnden Docht ihrer Kerze lag –, und die Dunkelheit verschluckte den Ausdruck, der für einen kurzen Moment über ihr Gesicht zog. Mit barschen Anordnungen befahl Fräulein Stieglitz die Mädchen wieder in ihre Betten, wobei sie auf keine Klagen oder Bitten, auf keine furchtsamen Fragen oder bangen Vermutungen hörte und einer jeden, die nicht augenblicklich einschlief, allerlei Strafen androhte. Idas Versuche, die aufgewühlten Gemüter ein wenig zu beruhigen, unterband sie mit einem Blick, der wahrscheinlich sogar Regimenter zum Stillstand gebracht hätte.

Als alle wieder in ihre Betten verfrachtet waren, wagte Ida schließlich, die Oberlehrerin leise anzusprechen: »Sollte man nicht vielleicht doch oben nachsehen …«

»Wozu? Der Joseph wird wohl im Wirtshaus gewesen sein.«

»Das wohl, aber er hat es wieder einmal nur bis zur Kastanie geschafft«, gab Ida zu bedenken.

In dem flackernden Kerzenlicht vermeinte sie ein Zucken im Gesicht der Oberlehrerin wahrzunehmen. Überraschung? Schrecken? Missmut über das Verhalten des Hausdieners? Was hätte Ida denn tun sollen? Sie konnte ja schwerlich Fräulein Stieglitz zur Rede stellen, wer oder was womöglich dort oben unter dem Dach wohnte. Und vielleicht schien ihr in diesem Augenblick auch die Möglichkeit, dass der Geist der ermordeten Pensionärin unter ihnen war, gar nicht so abwegig …

»Sie sollten jetzt ebenfalls schlafen«, unterbrach die Oberlehrerin schroff ihre Gedanken und verschwand mit resoluten Schritten in Richtung ihres Gemachs.

Kurz blieb Ida noch stehen. Sie konnte nicht verhindern, dass sie lauschend die Luft anhielt.

Als sie sich endlich zum Gehen wandte, nahm sie aus dem

Augenwinkel den Zipfel eines Nachthemds wahr, der eilig im Zimmer von Fräulein Ammann verschwand. Helene hatte diesen ganzen Aufruhr offenbar doch nicht in vorbildlicher Weise verschlafen – sie war gar nie in ihrem Bett gewesen, durchfuhr es Ida. Und wenn die Schritte am Dachboden nicht von Joseph stammten, dann konnte nur sie für das Krachen verantwortlich gewesen sein. Blieb nur die Frage, was eine Lehrerin mitten in der Nacht dort oben anstellen mochte …

Die Köchin – um die übrigen Bewohner des Pensionats nicht vollkommen außer Acht zu lassen – hatte im Übrigen von diesem ganzen nächtlichen Aufruhr nicht das Geringste mitbekommen, da sie sich wie jeden Abend mit einem guten Schluck Rum zu Bett begeben hatte. Es hätte schon ein neuerlicher Einfall der Franzosen oder wenigstens eine plötzliche Türkenbelagerung stattfinden müssen, um sie vor dem Morgengrauen zum Aufstehen zu bewegen.

Das Hausmädchen und die Hilfslehrerin teilten sich ein winziges Zimmer neben der Wäschekammer im Erdgeschoss und waren im Allgemeinen froh, wenn sie nichts sehen und hören mussten.

Der nächste Morgen begann mit einer merkwürdigen Spannung in der Luft. Die Mädchen tuschelten, warfen allenthalben ängstliche Blicke um sich und zuckten zusammen, wann immer irgendwo ein lautes Geräusch zu hören war.

Mehrmals stürzten die Schülerinnen – trotz der strengen Ermahnungen, dies nicht zu tun – an die Fenster, wenn draußen irgendwo der grüne Rock eines Gendarmen auftauchte. Es wurde ja weiterhin konsequent, aber erfolglos nach dem Mörder gesucht, jeder noch so vagen Beobachtung nachgegangen und jedermann ordnungsgemäß befragt, der etwas zu sagen hatte. Die Präsenz der Gendarmen allerdings beruhigte die Mädchen nicht, sondern ließ sie nur umso deutlicher spüren, welch furchtbares Ereignis sich zugetragen hatte.

Die kleine Paula Theuerdank wagte es sogar, die Oberlehrerin um die Erlaubnis zu bitten, an ihre Eltern zu schreiben, dass diese sie möglichst bald heimholten, derweil die forsche Rudolfine mit ein paar der mutigeren Mädchen eine private Nachtwache in Betracht zog, um allfällige Geisterbesuche zu verhindern.

Ida beobachtete all dies mit Sorge und wusste nicht, was sie tun sollte, um die Pensionärinnen zu beruhigen und ein bisschen aufzumuntern. Man hätte mit den Mädchen reden, ihnen irgendwie helfen sollen, mit dem Tod von Charlotte Linhard umzugehen, doch zum einen verbot die Oberlehrerin nach wie vor jedes unnötige Wort über den tragischen Vorfall, zum anderen hatte Ida selbst keine Ahnung, was sie ihren Zöglingen sagen sollte.

In der morgendlichen Musikstunde wollte sie ein paar recht lustige Sommerlieder anstimmen, doch die Mädchen landeten nach ein paar Takten immer wieder in einem gespenstischen Mollakkord, bis die Lehrerin frustriert den Klavierdeckel zuklappte.

Während die Pensionärinnen später in der vormittäglichen Rekreations-Stunde mit ihren Handarbeiten beisammensaßen, konnte Ida schließlich nicht an sich halten und trat wie zufällig zu Helene Ammann hin, die mit einer vollkommen rechteckigen Filethäkelei beschäftigt war.

»Hast du gestern Nacht auch diese komischen Schritte am Dachboden gehört?«, fragte sie leise.

»Ich schlafe nachts«, lautete die zu erwartende Antwort. Helene hob nicht einmal die Augen von ihrer Handarbeit. »Das wird wohl der Joseph gewesen sein.«

Ida ließ sich nicht aus dem Konzept bringen. »Der hat seinen Rausch unter der Kastanie ausgeschlafen. Wieder einmal.«

Ein wenig zu schnell hob Helene da den Kopf. »Und wer soll es dann gewesen sein?« Ein hauchfeines Beben lag in ihrer Stimme.

»Ich dachte, du könntest mir das sagen«, startete Ida einen rhetorischen Angriff.

»Wie kommst du darauf?«

»Ich habe dich gesehen. Wie die Stieglitz alle wieder zu Bett geschickt hat, bist du erst von … von irgendwoher wieder aufgetaucht.«

Helene ließ die Häkelei sinken, funkelte Ida dräuend an. »Das hast du dir eingebildet.«

»Ebenso wenig, wie die Mädchen sich diese Schritte eingebildet haben«, gab Ida zurück. »Warst du das am Dachboden?«

Ihre Lippen wurden zu einem kerzengeraden Strich. »Dass du dich nicht schämst, so einen Blödsinn zu denken! In einem Haus wie diesem, wo …« Helene redete nicht weiter, stattdessen packte sie ihren Arbeitskorb und rauschte aus dem Zimmer.

Ida gab diese Reaktion reichlich zu denken, auch wenn sich daraus noch keine validen Schlüsse ziehen ließen. Selbstverständlich gab es genügend belanglose Gründe, nachts das Zimmer zu verlassen; weshalb man allerdings nachts den Dachboden aufsuchen sollte, dafür fiel ihr auf die Schnelle keine plausible Erklärung ein.

Doch Ida war ohnehin keine Person, die allzu leichtfertig Schlüsse zog. Auch den beiden abgelehnten Heiratsanträgen waren reifliche Überlegungen vorausgegangen. Kein Wunder also, dass sie vorerst, bis sie sich einen besseren Überblick über diese ganze Angelegenheit verschafft hatte, nichts unternahm.

Nach der Mittagsjause wurde den Zöglingen des Pensionats üblicherweise eine halbe Stunde zur freien Beschäftigung geschenkt, ehe die Unterrichtsstunden fortgesetzt wurden. Meist nutzten die Mädchen diese knapp bemessene Zeit, um allfällige Aufgaben noch zu vervollständigen oder Briefe zu schreiben, manche – vor allem die älteren Schülerinnen, die kurz davorstanden, in die Gesellschaft entlassen zu werden – frischten rasch ihre Garderobe auf, und ein paar wenige machten einen Mittagsschlaf.

Auch Ida gehörte häufig zu jenen, die diese halbe Stunde ganz der Ruhe und Erholung widmeten.

An diesem Tag aber endete die Muße bereits nach sieben Minuten, als Antonia mit verheulten Augen, Rudolfine mit kriegerisch vorgerecktem Kinn und Luise mit dramatisch wogendem Atem vor ihrer Zimmertür auftauchten.

»Fräulein Fichte!«, ergriff Rudolfine das Wort, kaum dass die Lehrerin geöffnet hatte. »Der Geist war wieder da!«

»Wie … welcher …?«

»Der Geist von Charlotte!«

»Oder der ihres Mörders«, ergänzte Luise und riss dabei die Augen auf.

Langsam wurden es entschieden zu viele Geistergeschichten in so kurzer Zeit. Zur Abwechslung setzte Ida eine strenge Lehrerinnen-Miene auf (das ständig säuerliche Antlitz der Oberlehrerin diente hierfür als perfekte Vorlage) und sagte: »Solche hysterischen Dummheiten dulde ich nicht. Es ist eine furchtbare Tragödie, was geschehen ist – aber Geister haben damit nichts zu tun! Schämt euch allesamt, dass ihr so das Andenken an eure Kameradin bewahrt.«

Es kam nicht oft vor, dass die Pensionärinnen ihre Lehrerin in einem solchen Ton reden hörten.

»Aber«, wagte Antonia einen Einwand, »das Tagebuch von der Charlotte ist verschwunden … das ich Ihnen gezeigt habe, und ihre Sachen sind durchwühlt worden, obwohl ja niemand während des Unterrichts in die Schlafsäle darf.«

»Was heißt verschwunden?«

»Dass es weg ist!«

»Und ihre Strümpfe liegen nicht mehr links im Regal, sondern quer über die Leibhemden, und die Briefe von ihrer Familie und die … Strumpfbänder und ihre … Unaussprechlichen, die – liegen am Boden!«, ergänzte Luise in einem Ton, als redete sie von nichts Geringerem als dem Heraufdämmern eines drohenden Weltuntergangs.

Die Ordnung, welche die Mädchen in ihren Kästen zu halten hatten, war nämlich äußerst streng und wurde von der Oberlehrerin höchstpersönlich aufs Peinlichste überwacht: die Unterbekleidung musste stets sauber an ihrem angestammten Platz liegen, Handschuhe, Halstücher und Hüte wurden regelmäßig kontrolliert und mussten einem schlichten Stil entsprechen. Private Habseligkeiten wie Briefe, kleine Schmuckstücke (jegliche Extravaganzen waren den Mädchen selbstverständlich verboten) oder Bilder mussten verschlossen aufbewahrt werden und durften natürlich nicht allzu viel Platz in Anspruch nehmen. Artikel der weiblichen Ausstattung, die in einer anständigen Konversation üblicherweise keine Erwähnung fanden, hatten ebenfalls im Kasten unsichtbar hinter den übrigen Dingen verwahrt zu werden.

Ida musterte die Mädchen skeptisch. »Ich werde mir das ansehen«, entschied sie dann.

Die Schülerinnen hatten nicht übertrieben. Die Habseligkeiten von Charlotte Linhard lagen durcheinander verstreut – und von dem Tagebuch, das sie tags zuvor noch in den Händen gehalten hatte, fehlte jede Spur.

Wahllos hob Ida ein paar Strümpfe auf, an den Knöcheln modisch bestickt und sicherlich nicht ganz billig. Einige Briefe lagen unter einem zusammengeknüllten Unterhemd, und eine ungerade Anzahl an Handschuhen war über den Boden verteilt worden.

»Sie hat das Tagebuch sicher in den Dachboden hinaufgetragen«, flüsterte Ilse bang. »Ihr Geist wartet dort oben, bis ihr Mörder gefunden wird!«

Ida atmete durch. »Es gibt keine Geister. Und Charlotte ist nun … im Himmel«, erwiderte sie, indem sie sich nach den Handschuhen bückte und ein paar Briefe aufhob. Manche der Schreiben waren so oft gelesen worden, dass die Tinte am Rand ausgebleicht war und ein abgerissenes Eckchen zu Boden flatterte, als Ida die Briefe wieder in das Regal der Schülerin legte.

»Und ihr Tagebuch?«

Ida bückte sich nach dem abgerissenen Papier. »Es wird wiederauftauchen.« Sie sagte es so, als glaubte sie wirklich daran. Insgeheim allerdings war sie sich da nicht so sicher – aber das konnte sie den Mädchen natürlich nicht verraten.

Was sie den Mädchen ebenfalls nicht sagte, war, dass sie vorhatte, noch an diesem Nachmittag selbst hinauf in den

Dachboden zu steigen und sich einmal persönlich dort um-
zusehen.

Ehe Ida einen weiteren Satz aussprechen konnte, gemahnte
die Glocke die Pensionärinnen daran, dass der nachmittäg-
liche Unterricht begonnen hatte. Seufzend und miteinander
tuschelnd machten sie sich auf den Weg ins Klassenzimmer.
Ein paar Augenblicke stand die Lehrerin da und drehte gedankenversunken das Papierstückchen zwischen ihren Fingern.
Dann ließ sie es in ihre Rocktasche gleiten und trat auf den
Gang hinaus.

Während Fräulein Ammann ein unsäglich fades Stück deut-
sche Literatur mit den älteren Schülerinnen durchkaute und
die Hilfslehrerin mit den jüngeren Mädchen in einer endlosen
Schleife immer und immer wieder dieselben zwanzig Vokabeln
wiederholte, entschloss sich Ida, den ominösen Machenschaf-
ten auf dem Dachboden nachzugehen.

Vom Ende des Gangs, in dem auch die Schlafsäle der Zöglinge und die Zimmer der beiden Lehrerinnen lagen, führte
eine schmale Stiege ins oberste Stockwerk. Die vorderen Zimmer waren mit Mansarden ausgestattet, und mit Leintüchern
bedeckte Möbel standen darin herum, sodass sie bei Bedarf
jederzeit für Gäste oder zusätzliches Lehrpersonal genutzt
werden konnten. Dahinter, unter der Dachschräge, lagen
mehrere selten genutzte Kammern und auch das Gelass des
Hausdieners.

Ida warf einen raschen Blick durch die angelehnte Tür und
erkannte ein leidlich gemachtes Bett, einen offenen Kasten,
in dem verschiedene Kleidungsstücke hingen, ein Regal mit
einer Sammlung von Pfeifen darauf und eine altertümliche verschlossene Truhe. Das winzige Fenster blickte in den wolkigen
Himmel.

Irritiert blieb Ida vor dem sperrigen Schrank stehen, welcher
den ohnehin spärlichen Raum auf dem Gang einnahm. Allzu
lang stand das Möbelstück wohl noch nicht hier, auch wenn
sich bereits eine silbrige Staubschicht zwischen den geschnitz-

ten Reliefs angesammelt hatte. Ein zorniges Gesicht, vielleicht ein Gorgonenhaupt, blickte vom oberen Gesims, das ein wenig an ein antikes Tympanondreieck gemahnte, auf sie herab. Sie hatte die vage Erinnerung, vor Zeiten diesen Kasten einmal im Zimmer der Oberlehrerin gesehen zu haben, allerdings waren die privaten Räumlichkeiten von Fräulein Stieglitz sakrosankt und nur in äußersten Ausnahmefällen zu betreten.

Während Ida neugierig den mannshohen Schrank betrachtete, meinte sie plötzlich ein Rascheln aus dessen Innerem zu hören. Mäuse? Sie zuckte zurück, hielt die Luft an, dann streckte sie langsam die Hand nach der Tür aus. Der Kasten war verschlossen. Wieder ein Geräusch im Inneren, etwas Größeres scharrte über die Bodenbretter. Schritte? Ratten? Die Vorstellung von zahllosen krallenbewehrten Füßen und nackten Schwänzen ließ sie erschauern. Plötzlich meinte sie ein Atmen hinter der Tür zu hören. Erschrocken fuhr sie herum und stieß einen spitzen Schrei aus.

Im Dämmer des Dachbodens kam eine Gestalt auf sie zu. Ein schleppender Gang, gebückt, als trüge sie etwas Schweres mit sich.

Normalerweise war Ida Fichte eine durchaus besonnene Person, die so rasch nichts aus der Ruhe bringen konnte, doch zu dieser Stunde, an diesem Ort, mit dem bedrohlich wirkenden Schrank im Rücken, hinter dessen Türen sie gerade noch sicher gewesen war, Ratten gehört zu haben, fuhr auch ihr eisig ein Schauder in den Nacken. Für den Bruchteil einer Sekunde war sie sich sicher, den Mörder von Charlotte vor sich zu haben, bedauerte einen Herzschlag lang bereits ihren frühen Tod – als sie Joseph erkannte.

»Was machen Sie hier?«, keuchte sie vor Schreck und Erleichterung auf.

Der Hausdiener sah sie mit forschender Miene an. »Und was machen Sie hier, Fräulein?«

»Ich … suche das Tagebuch von Charlotte Linhard.« Noch während sie den Namen aussprach, fragte sich Ida, ob es besonders klug gewesen war, das Tagebuch zu erwähnen.

»Da heroben ist es sicher nicht.«

»Und was ist in dem Schrank?« Sie deutete auf die verschlossene Tür.

Der Hausdiener stellte den Korb mit Brennholz ab, den er heraufgetragen hatte, und trat auf sie zu. Im Halbschatten des Dachbodens sah er auf einmal unangenehm bedrohlich aus. Trotz seines Alters hatte er eine sehnige Statur, die sicherlich fest zupacken konnte, wenn es darauf ankam. »Nichts, um was Sie sich kümmern müssen, Fräulein Lehrerin.«

»Ich glaube, da sind Ratten.«

»Oder Marder«, erwiderte er. »Wenn es Sie beruhigt, Fräulein, kann ich ja Gift auslegen.«

»Aber …«

»Die Oberlehrerin wird schon wissen, was sie da drinnen aufbewahren will. Am gescheitesten ist es, wenn man sich um solche Sachen gar nicht viel kümmert.« Seine Miene wurde wieder etwas sanfter. »Machen Sie sich nicht zu viele Gedanken, vom Denken werden Sie auch nicht hübscher.« Er lachte kurz auf und verschwand mit dem Brennholz in eines der Mansardenzimmer.

Mit dieser wenig befriedigenden Information verließ Ida schließlich den Dachboden. Josephs Anmerkungen hatten sie mehr verwirrt als beruhigt, und eine unangenehme Menge an Fragen samt einer höchst irritierenden Fülle an möglichen Antworten hatten sich inzwischen hinter ihrer Stirn angesammelt.

Charlotte Linhard, die große Liebe eines Grazer Gymnasiasten, war tot, ihr Tagebuch verschwunden, und jemand geisterte anscheinend nachts durchs Pensionat. Helene Ammann schien ebenso etwas zu verbergen wie der Hausdiener – und die Oberlehrerin hatte immer noch allgemeines Schweigen angeordnet.

*… in welchem verschiedene Möglichkeiten jemanden umzu-
bringen sowie die Existenz von Geistern erörtert werden …*

Üblicherweise schaffte Ida es ganz gut, ihre Gedanken zu
beruhigen, während sie zeichnete. Sie hoffte inständig, dass
einige Naturstudien dieselbe kalmierende Wirkung auch auf
die Mädchen haben würden, nachdem der Versuch, sie mit
den Ereignissen der Gegenreformation abzulenken, kläglich
gescheitert war.

Als Antonia und die kleine Paula ihre Aquarelle mit einer
neuerlichen Flut von Tränen verdarben, beschränkte sich Ida
für die restliche Stunde auf ein paar schlichte Schraffurübungen
mit Grafit. Danach bescherte Fräulein Ammann den Pensionärinnen eine homöopathische Dosis Naturgeschichte, garniert mit profundem Bibelwissen, während die Oberlehrerin
zufrieden den letzten Brief an die Familien ihrer Zöglinge
versiegelte.

Fräulein Stieglitz hatte es eine geradezu wollüstige Freude
bereitet, von der Disziplin, die in ihrem Pensionat herrschte,
zu berichten, von den Tugenden, welche den Mädchen ein-
gepflanzt wurden wie das Senfkorn in die Erde im bekannten
Gleichnis. Mit angemessener Bescheidenheit hatte sie höchs-
tes Lob über ihre Einrichtung ausgeschüttet und nur ganz
dezent zwischen den Zeilen angedeutet, dass auch ein noch
so tragischer Vorfall niemals ganz ohne die Schuld des Opfers
einhergehen könne. Die Wege des Herrn seien ja bekanntlich
unergründlich, und die Wege, die eine Seele gehen müsse, um
ihre Reinheit und Unschuld wiederzugewinnen, dürfen nicht
ohne Steine sein.

Nur für einen kurzen Moment huschte da ein Lächeln über
die schmalen Lippen der Oberlehrerin. Ein kurzes Aufflackern
beglückender Gewissheit, dass sie zu jeder Zeit nur das Beste

für das Pensionat und ihre Schülerinnen getan hatte – und dabei niemals den leichteren Weg gewählt hatte.

Ida nutzte derweil die wenige Freizeit, die ihr vor dem Abendessen blieb, für einen Spaziergang.

Es wäre müßig, den Weg zu beschreiben, dem sie zunächst dem Waldrand entlang folgte, um dann wie zufällig wieder zu jener Stelle zurückzukehren, an der Charlotte Linhard gefunden worden war. Immerhin trieben sie ja nicht allein die unzähligen Fragen an, die sich in ihrem Kopf in munterem Reigen drehten, sondern auch die Vereinbarung, die sie am Vortag getroffen hatte.

Auch hinter den dichten Brauen des Gendarmen Wilhelm Koweindl türmte sich ein Wust an Fragen, auf die bisher weder er noch seine Vorgesetzten oder die klugen Herrschaften der Kriminalpolizei in Graz passende Antworten gefunden hatten. Selbstverständlich war nach allen Regeln der kriminalistischen Kunst, welche zu jener Zeit ohnehin noch reichlich schlicht ausfallen musste, ermittelt worden – aber bisher hatte kein Hinweis zu einer auch nur ansatzweise brauchbaren Spur geführt.

Tatsächlich schämte Wilhelm sich fast ein wenig vor sich selbst, da er sich eingestehen musste, dass er ausgerechnet von dem Fräulein Lehrerin jene hilfreichen Hinweise erhoffte, die ihm von seinen Vorgesetzten schlichtweg versagt worden waren – nicht, weil sie ihre Erkenntnisse nicht mit einem Gendarmen teilen wollten, sondern weil sie bis dato ebenso wenig wussten wie er. Dementsprechend groß war seine Erleichterung, als er Ida den Weg heraufkommen sah. Ganz sicher war er sich nämlich nicht gewesen, ob sie wirklich käme.

»Was haben Sie also herausgefunden, Fräulein?«, fragte Wilhelm deshalb nach einer recht ungelenken Begrüßung sogleich.

Ida zog die linke Braue hoch, was ihr einen äußerst pfiffigen Ausdruck verlieh und den Gendarmen ein wenig aus der Fassung brachte, und fragte zurück: »Was weiß man denn schon?«

Wilhelm holte tief Luft, dann begann er: »Das Fräulein Linhard ist erdrosselt worden, erwürgt, erstickt.«

Das hatte sie bereits vermutet, allerdings war Ida weit geübter mit Worten als der Gendarm. Zudem hatte sie sich in den verschiedenen Konversationslexika, die vor allem zu repräsentativen Zwecken im Lesezimmer des Pensionats herumstanden, ein überaus breit gefächertes Wissen über alle möglichen Gebiete angelesen, was ihr nun sehr zugutekam. »Was denn jetzt? Erwürgt wird man mit den Händen, erdrosselt von einem Gegenstand. Bloß ersticken kann man auch von alleine.«

»Also dann … erdrosselt.«

»Aha. Aber wahrscheinlich nicht mit den rosa Bändern«, ergänzte Ida darauf. Auf Wilhelms fragenden Blick hin erklärte sie schlicht: »Das wäre zu einfach.«

Er schien erleichtert, dass er in der vifen Lehrerin nicht auch noch eine Hellseherin vor sich hatte. »Die Würgemale waren zu … sie passten nicht zu diesen Schleifen«, bestätigte er unbeholfen. »Also der Stoff von so einem Band, der würde sich ja ganz eng zusammendrehen, wie eine Schnur fast, wenn man nur fest genug anzieht, und im weichen Fleisch am Hals quasi … versinken«, versuchte er zu erklären.

Ida nickte nur.

»Und außerdem war da an einer Stelle, seitlich am Hals, so ein komischer Abdruck, kein Knoten, sondern … etwas anderes.«

Die Lehrerin bemühte sich redlich, kein Lächeln ihren Lippen entweichen zu lassen, als sie den Gendarmen dabei beobachtete, wie er mit Händen und Füßen seine Erklärungen untermalte. »Ja, was denn nun?«, fragte sie endlich.

»Eher eine Schnalle – aber eben nicht wie bei einem normalen Gürtel.« Er machte eine hilflose Geste, die wohl andeutete, dass er es einfach nicht besser erklären konnte.

»Sehr mysteriös«, meinte Ida. »Und weiter?«

Was nun kam, war Wilhelm reichlich peinlich, aber umgehen ließ sich diese Information auch nicht recht, wenn er denn hoffte, in der jungen Lehrerin eine brauchbare Denkhilfe zu haben. »Das Mädchen ist nicht … das heißt, sie war bis zu ihrem Tod noch … soweit man feststellen konnte … also das kann man, wenn Sie verstehen, was ich meine.« Ungelenk stammelte er noch etwa eine halbe Minute um den heißen Brei herum, bis er endlich sagte: »Sie war noch unberührt.«

»Also kein Lustmörder«, erwiderte Ida schockierend gelassen. »Das heißt«, fuhr sie fort, während sie scheinbar zwanglos weiterspazierten, »dass der Gymnasiast, dem Charlotte in Liebe zugetan war, tatsächlich ein Ehrenmann war.«

»Oder sie war einfach zu schamhaft.«

Diesmal hoben sich gleich zwei Brauen in lichte Höhen.

»Wie es von einem Fräulein zu erwarten ist. Wie es sein soll … in einem Pensionat … hier.« Wieder ein Beweis, dass Wilhelm Koweindl kein Mann der eleganten Worte war und obendrein das männlich geprägte Weltbild seiner Zeit teilte.

»Charlottes Tagebuch ist also nicht verschwunden, um den Burschen zu schützen«, überlegte sie weiter, ohne auf Wilhelms Erklärung einzugehen.

»Welches Tagebuch?« Wilhelm beherrschte den fragenden Blick bereits, mit dem er Ida zum Reden brachte. Also erzählte sie: von Gustav Auer, der anscheinend beim Tanzerl-Abend zugegen gewesen war, und dem Tagebuch, das sie gesehen und zumindest überflogen hatte. Diesmal ließ sie keine Details aus und berichtete ihm auch von Antonia Maurers immerzu wässrig blauen Augen und den Ängsten der Pensionärinnen. Selbst die nächtlichen Geisterumtriebe verschwieg sie ihm nicht.

»Aber das ist doch Hysterie!«, warf Wilhelm ein. »Mädchen in diesem Alter sind doch … nicht einmal testierfähig!«

»Ich habe die Schritte am Dachboden auch gehört. Und ich bin testierfähig«, gab Ida zurück.

»Sie sind eine Lehrerin.«

»Und das befreit mich vom Laster der Hysterie?«

Wilhelm sagte vorsichtshalber gar nichts und marschierte stumm neben Ida her, während er ein paar Notizen in sein abgewetztes Büchlein krakelte.

»Was ist eigentlich sonst noch dort am Dachboden?«, fragte er nach einer Weile.

»Im vorderen Teil ein paar ungenutzte Gästezimmer, hinten die Stube des Hausdieners – und noch ein paar enge Kammern, die keinem bestimmten Zweck dienen. Und außerdem haben wir womöglich Ratten dort oben.«

»Wohnen die nicht normalerweise eher im Keller?«, warf Wilhelm ein.

»Der Hausdiener sagt, es seien Marder.«

Wilhelm blieb stehen. »Und das sagen Sie mir erst jetzt? Das wird wohl dieser Geist sein, der bei euch umgeht!«

»Also ist es doch ein Geist?«

»Natürlich nicht!«

»Und wer ist es dann?«

»Sie könnten ja einmal nachsehen.«

»Das habe ich natürlich.« Ida reckte das Kinn, als müsste sie sich für irgendetwas rechtfertigen. »Aber da oben ist nichts außer den Zimmern und einem alten Schrank – der im Übrigen verschlossen ist. Ohne einen guten Grund oder die Erlaubnis der Oberlehrerin komme ich da nicht hinein. Ich kann ja schlecht die Tür einschlagen.«

Der Blick, welcher der Gendarm ihr bei diesen Worten zuwarf, ließ vermuten, dass er ihr im Ernstfall einen solchen Gewaltakt zugetraut hätte. »Ich finde, Ratten – oder Marder wären ein durchaus guter Grund«, meinte Wilhelm schließlich.

»Der Hausdiener will Gift auslegen.«

Wilhelm brummte etwas, ohne sich dabei auf eine spezifische Antwort festzulegen. »Das ist doch alles ein Blödsinn, bei einem Haus voller Frauenzimmer …«, murmelte er, beeilte sich aber, als Ida ihn von der Seite anfunkelte, eilig zurückzurudern: »Dieser Geist hat ja ohnehin nichts mit dem Mord zu tun. Und wieso sollte der Mörder von dem Fräulein ausgerechnet bei euch unterm Dach wohnen? Da gäbe es doch ganz andere Orte. Vor allem bei den Verdächtigen …«

Sie waren inzwischen dem Weg fast bis zum Waldrand gefolgt. Bevor aber die Bäume einen womöglich ungebührlichen Schatten auf die beiden werfen konnten, drehten sie um.

»Es gibt also neue Verdächtige? Nicht mehr bloß Wegelagerer und Sittenstrolche?«, fragte Ida spitz.

Kurz war da ein verstohlenes Grinsen in Wilhelms Mundwinkel, als er die Lehrerin betrachtete, die ihn so gewitzt zum Reden brachte. »Natürlich haben wir inzwischen gewisse Erkundigungen über die Tote eingezogen«, erwiderte er. »Da ist ihr Vater, ihre Mutter, deren Geliebter, vielleicht auch ihr älterer Bruder, und einen Cousin gäbe es da noch.«

»Die ganze Familie kurz gesagt.«

»Ihre jüngeren Geschwister können wir ausschließen.«

Charlottes Vater nämlich, der sein Vermögen gleich dreimal im Laufe seiner Ehe durchgebracht hatte, war in gewissen Bankierskreisen berüchtigt, wo er durch ebenso halsbrecherische wie geniale Coups Geld scheffelte und es wieder verschwinden ließ. Es war ein offenes Geheimnis – denn sonst hätten es die Kriminalisten ja nicht herausgefunden –, dass er in den ersten Jahren seiner Ehe einem Geschäftspartner im Gegenzug für bestimmte Gefälligkeiten erlaubt hatte, eine Affäre mit seiner Gattin zu beginnen. Was diese dazu gesagt hatte, konnte leider nicht ermittelt werden.

Die Vermutung, dass er sich ähnliche Gefälligkeiten womöglich mit seiner Tochter erkaufen wollte, lag nicht allzu fern. Allerdings war das Mädchen nun tot.

Die Mutter sollte seit Jahren einen hartnäckigen Kurschatten besitzen, den sie sich einmal aus Bad Gastein eingeschleppt habe; einen Prinzen von Croy, hieß es. Nun war die gnädige Frau Linhard wohl nicht mehr in der Blüte ihrer Jahre, und Gerüchten zufolge sollte jener Prinz bereits einmal unverbindlich nachgefragt haben, ob er nicht auch die Bekanntschaft des werten Fräulein Tochter machen könne. Ganz ohne Verpflichtungen selbstverständlich.

Charlottes älterer Bruder studierte bereits seit Jahren erfolglos in der Weltgeschichte umher und war berüchtigt an sämtlichen Spieltischen – allerdings eher dank seiner Verluste. Wie nun eine beachtliche Ehrenschuld, von der geflüstert wurde, mit dem Tod seiner Schwester zusammenhängen sollte, konnten die ermittelnden Instanzen zwar auch nicht genau sagen, aber immerhin hatten sie noch ein weiteres verdächtiges Individuum in Charlottes Umfeld gefunden.

Der einzige Sohn des Bruders ihrer Mutter schließlich sei im vergangenen Jahr, nachdem er zuvor nach Amerika ausgewandert war, mit einem beträchtlichen Vermögen unklarer Herkunft wieder heimgekommen. Dass er irgendetwas mit der Kapitulation des Sioux-Häuptlings Sitting Bull zu tun gehabt haben könnte, musste wohl als Gerücht betrachtet werden. Einen Teil des ominösen Geldes habe er inzwischen bereits in verschiedenen Etablissements zurückgelassen, einen anderen Teil habe er irgendwo angelegt, und außerdem unterhielt er eine enge Bekanntschaft mit einer Wäscherin, die einmal wegen Verdacht auf Engelmacherei festgesetzt worden war. Was er mit Charlottes Tod zu tun haben könnte, wusste auch niemand. Verdächtig war er allemal.

»Man weiß also gar nichts«, schloss Ida Wilhelms ungewöhnlich wortreiche Erzählung.

»Es wird noch weiter geforscht.«

»Und wenn man niemanden findet, wird es wohl doch ein Zigeuner gewesen sein, der inzwischen das Weite gesucht hat …«

In der Tat schien in den folgenden Wochen genau das zuzutreffen, was Ida angedeutet hatte. Die Gendarmerie sowie die ermittelnden Behörden in der Stadt wussten nichts und fanden nicht viel mehr heraus.

Die brisanten und skandalträchtigen Einzelheiten, die über Charlottes Familie ans Tageslicht gekommen waren, wurden nach ein paar Wochen ebenso vergraben wie der Körper des toten Mädchens – und etwa zeitgleich begann Gras über beides zu wachsen.

Auch im Pensionat am Annaberg kehrte langsam wieder Ruhe ein. Nachdem die verbliebenen Habseligkeiten der Verstorben an ihre Eltern zurückgeschickt worden waren, kam bald das allgemeine Vergessen hinzu. Aus den Augen, aus dem Sinn.

Nur Antonia Maurer vergoss noch einige Nächte lang heimliche Tränen, wenn sie das Nachtkästchen sah, das nun zu ihrer alleinigen Verfügung neben ihrem Bett stand. Und Rudolfine schwor Stein und Bein, dass sie in manchen Nächten weiterhin die Geisterschritte am Dachboden vernommen hatte, doch mehr als einmal war es bloß der alte Hausdiener gewesen, der zu später Stunde unterwegs gewesen war.

Auch die übrigen Mädchen schoben das traumatische Ereignis nach und nach so weit von sich, dass wenige Wochen später der Alltag im Pensionat fast wie zuvor wiederhergestellt war. Lediglich das Fräulein Luise von Eber erging sich hin und wieder in einer herzhaften Ohnmacht und genoss den allgemeinen Schrecken, den sie damit auslöste.

Die Oberlehrerin Berta Stieglitz konnte ebenfalls zufrieden sein, jedenfalls in den meisten Dingen. Die Tragödie, so schlimm sie auch war, hatte überraschend wenig Spuren an ihrer Institution hinterlassen. Lediglich die Eltern von Cölestine Wichowitz, einem stillen, farblosen Kind, dessen Anwesenheit den meisten entging – weshalb sie bisher in dieser Geschichte auch keine Erwähnung gefunden hat –, holten ihre Tochter nach dem Mord an Charlotte Linhard wieder heim. Insgeheim war ihr Vater sogar froh darüber, nun eine gute Ausrede zu haben, das Mädchen kostengünstiger anderswo unterbringen zu können, denn sonst hätte er womöglich zugeben müssen, dass er sich die Erziehung seiner Tochter im Pensionat nicht mehr leisten konnte.

Im Übrigen hatte Fräulein Stieglitz nun auch ein strengeres Auge auf die Dienstboten des Hauses, insbesondere auf Joseph, der zunehmend mürrischer und verschlossener wurde – obgleich er sich überraschenderweise nun weit häufiger einen Besuch im Gasthaus leistete. Die Köchin murrte, da sie angehalten war, reichhaltiger zu kochen, allerdings zu den gleichen Einkaufspreisen, und das Hausmädchen fand sich neuerdings immer häufiger irgendwelchen versperrten Türen, Kästen, Schränken oder Truhen gegenüber, hinter denen sie sonst immer unbeschwert geputzt und abgestaubt hatte. Mit diesen Einschränkungen ihrer Tätigkeit fand sie sich aber recht schnell ab, konnte sie doch die ersparte Zeit nun weit angenehmer nutzen.

Die Hilfslehrerin Anna Bauer schließlich konnte sich endlich mit einer erfolgreichen Verlobung in der Tasche aus dem Staub machen.

Die meisten Veränderungen schienen in den Wochen nach dem Mordfall mit Fräulein Amman vorzugehen. Nicht dass sie ihre makellose Geradlinigkeit aufgegeben hätte, doch man konnte bisweilen einen zarten Hauch Röte auf ihren Wangen entdecken, als hätte der Tod des Mädchens wie eine merkwürdige Frischluftkur auf sie gewirkt. Öfter als sonst suchte sie nun die Einsamkeit ihres Zimmers auf, wo sie nicht nur makellose Strümpfe strickte, sondern sich auch immer mehr der lyrischen Dichtung widmete. Elegien waren ihre besondere Leidenschaft, wobei ihre Hexameter und Pentameter selbstverständlich immer noch die kerzengerade Perfektion ihres ganzen Wesens widerspiegelten.

Ida Fichte schließlich ertappte sich in diesen Wochen vor allem bei zweierlei. Zum einen, dass sie häufiger auf Schritte und merkwürdige Geräusche aller Art lauschte, die meist aus Winkeln kamen, in denen sich gerade niemand aufhalten sollte; zum anderen, dass sie ein wenig zu oft an den Gendarmen Wilhelm Koweindl dachte …

Trotz allem blieb Ida stets vernünftig. Sie ermahnte sich regelmäßig, dass es keine Geister gebe – nicht einmal in einem Pensionat voll junger Fräulein –, und sie rief sich zur Ordnung, wenn ihre Gedanken zu irgendwelchen oder ganz bestimmten uniformierten Männern abschweiften.

Außerdem verbot sie sich entschieden, noch einmal auf den Dachboden zu steigen, um dort vor der verschlossenen Kastentür zu stehen und sich irgendwelche Ratten oder andere Monstrositäten dahinter vorzustellen. Fräulein Stieglitz hatte sicherlich einen guten Grund, weshalb das Möbelstück aus ihrem Zimmer verbannt und verschlossen war. Zudem schlief der Hausdiener gleich nebenan und hätte wohl früher oder später mitbekommen müssen, wenn ein Geist Wand an Wand mit ihm hauste.

Dieser ganze Unfug musste ein Ende haben!

Ein jähes Ende hatte nach Charlottes Tod übrigens auch die schulische Karriere des Gymnasiasten Gustav Auer gefunden. Als nämlich zwei ermittelnde Herren der Gendarmerie bei seinem Vater auftauchten, um den Burschen über das Fräulein Linhard zu befragen, verursachte dies in seiner Umgebung – die bisher vom Arm des Gesetzes völlig unberührt gewesen war – einen solchen Aufruhr, dass sein Vater ihn unverzüglich vom Gymnasium nahm und zu einem entfernten Verwandten nach Gaishorn verschickte. Unter dessen strenger Hand erlitten sowohl sein Körper als auch sein Geist in den folgenden Jahren harte Schläge, sodass Gustav schließlich im Alter von zwanzig Jahren als gebrochener junger Mann in die Stadt zurückkehren würde.

Man hätte diese ganze Angelegenheit wohl auf sich beruhen lassen können, wenn nicht ein paar Wochen nach Charlottes unaufgeklärtem Tod ein außerordentlich reißerischer Artikel in »Jedermanns Wochenpost« erschienen wäre. Der Verfasser dieses Schriftstücks ließ sich in allen Tönen und Farben über das ruchlose Hinmorden junger Mädchen aus, verglich den Vorfall, der sich in einem *gewissen Pensionat* zugetragen hatte, mit allerlei anderen Verbrechen und überließ die Leserschaft am Ende dem wohligen Schauder, dass ebenjener Mörder, der das jüngste Opfer gefordert hatte, nie gefasst worden war.

Eigentlich war der Artikel bloß einer von vielen, die täglich in den unterschiedlichsten Blättern erschienen und keine andere Funktion hatten, als jene Bürger, die sich weder für Politik noch für Finanzen interessierten, mit ansprechenden und aufregenden Gesprächsthemen zu versorgen. Dummerweise aber war »Jedermanns Wochenpost« im Pensionat strengstens untersagt – was dazu führte, dass die Mädchen jede Woche einen geheimen Sport daraus machten, irgendwie an die verbotenen Früchte zu kommen. Häufig fungierten dabei das Hausmädchen oder die Köchin, wenn sie einmal halbwegs gut gelaunt war, als Überbringerinnen.

Mit geradezu wollüstigem Entsetzen lasen die Mädchen die verbotenen Zeilen:

Als der Grausamkeiten höchste ist es anzusehen, wenn ein junges Mädchen in der Jugendfrische ihrer Unschuld dahingerafft wird. Wer zu solcher Tat fähig ist, hat es nicht länger verdient, der Gemeinschaft der sittlichen Menschen anzugehören; er sei fortan ein Ausgestoßener, und bis man ihn gestellt haben wird, soll er an der Schändlichkeit seiner Tat verzweifeln und vom bitteren Brot seiner Schuld zehren.

Ein solches Verbrechen hat sich schlechterdings nicht im fernen Orient zugetragen, wo es wohl Sitte ist, den Verlust der Reinheit mit Steinigung zu bestrafen, und Witwen selbst ihren toten Gatten auf den Scheiterhaufen folgen, sondern hier, wo der Geist der Aufklärung eine solche Tat längst unvorstellbar erscheinen lässt. In einem Institut für junge Fräulein, die in nicht allzu ferner Zukunft zur Zierde der Gesellschaft erwachsen sollten, wurde von grausamer Mörderhand einem Mädchen das Leben geraubt.

Doch schlimmer noch als die Tat an sich ist die Tatsache, dass bis dato niemand für diesen Akt der Grausamkeit zur Rechenschaft gezogen wurde. Mag ein Räuber sich seiner Beute erfreuen, ein Falschspieler seiner Finten, mag ein Wilderer über die Trophäe frohlocken, die er heimtückisch dem Grundherrn entrissen hat, oder eine Engelmacherin über den Gewinn aus ihrem grausigen Handwerk – keiner von diesen bedroht unsere Töchter auf dieselbe Weise, wie jener Mörder, der einer Jungfrau im weißen Kleide die Schlinge um die Kehle legte.

Als die dramatischen Ereignisse den Schülerinnen auf so schaurige Art wieder in Erinnerung gerufen wurden, brauchte es abermals mehrere Wochen, bis neuerlich Ruhe im Pensionat einkehrte. Die Oberlehrerin verhängte strenge Strafen über jede, die auch nur mit einem Fetzen der Zeitung erwischt wurde, Fräulein Ammann versuchte, die Mädchen durch »gute« Literatur zu kurieren, und Ida fragte sich insgeheim, woher jener Scribilant, der den Artikel verbrochen hatte, so vieles über den Mord an Charlotte Linhard wissen konnte.

6

*… in welchem eine Schülerin verschwindet und rosa Bänder
wieder auftauchen …*

Die Maienzeit war bekanntlich die schönste Zeit des Jahres.
Alles grünte und duftete, und die Sonne wärmte selbst die
kältesten Gemüter. Sogar die hohe Politik des Kaiserreiches
versuchte sich in diesem Frühsommer 1882 mit Italien anzufreunden, um den Zweierbund mit Deutschland zu einem
Dreierbund zu erweitern. Eine Verbindung, die vielleicht für
die Geschichte Europas, nicht aber für die Ereignisse am Annaberg von allzu großer Bedeutung war.

Die Köchin überraschte die Pensionärinnen mit einem
Anflug von guter Laune, der sich in der Form von süßem
Weißbrot zum Frühstück manifestierte. Das Hausmädchen
stolzierte an seinem freien Nachmittag mit einem neuen Hut
nebst modischem Sonnenschirm in Sichtweite des Pensionats
am Arm eines feschen Burschen von der freiwilligen Feuerwehr vorüber – und Fräulein Stieglitz konnte sich darüber
nicht einmal echauffieren, da sie für ein paar Tage wegen ge-
schäftlicher Angelegenheiten in der Stadt weilte.

Die Schülerinnen ebenso wie die beiden verbliebenen Lehrerinnen waren darüber nicht allzu betrübt. Helene Ammann
schien geradezu zu erblühen und garnierte ihre Geradlinigkeit
mit frischen Blumen, die sie sich verwegen in den straffen
Haarknoten steckte.

Hätte Ida geahnt, was es mit dieser förmlich überbordenden
Gelöstheit der Kollegin auf sich hatte, wäre manches wohl
anders gekommen. So allerdings wunderte sie sich bloß im
Stillen und erfreute sich und die Mädchen damit, den Unterricht in den Garten zu verlegen.

Am Nachmittag erlaubte sich Ida in ihren freien Stunden
sogar die Lektüre eines modernen Romans, welchen die

Oberlehrerin sicherlich naserümpfend in den Ofen geworfen hätte (eine Romanze von einer englischen Autorin namens Caroline Hart, welche in Wahrheit angeblich ein Mann war!), und erging sich in Phantasien, was sie mit ihrem Leben anstellen könnte, wenn sie nicht zwei Heiratsanträge abgewiesen hätte und Lehrerin geworden wäre. Gewiss kam in diesen Tagträumen der eine oder andere Mann vor, aber Ida war zu vernünftig, um sich dabei ganz der Realität zu verschließen.

Es war an dem letzten dieser geruhsam freien Nachmittage, ehe die Rückkehr von Fräulein Stieglitz erwartet wurde, dass die Mädchen um eine »Landpartie« ansuchten. Fräulein Amman war wie zu erwarten zunächst dagegen, doch ihre jüngsten lyrischen Studien hatten ihren Willen mürbegemacht, und so erhielten die jungen Fräulein schließlich die Erlaubnis, einen außerordentlichen Spaziergang zu unternehmen.

Ida, die im ersten Moment der Gedanke an Charlotte Linhards Mörder durchzuckte, den man ja noch immer nicht ausfindig gemacht hatte, wollte ebenso zuerst widersprechen. Doch der Umstand, dass die Mädchen endlich wieder den Wunsch nach solch einer harmlosen Lustbarkeit verspürten, ließ sie bald zustimmen.

Ilse Täublein, Annegret Thun und die kleine Paula Theuerdank stellten die Delegation, welche bei der Köchin um einen Proviant für ihre Landpartie anfragte. Auch hier wirkte die Abwesenheit der Oberlehrerin Wunder, und nach bloß halbstündiger Verhandlung hatten die Mädchen einen Korb mit Obst und Würsten ergattert.

Rudolfine schlug vor, dass sie ja ein Lagerfeuer machen könnten, um die Beute zu braten, Antonia Maurer und das stets vorbildlich vorsichtige Fräulein Anna Buchenberg legten jedoch ein Veto ein. Sie wollten ihr unverhofftes Glück nicht allzu sehr auf die Probe stellen.

Die Idee des Fräuleins von Eber hingegen wurde mit allgemeinem Beifall aufgenommen: Statt in ihrer schlichten Schuluniform (dunkelblaue Kleider, mit oder ohne Schürze) entschlossen sich die Mädchen, ihre kleine Landpartie in eleganter Nachmittagstoilette zu bestreiten. Neben dem hellgrauen Sonntagskleid, welches zugleich als Ballkleid für den Tanzerl-Abend fungieren musste, war es den Mädchen nämlich nur erlaubt, eine einzige zusätzliche Garderobe mitzubringen. Die Oberlehrerin legte Wert darauf, dass sich ihre Zöglinge auf das Wesentliche konzentrierten – und das war ihrer Meinung nach nicht die Frage, welchen Hut man zum neuen Kleid tragen sollte. Dass sie dieselbe Schlichtheit auch von ihren Lehrerinnen und dem übrigen Personal erwartete, stand außer Frage.

Auch wenn Rudolfine und Emma Probst murrten, dass ihre Nachmittagskleider ohnehin kaum anders aussahen als das öde Schulkleid, schafften es die Mädchen, auch diese modische Erlaubnis von Fräulein Ammann zu erstreiten. Ida, die an die heilsame Wirkung von Abwechslung glaubte und zudem selbst die Landpartie begleiten würde, hatte ebenso wenig gegen diesen harmlosen Wunsch einzuwenden, der den Mädchen doch so viel bedeutete.

Eifriger hatten die Schülerinnen sich selbst vor dem Tanzerl-Abend nicht geschmückt. Emma garnierte ihren Hut mit selbst gefalteten Papierblumen, Sarah Vogelsang und Susanne Tugendhat stritten sich mit Antonia Maurer um einen Spitzenkragen, von dem jede behauptete, die alleinige Besitzerin zu sein. Einen mittleren Eklat gab es schließlich, als Marie Seebenstein und Klara Schlanitz bemerkten, dass ihre Kleider fast ident waren und sie darin Gefahr liefen, womöglich für Zwillinge gehalten zu werden. Anna Buchenberg konnte jedoch gerade noch rechtzeitig Abhilfe schaffen, indem sie Marie ihr gelbes Kleid lieh und selbst in einem allerliebsten weißen Ensemble erschien, das sie eigentlich gar nicht haben durfte, da ja jeder Schülerin nur eine einzige zusätzliche Garderobe zustand. Hier hatte allerdings die neueste Mode über ihren sonstigen Gehorsam gesiegt – und Ida entschied sich, in diesem Falle sowohl blind als auch taub zu sein. Die Schwestern Hahn schließlich ließen sich nur mit Mühe davon abbringen, die scheußlichen Straußenfedern, die sie auch am Tanzerl-Abend getragen hatten, auf ihre Hüte zu stecken.

»Bitte, ihr seid ja keine Indianer!«, versuchte Fräulein Amman die Mädchen vergebens zur Ordnung zu rufen, als sie mit der Lehrerin an der Spitze und Ausrufen des Entzückens zu ihrer Landpartie aufbrachen.

Unter der Krempe von Idas Hut konnte man ein verhaltenes Grinsen erahnen, als sie mit ihren Zöglingen in die Natur hinausmarschierte. Wozu sollte man leugnen, dass ihr dieser Ausflug mindestens ebenso viel Freude bereitete wie den Mädchen und ihre sporadischen Ermahnungen, »Gemach!« – »Also, Rudolfine …!« – »Nicht so schnell! Eine Dame rennt nicht!« – »… und Kürassiere auch nicht …«, wohl eher der Pflicht als der Neigung entsprangen.

Sie mussten nicht weit gehen, um bald zu einer bezaubernden Waldlichtung zu kommen, wo eilig alles für das Picknick bereitet wurde.

»Schülerinnen!«, rief Ida ihre Schützlinge noch einmal zu sich, ehe die Mädchen sich in alle Himmelsrichtungen zerstreuten. »Kann ich davon ausgehen, dass ihr euch angemessen und anständig benehmen werdet?«

Eifriges Nicken war die Antwort.

»Ich wünsche, dass ihr nicht nur auf euch selbst, sondern auch aufeinander achtgebt. Habt ihr mich verstanden? Niemand geht alleine irgendwohin, nicht in den Wald und auch sonst nirgends. Ich erwarte, dass ihr in Sichtweite bleibt und mir sofort sagt, wenn etwas –«

»Wenn wir jemanden sehen, meinen Sie?«, unterbrach sie Antonia und blickte mit großen Augen um sich, als erwartete sie, dass jeden Moment jemand aus dem Wald stapfte.

»Sie meint, wegen Charlotte …« Ilses Stimme klang auf einmal gar nicht mehr so begeistert wie noch vor wenigen Minuten.

Ida setzte ein möglichst unbeschwertes Lächeln auf. »Ich möchte lediglich, dass ihr euch wie junge Damen benehmt und nicht wie ein Horde Wilde mit eleganten Hüten.«

Ihre Worte entlockten immerhin den beiden Schwestern Hahn, die sich im letzten Moment entschieden hatten, es wie Emma zu machen, und nun ein paar extravagante Papierblumen auf ihrem Kopf trugen, ein halbherziges Grinsen.

»Seid … einfach vorsichtig.« Ida setzte sich auf einen überraschend bequem bemoosten Baumstumpf, während die Mädchen sich nach und nach in Gruppen verteilten, plauderten, lachten und allerhand kindische Spiele trieben.

Die Kunst und Lehre der Pädagogik steckte zu dieser Zeit zwar noch in ihren Kinderschuhen, aber die junge Lehrerin erkannte instinktiv, dass dieses unbeschwerte Spiel, die Muße und Bewegung im Freien den Pensionärinnen guttaten. Das Leben würde den Fräulein ohnehin früh genug Einschränkungen und Pflichten auferlegen, da konnte es nicht schaden, ihnen wenigstens diese kleinen Freiheiten zu gönnen.

Nach einigen Stunden, als die Schatten sich bereits feuchtkühl über die Lichtung zu legen begannen, der Proviant restlos verzehrt war, einige ehemals weiße Strümpfe waldfarben befleckt und manch ein allzu modisches Nachmittagskleid als furchtbar unbequem erkannt worden war, rief Ida ihre Zöglinge zum Aufbruch. Vielleicht wäre sie gerne noch länger geblieben, aber Pflicht und Ordnung waren nun einmal unumgänglich.

Die Mädchen murrten zwar, doch verbot ihnen ihre Erziehung, weiter aufzubegehren.

Gehorsam formierten sie sich in sieben Zweierreihen und wollten sich bereits auf den Rückweg zum Pensionat machen – als Ida plötzlich die unverrückbare Wahrheit der Mathematik bewusst wurde: Sieben Zweierreihen bedeutete bloß vierzehn Mädchen, doch nach dem Hinscheiden von Charlotte Linhard und dem Ausscheiden von Cölestine Wichowitz sollten es fünfzehn Schülerinnen sein. »Eine fehlt«, murmelte Ida tonlos. »Eine fehlt …«

Während sie sich noch in sprachloser Schockstarre befand, hatten auch die anderen begriffen, was los war. »Jemand fehlt!«, rief Rudolfine. »Es ist schon wieder eine von uns verschwunden!«

»Schon wieder« war vielleicht ein wenig übertrieben, immerhin hatte doch erst ein einziger Todesfall das Pensionat heimgesucht – die Wirkung dieser Worte allerdings ließ nicht lange auf sich warten. Schon wollten die Mädchen in alle Himmelsrichtungen davoneilen, um die verlorene Kameradin zu suchen. Allein das Fräulein von Eber gönnte sich eine Ohnmacht.

Das allgemeine Chaos ließ Ida wieder zu sich kommen. »Nein! Hiergeblieben!«, kommandierte sie. »So geht das nicht. Wer ... wer fehlt denn überhaupt?«

Die Schülerinnen sahen sich um.

»Die Paula?«, meinte Ilse Täublein.

»Nein, ich bin da«, sagte diese und hob zaghaft die Hand.

»Die Anna!«

Ida und die Mädchen sahen sich um, als müsste das Fräulein Buchenberg jeden Moment lachend aus dem Wald hervorkommen. Doch während die Lehrerin sich noch um Haltung und Ruhe bemühte, saß in ihrem Hinterkopf bereits die würgende Gewissheit, dass etwas Furchtbares geschehen sein musste. Schon wieder. Die stets gehorsame Anna Buchenberg wäre niemals zum Spaß einfach so davongelaufen.

»Gut«, sagte Ida, obwohl absolut gar nichts »gut« war. »Gut, wir gehen jetzt nach Hause, und dann ... werden wir die Anna suchen.«

Von einer fröhlichen Rückkehr von der Landpartie war nicht zu reden. Die Mädchen waren verängstigt und stachelten einander mit den wildesten Vermutungen nur noch weiter auf.

»Vielleicht hat der Geist sie geholt!«, flüsterte Susanne Tugendhat.

Annegret nickte ernst. »Die Charlotte rächt sich womöglich jetzt, weil sie ihr das Spitzentaschentuch damals nicht zurückgegeben hat!«

»Was sollen wir tun?«

»Hört auf damit!«, rief Ida die Mädchen heftiger als gewollt zur Ordnung. Die Situation setzte ihr mehr zu, als sie zugeben wollte – und da nutzte es wenig, wenn die Schülerinnen sich gegenseitig auch noch mit Geistergeschichten erschreckten.

Marie, Klara und die kleine Paula Theuerdank konnten gar nicht aufhören zu weinen.

»Mit Tränen helft ihr der Anna nicht!«

Fräulein Amman wirkte zunächst mehr irritiert als schockiert, als ihr Ida mit einer Gefasstheit, die nur dem Schreck entspringen konnte, berichtete, was vorgefallen war. »Ja aber … was wird die Oberlehrerin denn dazu sagen …?«, stammelte sie.

»Dass ab heute und für alle Zeiten Landpartien gestrichen sind«, antwortete Ida nur, ehe sie sich besann. Dann straffte sie sich und sagte: »Wir müssen unbedingt noch einmal in den Wald und nach dem Fräulein Buchenberg suchen und –«

»Wir?«

»Ja … nein.« Ida rang in undamenhafter Manier die Hände. »Der Joseph muss in den Ort gehen und ein paar Männer zusammensuchen, und wir brauchen die Gendarmerie … und die Stieglitz muss auch informiert werden.«

»Gut … ich werde telegrafieren lassen. Und mich um die Mädchen kümmern«, sagte Helene und war wahrscheinlich froh, damit ihren Teil zu erfüllen.

In Windeseile, die man seinem Alter gar nicht zugetraut hätte, trommelte der Hausdiener im Ort ein paar Leute zusammen, die kurz entschlossen mit Laternen und Hirschfängern bewaffnet in den Wald losstapften, um das verschollene Fräulein zu suchen. Ob es Furcht oder Sorge, Zorn oder ein anderes bitteres Gefühl war, das seine Miene in Falten legte, war schwer zu sagen. Doch hätte, wer Joseph mehr als nur flüchtig ansah, erkennen müssen, dass ihm das neuerliche Unglück auf eine besondere Weise naheging.

Inzwischen war es dämmrig geworden. Nachdem Ida einen Burschen losgeschickt hatte, der die Gendarmerie aus Gratwein holen sollte, zögerte sie nur einen kurzen Moment. Sicherlich hätte es ihr niemand zum Vorwurf machen können, wenn sie nun bei den Mädchen geblieben wäre, doch instinktiv spürte sie, dass ihr Platz jetzt nicht im Pensionat war, sondern draußen, wo ihre Schülerin Anna Buchenberg irgendwo sein musste. Sie konnte genauso gut wie die Mannsbilder durchs Unterholz steigen – und vielleicht sahen ihre Augen, was den anderen entging. Außerdem verblieben die Mädchen ja in der Obhut von Fräulein Ammann sowie dem Hausmädchen und der Köchin, die aufgewühlte Nerven mit süßem Brei zu besänftigen pflegte.

Idas Anwesenheit wurde also nicht weiter benötigt.

Mit nichts als einer Laterne bewaffnet machte sie sich auf den Weg. Kurz ließ sich eine Rüsche ihres Unterrocks sehen, als Fräulein Fichte entschlossen ihre Röcke raffte und in den Wald trat. Schon hatten sich blaue Schatten zwischen den Bäumen ausgebreitet. Wider alle Vernunft wünschte sie sich, dass die Verschwundene bloß über eine Wurzel gestolpert wäre und mit gebrochenem Bein irgendwo im Graben läge, dass sie im Spiel die Richtung verloren hätte und im nächsten Tal wiederauftauchte.

Eine beträchtliche Zeit war inzwischen vergangen. Die Stimmen der Männer, die ebenfalls nach der Pensionärin suchten, hatten sich längst im Dickicht verloren, die Nacht hatte den Wald zu einem schwarzen Gewirr aus Ästen und Wurzeln gemacht, in dem Schatten und Geräusche ein unheimliches Eigenleben führten.

Ein ganz bestimmter Schatten war inmitten des Aufruhrs allerdings niemandem aufgefallen. Und selbst wenn einer der Männer oder gar Ida selbst ihn bemerkt hätte, jeder hätte in der eilig davonschreitenden Gestalt nur einen weiteren Helfer vermutet. Rasch huschte dieser Schatten durch die Dunkelheit, das inspirierte Leuchten in den Augen ebenso unsichtbar wie das befriedigte Lächeln in seinem Gesicht.

Ida stapfte weiter, ohne Plan und Richtung. Der Wind steuerte ein unheimliches Tremolo bei, während sie sich in das dichteste Gestrüpp kämpfte, wobei die Mode, welche die Zeit den Frauen aufzwang, reichlich unpraktisch war.

»Anna?«, rief sie immer wieder, immer fragender.

Wer weiß, ob Ida zu dieser Stunde so etwas wie Angst verspürte, so ganz allein im Wald, mit nichts als einer funzelnden Laterne zu ihrem Schutz. Vielleicht vertraute sie auf die anderen Suchenden, die nicht weit von ihr sein konnten, vielleicht war ihre Sorge um die Schülerin so groß, dass sie gar nicht an ihre eigene Sicherheit dachte. »Anna … du brauchst dich nicht zu fürchten!«

Ida blieb stehen, um auf eine Antwort zu lauschen, die nicht kam. Weit weg erahnte sie das Echo eines anderen Rufers – als ein Knacken ganz in ihrer Nähe sie zusammenfahren ließ. Sie war grundsätzlich keine ängstliche Person (sonst wäre sie ja auch nicht den angeblichen Geisterschritten am Dachboden nachgegangen), nun aber begann ihr Herz doch in einem anderen Rhythmus zu schlagen.

»Anna?«

Wieder ein Rascheln, diesmal noch näher, ein dürrer Ast, der unter einem Schritt zerbrach.

»Ist da … bist du das?«

Die Ahnung, dass es nicht das Fräulein Buchenberg war, das sich ihr näherte, legte sich würgend um ihren Hals. Etwas war da, ganz in ihrer Nähe. Jemand.

»Ida?«

Sie fuhr herum. Ihre Laterne schlug gegen einen Baumstamm und erlosch. Eine Hand streckte sich nach ihr aus, Ida wollte ausweichen, stolperte über dürres Geäst am Boden, die Hand packte zu, zog sie zu sich, Ida schrie auf und spürte plötzlich einen kalten Uniformknopf an ihrer Wange.

»Bitte um Verzeihung, Fräulein Lehrerin«, vernahm sie da eine Stimme, die ihr nicht gänzlich unbekannt war.

Als ihre Gedanken wieder einrasteten, atmete sie auf. Statt in den Klauen eines Mörders fand sie sich in den langen Armen des Gendarmen Wilhelm Koweindl wieder. Irritiert blickte Ida nach oben, von wo er aus seiner beachtlichen Höhe auf sie herabsah. »Sie?« Hastig und ein wenig zittrig versuchte sie, sich wieder in eine angemessene Distanz zu dem Gendarmen zu bringen.

»Es ist wieder etwas passiert, nicht?«, erwiderte er nur. »Ein weiteres Fräulein aus Ihrem Institut?«

Ida nickte, was man bei der Dunkelheit nur schwer erkennen konnte. »Anna Buchenberg«, sagte sie und fügte mit einem Blick auf die zerschlagene Lampe hinzu: »Aber ohne Licht werden wir bei der Suche nicht mehr weit kommen. Andererseits – die Gendarmerie ist ja auch ohne unterwegs.« Diese spitze Bemerkung in Wilhelms Richtung half ihr ein wenig, ihre Fassung wieder zu gewinnen, und gewährte ihm die Gelegenheit zu einem kurzen Lächeln, das man im Schatten ohnehin nicht sehen konnte.

»Mit einer Laterne blendet man sich nur selbst«, erwiderte er, indem er den Blick schweifen ließ. »Und man verrät sich obendrein.«

Ein Rascheln, das wahrscheinlich von einem Tier stammte, ließ Ida abermals zusammenfahren.

»Lassen Sie mich Sie ins Pensionat zurückbringen.« Wilhelm hielt Ida den Arm hin.

»Aber das Mädchen ...«

»... ist entweder schon längst gefunden, oder ... es macht ohnehin keinen Unterschied mehr, wenn man sie erst bei Tageslicht entdeckt.«

Ida wusste, was dies zu bedeuten hatte. Sie seufzte und ließ sich von Wilhelm aus dem Unterholz führen. An seinem Arm strauchelte sie nun jedoch weit unbeholfener durch den Wald als zuvor, nicht weil es das Klischee der weiblichen Schwäche am Arm eines starken Mannes so wollte, sondern weil sie sich in seiner Gegenwart schlicht scheute, ihre Röcke zu raffen, wie sie es sonst getan hätte.

In der Zwischenzeit durchkämmten die übrigen Männer auf der Suche nach der verschollenen Schülerin den Wald und die umgrenzende Gegend in alle plausiblen Richtungen. Was einige von ihnen zuvor noch als die Dummheit eines unverständigen Backfischleins belächelt hatten, wurde zunehmend bitterer Ernst, und bald schon waren die scherzhaften Ermunterungen verstummt, die sie einander durch den Wald zugerufen hatten. Wie schwer auf einmal die Dunkelheit drückte. Während manche dennoch verbissen weitersuchten, setzten nach mehreren Stunden einige von ihnen sich wieder im Wirtshaus zusammen, und es war wohl eher, um sich selbst aufzumuntern, dass sie einander von ihren heroischen Erlebnissen im Gedachs berichteten. Nicht ohne Stolz betonten manche, dass die Gendarmerie ohne sie nicht einmal bis zum Kirchhof gekommen wäre.

Da man zuvor ja noch gehofft hatte, dass es sich bloß um ein verlaufenes Fräulein handelte, war das Aufgebot der Gendarmerie eher gering ausgefallen. Der Mord an Charlotte Linhard lag nun doch bereits einige Zeit zurück, und wahrscheinlich war vielen allein der Gedanke, dass so etwas Furchtbares noch einmal passieren könnte, schon zu viel, sodass sie sich lieber in vage Hoffnungen flüchteten. Neben Wilhelm Koweindl waren daher bloß noch zwei weitere Gendarmen angerückt, die sich der Suche widmeten und später im Gasthaus einige obligate Fragen stellten.

Wilhelm und Ida stolperten derweil weiter durch den nächtlichen Wald. Dass diese Zweisamkeit zu einer anderen Zeit höchst verdächtig und skandalträchtig gewesen wäre, kümmerte sie gerade nicht im Geringsten.

»Was hat das Fräulein denn überhaupt im Wald gemacht?«, fragte Wilhelm, während er einen Ast hochhielt und Ida half, darunter durchzuschlüpfen.

»Landpartie«, antwortete sie bereits ein wenig außer Atem. »Die Mädchen haben sich das gewünscht.«

»Und sie war plötzlich weg?«

»Ja – nein. Ich weiß es nicht. Es waren alle auf der Lichtung, und dann … waren es nur noch vierzehn.« Der Gedanke, dass womöglich sie die Schuld daran trug, dass das Fräulein Buchenberg verschwunden war, fuhr Ida wie ein Messer in die Brust. »Mein Gott …«

Wilhelm, der sich nicht sicher war, ob es nun seine Aufgabe war, die Lehrerin zu trösten oder etwas anderes Aufmunterndes beizusteuern, sagte gar nichts.

Schweigend marschierten sie weiter, ungefähr in die Richtung des Pensionats.

Als Wilhelm wieder ein paar Äste zur Seite bog, um einen gangbareren Weg frei zu machen, stockte Ida plötzlich. »Da«, sagte sie nur und deutete in die Dunkelheit vor sich.

Wären sie geblendet von einer flackernden Laterne durch den Wald marschiert, hätten sie das Band, das sich auf Schulterhöhe in ein paar dürren Zweigen verfangen hatte, wahrscheinlich gar nicht bemerkt. Nun flatterte es wie eine schaurige Wegmarkierung in der Luft.

Wilhelm bedeutete ihr, stehen zu bleiben. In einer fließenden Bewegung ließ er das Gewehr von der Schulter gleiten und tauchte beherzt ins Unterholz, während Ida erschrocken einen Schritt zurückwich. Auf einmal schien die Dunkelheit um sie herum noch dichter zu werden – nur das Band wand sich als heller Fleck zwischen den krallenden Ästen.

»Jesusmariaundjosef!«, ertönte es da aus dem Gedachs.

Kurz zögerte Ida, ob das eine Aufforderung zur Flucht gewesen sein könnte.

»Da ist sie.«

Natürlich war Ida sofort klar, von wem die Rede sein musste. Mit wankenden Knien trat sie zu Wilhelm und spähte durch das Geäst, in dessen Mitte gut verborgen, aber nun allzu deutlich sichtbar ein weißes Bündel lag. Dass es Anna Buchenberg war, stand außer Frage; dass sie tot war, ebenfalls.

»Was machen wir jetzt?«, fragte Wilhelm, dessen Gesicht unnatürlich blass in der Finsternis schien. »Ich meine, natürlich …«, versuchte er sich wieder auf sein Amt zu besinnen.

»Sollte man nicht vielleicht … die Gegend untersuchen?«, schlug Ida vor.

»Ohne ausreichend Licht wird das nichts.«

»Bis Tagesanbruch sollte man wohl nicht warten …«

»Aber man kann die Leich… das Fräulein ja nicht da ganz allein liegen lassen … und bis wir wen geholt haben … Sie kann ich ja auch nicht als Schildwache da stehen lassen.« Das laute Denken hatte eine beruhigende Wirkung auf Wilhelm.

»Sie könnten …« Ida deutete auf seine Waffe. »Dann wird doch jemand kommen – oder?«

Die drei Schüsse, die darauf durch den Wald hallten, wurden von gleich mehreren Leuten gehört. Einer der ebenfalls zur Suche abkommandierten Gendarmen war gar nicht weit entfernt und kam bereits nach wenigen Minuten keuchend durch den Wald gestolpert. Auch zwei der Männer, die sich an der Suche beteiligt hatten und sich gerade auf den Weg ins Gasthaus machen wollten, wandten sich, teils aus Sensationsgier, teils aus Heldenmut in Richtung der Schüsse.

Bald schon sahen Ida und Wilhelm Lichter von verschiedenen Seiten näher kommen.

Im Schein der Laternen schließlich gab es keinen Zweifel mehr: Die Tote war Anna Buchenberg. Das Band, das ihnen den Weg zu ihrer Leiche gewiesen hatte, schimmerte rosa – genauso wie die Schleifen, die sie an ihrem weißen Nachmittagskleid trug.

... in welchem über den Mörder spekuliert und das örtliche Postwesen erkundet wird ...

Noch vor dem Glockenschlag zur Morgenmesse war die Oberlehrerin von ihrem geschäftlichen Aufenthalt in der Stadt zurückgekehrt. Angeblich hatte sie noch am Abend das Telegramm erreicht, sodass sie mit dem frühesten Zug nach Gratwein gekommen und zu Fuß zum Pensionat gegangen war.

Einer der Bahnhofsarbeiter, ein milchbärtiger Bursche, der davon träumte, einmal im Wilden Westen von Amerika Bahnhofsvorsteher zu werden und täglich heroische Kämpfe mit Indianern und Goldsuchern auszufechten, schwor allerdings Stein und Bein, dass die Oberlehrerin bereits am Nachmittag des Vortages angekommen sei. Da es aber keine anderen Zeugen für dieses Detail gab und die ermittelnden Gendarmen ohnehin bloß wissen wollten, ob irgendwelche verdächtigen Individuen (und dazu zählte selbstverständlich nicht die Oberlehrerin des Mädchenpensionats!) am Bahnhof gesichtet worden waren, fand diese Aussage nicht einmal den Weg in die Protokolle.

Fräulein Ammann, die offensichtlich ebenso wenig Schlaf gefunden hatte wie die meisten ihrer Zöglinge, berichtete der Oberlehrerin des Morgens in knappen Sätzen, was geschehen war. Viel mehr, als dass das Fräulein Buchenberg bei einem völlig überflüssigen nachmittäglichen Vergnügen – dass sie selbst sich daran nicht im Mindesten beteiligt hatte, betonte sie mehrfach – verschwunden und Stunden später tot aufgefunden worden sei, konnte sie jedoch nicht vermelden.

Weit mehr wusste da Ida Fichte, die zu dieser Stunde allerdings noch nicht zugegen war. Denn – auch wenn es sich wie ein weiterer Skandal anhören mag – sie war nach ihrer nächtlichen Suchaktion nicht ins Pensionat zurückgekehrt. Allein der Hausdiener Joseph hatte zu später Stunde die Nachricht vom Auffinden des toten Fräuleins zurückgebracht und war dann wortlos in seine Kammer hinaufgegangen.

Ida hatte nämlich zunächst unter dem Vorwand weiblicher Intuition den Gendarmen geholfen, die Umgebung der Leiche abzusuchen (völlig erfolglos und zudem gegen den Willen einiger männlicher Individuen). Später war sie bei der Leiche von Anna Buchenberg geblieben, bis diese zu weiteren Untersuchungen in die Stadt transportiert worden war.

Wahrscheinlich war es vor allem Wilhelm ganz recht gewesen, Ida in seiner Nähe zu wissen – zumal ja niemand mit Sicherheit sagen konnte, ob sich der Mörder nicht womöglich noch in der Nähe aufhielte; und auch wenn Ida für ihre Schülerin nichts mehr tun konnte, hätte sie das Gefühl gehabt, sie im Stich zu lassen, wäre sie früher gegangen. Außerdem hatte sie so genügend Zeit, unauffällig ein paar Beobachtungen anzustellen, die anderen entgangen waren. Der Doktor nämlich, der später herbeigerufen worden war, verschlafen und unwillig, meinte nur, dass er abgesehen vom Offensichtlichen nichts feststellen könne, und war bald danach wieder verschwunden.

Da sich zu dieser Zeit ein erster heller Schimmer am Horizont zeigte und es für eine vernünftige Nachtruhe ohnehin bereits zu spät war, hatte Ida schließlich Wilhelms Angebot angenommen, mit ihm den Morgen zu erwarten. So saß sie nun neben dem Gendarmen auf der Bank neben der Friedhofsmauer und beobachtete, wie der Himmel sich langsam in ein lichtes Blau kleidete.

»Also ist es nun gewiss, dass es kein Landstreicher, Sittenstrolch oder sonstiger Zigeuner war«, begann Ida nach einer Weile, als ihr das einträchtige Schweigen doch ein wenig zu romantisch wurde.

Wilhelm, der es nicht gewohnt war, überhaupt und vor allem zu dieser Zeit derartige Unterhaltungen zu führen, brauchte eine Weile, bis er antworten konnte: »Wird wohl so sein.«

»Die Arme ist wahrscheinlich auch erdrosselt worden«, fuhr Ida fort.

Bei dieser nüchternen Bemerkung zuckte er zusammen. »Wie haben Sie ...?«

»Die Male am Hals waren selbst bei Laternenlicht ausreichend zu erkennen. Wahrscheinlich wieder nicht mit einem der Bänder, sondern mit etwas anderem. Sicherlich kein Männergürtel, eher ein schmaler Riemen ... oder irgendein festeres Band ...«

Wilhelm warf ihr einen Blick zu, als wollte er sich vorsichtshalber vergewissern, dass wirklich die Lehrerin Ida Fichte neben ihm saß. Vermutlich hatte er sich immer noch nicht ganz daran gewöhnt, dass ausgerechnet ein Frauenzimmer diese scharfsinnigen Beobachtungen anstellte. Und außerdem fragte er sich wohl, woher sie so genau wissen mochte, wie breit ein Männergürtel war.

»Ja«, bestätigte er dann. »Und neben dem Kehlkopf hat man wieder so einen komischen Abdruck gefunden, von einer Schnalle oder etwas Ähnlichem. Aber woher wissen Sie ...« Wilhelm ersparte sich die Mühe, seine Überraschung in ganze Sätze zu kleiden.

Wäre die Dämmerung schon ein wenig weiter fortgeschritten gewesen, hätte man ein heimlich vergnügtes Aufblitzen in Idas Blick bemerken können. »Intuition und Augenmaß«, sagte sie nur und deutete auf seine Mitte, wo er die Koppel über der Uniform trug.

»Oh«, sagte Wilhelm.

»Und außerdem hätte das hier sicherlich kaum solche Male hinterlassen.« Ida zog ein rosafarbenes Band aus ihrer Tasche.

»Sie haben ...?«

»Ich habe nichts von der Leiche entfernt. Dieses hing ja im Gebüsch, und ich dachte mir ...« Sie beendete den Satz mit einer vagen Geste.

»Haben Sie noch etwas ...?«

»Genommen? Nein. Herausgefunden? Ja.«

»Und was?«

»Dass es wie bei Charlotte Linhard kein Verbrechen aus Lust war. Anna Buchenberg ist höchstwahrscheinlich noch unberührt.«

»Haben Sie schon wieder in fremden Tagebüchern gelesen?«

Ida zog die Brauen hoch. »Nein. Üblicherweise mache ich das auch nicht«, gab sie in leicht pikiertem Tonfall zurück. »Es war kein Blut … oder andere Beschmutzung … auf ihrer Unterkleidung. Das macht ein solche Tat doch reichlich unwahrscheinlich. Nicht?«

Es fiel Wilhelm ohnehin nicht leicht, über *solche* Dinge zu reden. Nicht einmal, wenn er in ein entsprechendes Etablissement ging, fand er dafür die passenden Worte. Hier, zu dieser Stunde, an der Friedhofsmauer mit einer jungen Lehrerin über derlei Taten zu diskutieren war für ihn schier eine Unmöglichkeit. »Sie haben also ihre Unter… Kleidung …?«

»Während Sie und Ihre Kameraden mit aufgepflanztem Bajonett durchs Gebüsch pflügten«, bestätigte Ida. »Ich nehme an, es gab auch diesmal keine Schleifspuren?«

Wilhelm schüttelte den Kopf.

»Sie dürfte also direkt vom Picknickplatz in den Wald gegangen sein. Irgendetwas – oder jemand – muss sie von den anderen weggelockt haben. Jemand, dem sie vertraute, jemand, der keinen Fluchtinstinkt in ihr weckte. Und während die Mädchen spielten, ist sie niemandem abgegangen …«

»Das heißt … es ist also in gewisser Weise … noch einmal dasselbe passiert wie mit dem anderen Fräulein.«

»Also wird es wohl auch derselbe Mörder sein«, ergänzte Ida.

Wilhelm nickte. Grundsätzlich war er ja froh, dass jemand ihm half, seine Überlegungen in eine vernünftige Ordnung zu bringen. Es wurmte ihn lediglich ein wenig, dass ausgerechnet diese Lehrerin so leicht zu Schlüssen kam, die er sich erst mühsam zusammensetzen musste.

»Aber wieso macht jemand so etwas?«

Wilhelm zuckte mit den Schultern. »Ein krankes Hirn …«

»Jemanden zu erdrosseln ist doch anstrengend.«

»Nicht unbedingt.«

»Jedenfalls anstrengender, als jemanden zu erschießen«, fuhr Ida fort, die auf einmal spürte, wie ihre Gedanken zu galoppieren begannen.

»Ein Schuss ist zu laut«, erwiderte Wilhelm. »Wenn man nicht gleich erwischt werden will … oder gerne Ruhe hätte …«

»Gut. Der Täter erwürgt die Mädchen, weil es vergleichsweise leise ist … aber nicht mit den rosa Bändern, die er extra mitbringt, sondern mit etwas anderem.«

»Ist es denn sicher, dass die Bänder diesmal nicht doch zu dem Kleid der Toten gehörten?«, wandte Wilhelm ein. »Sie trug ja kein Nachthemd, sondern die Fräulein waren alle für diesen Nachmittagsausflug hergerichtet. Das Band könnte doch zufällig an dem Ast hängen geblieben sein.«

Die Bekleidungsvorschriften für junge Fräulein sowie modische Etikette im Allgemeinen waren ihm nach wie vor nicht ganz geläufig. Als Mann war er darin ohnehin nicht besonders bewandert, und als Mitglied der Gendarmerie war seine tägliche Adjustierung bis ins kleinste Detail geregelt. Nicht einmal über Größe und Farbe seines Sacktuchs musste er sich Gedanken machen. Sein ziviler Anzug – der einzige, den er besaß – hing seit Jahr und Tag unberührt im hintersten Winkel seines Kastens.

»Schon …«, nickte Ida. Sie drehte gedankenversunken das rosa Band um ihren Finger. »Aber das wäre doch ein gewaltiger Zufall, dass wieder solche Bänder … Ich kann ja die Mädchen fragen, ob diese Schleife Anna gehört hat, aber ich habe den Verdacht, dass keine von ihnen solche besitzt.«

»Nehmen wir also an, diese rosa Bänder sind ein Zeichen«, griff Wilhelm den Faden wieder auf.

»Aber wofür?«

»Dass man ihn wiedererkennt?«

»Welcher Mörder möchte denn, dass man ihn wiedererkennt?«

»Die Bänder sollen vielleicht zeigen … dass es bei den beiden Morden um … irgendwie dasselbe ging?«, überlegte er weiter.

»Und was könnte das sein?«

Wilhelm setzte zu einer Antwort an – und verstummte. Eine Weile beobachtete Ida ihn amüsiert, wie er angestrengt versuchte, eine halbwegs zusammenhängende Idee zu formulieren: »Mädchen … Mädchen in weißen Kleidern … mit rosa Bändern …« Wenn er besonders scharf nachdachte, begann er manchmal an seinen Bartspitzen herumzukauen, doch diesmal unterließ er diese Angewohnheit. Vielleicht war es schlicht Idas Anwesenheit, die verhinderte, dass ihm ein brauchbarer Einfall kam, vielleicht war diese ganze Angelegenheit auch bloß viel komplizierter, als sie auf den ersten Blick schien. »Rosa … Bänder … Kleider … Mädchen in Kleidern …« Weiter kam er nicht.

»Ihre Familien!«, fuhr Ida plötzlich auf und unterbrach Wilhelms halbblauten Gedankenfluss. »In Charlottes Familie gab es ja allerhand merkwürdige Geschichten, die für sich genommen eher wenig Sinn machten – aber wenn die beiden Familien einander kannten? Oder in ähnliche Dinge verstrickt waren?«

»Da werden wir wohl einige Nachforschungen anstellen müssen«, seufzte Wilhelm und schaute gedankenverloren in den erwachenden Morgen. »Dass es hier einfach keinen brauchbaren Verdächtigen gibt – im ganzen Ort nicht«, murrte er nach einer Weile.

»Muss es denn unbedingt jemand aus dem Ort gewesen sein?«

»Es wäre jedenfalls einfacher. – Aber es passt ja keiner!«

»Und wer würde *passen*?«, fragte Ida darauf ein wenig spitz zurück.

Wilhelm machte eine unbestimmte Geste zum Horizont. »Die gescheiten Herren Kriminalisten in Graz, die wissen natürlich ganz genau, wie die Physiognomie von so einem Lustmörder ausschaut und welche Nasenlänge ein Geldfälscher hat und in welchem Abstand die Ohren von einem Irrwitzigen stehen müssen.« Kurz hielt er inne und warf einen unsicheren Blick auf Ida. Hatte er womöglich gerade etwas

Unanständiges gesagt? »Die längste Nase in der Gegend hat der Schwiegersohn vom Wirt – und den habe ich eher im Verdacht, den Wein zu panschen und hin und wieder wen beim Schnapsen anrennen zu lassen. Sicher kein Geldfälscher. Und angeblich ist die Witwe vom alten Postmeister, die über der Amtsstube wohnt, auf ihre alten Tage blödsinnig geworden«, fuhr er fort. »Aber die hat nicht die passenden Ohren zum Verbrecher. Außerdem ist sie eine Frau.«

Eine Weile listete er noch auf, welche verdächtigen Personen rund um das Pensionat ansässig waren: die mondsüchtige Hausmagd eines Großbauern, der Knecht, der im Suff schon einmal den Hund des Hilfsjägers erschlagen hatte und angeblich zu viel Freude beim Saustechen hatte, die Tochter des Flickschusters, der regelmäßig in der Gegend vorbeikam, die schon öfters eine verstockte Blutung gehabt habe und seit letztem Jahr nicht mehr sprechen konnte. Richtung Straßengel gab es noch einen Altknecht, der bereits seit Jahren halb gelähmt im Ausgedinge saß und die Frauenzimmer belästigte, die ihn fütterten und sauber machten.

»Der Einzige, der wirklich in Frage käme, ist euer Joseph«, schloss Wilhelm seine Aufzählung.

»Der Hausdiener?«

»Angeblich gibt es irgendwo Akten über ihn«, erklärte er fast entschuldigend. »Und wessen Name schon einmal irgendwo verzeichnet ist, der wird für immer verdächtig bleiben.«

Kurz dachte Ida daran, wie sie den alten Diener am Dachboden angetroffen hatte. Er hatte nicht gerade freundlich dreingesehen, und sicherlich wäre er in der Lage gewesen, sie gewaltsam die Treppen hinunterzubugsieren, wenn sie nicht doch freiwillig gegangen wäre. Aber er gehörte zum Pensionat wie die veralteten Schautafeln, die die Oberlehrerin manchmal hervorholte. Er war schon hier gewesen, lange bevor Ida gekommen war.

»Es wird ja noch weiter ermittelt«, sagte Wilhelm nach einer Weile. »Ich ... wir ... man tut eh alles, es ist bloß ...

es gibt auch Vorschriften und …« Wilhelm verstummte und machte eine wegwerfende Geste, die ganz und gar nicht zu dem Blick passte, den er dabei der jungen Lehrerin zuwarf. Vielleicht hatte er ja wirklich ein schlechtes Gewissen, dass bereits das zweite Mädchen ermordet worden war, ohne dass irgendjemand einen brauchbaren Hinweis auf den Täter gefunden hätte. Außerdem wollte er vor Ida auf keinen Fall als schwach oder untätig erscheinen – zumal sie in seinen Augen der Inbegriff einer klugen und tatkräftigen Frau war, was ihm ebenso wundersam wie erschreckend vorkam.

Ida seufzte. »Dann werde ich mich eben weiter bei den Mädchen umhören.«

Die Morgendämmerung war inzwischen so weit fortgeschritten, dass sie Wilhelms Blick nicht mehr bloß wie einen vagen Schimmer wahrnahm. Etwas blitzte in seinen Augen, als er fragte: »Und ich darf mich dann nach Ihren Erkenntnissen erkundigen?«

Sie nickte und war wohl froh, dass der Tag doch noch so weit entfernt war, dass das Blau der Stunde die Röte verbarg, die ihre Wangen plötzlich färbte.

Nachdem Wilhelm gegangen war, blieb Ida noch eine Weile auf der Bank neben der Friedhofsmauer sitzen und überlegte. Natürlich dachte sie an Anna Buchenberg und die furchtbaren Geschehnisse der letzten Stunden, aber auch an den Gendarmen Wilhelm Koweindl; an seinen Uniformknopf an ihrer Wange und das Herz, das dahinter mindestens ebenso rasch wie das ihre geschlagen hatte.

Auch Wilhelms Gedanken waren in Aufruhr, während er sich aufmachte, um gehorsamst Meldung zu erstatten. Vor ein paar Jahren hatte er noch gemeint, dass als armseliger Unteroffizier seine Karriere beim Heer an ihrem Gipfelpunkt angekommen war, wenn nicht beizeiten ein Krieg ausbräche und er sich auf diesem Wege noch den einen oder anderen Orden an die Brust heften könnte. Dann war ihm diese eine Dummheit passiert, und er konnte von Glück reden, dass man ihn lediglich in den Gendarmeriedienst versetzt hatte. Von Orden war da keine Rede mehr. Stattdessen waren nun seine Gedanken voll von weiblichen Gestalten, manche tot und manche lebendig – und gerade eine, die besonders lebendig war, ließ ihn nicht zur Ruhe kommen …

Im Pensionat fand Ida später die Mädchen schweigend über ein paar Handarbeiten gebeugt. Fräulein Amman, deren übliche Geradlinigkeit von ihren geröteten Augen Lügen gestraft wurde, saß am Lehrertisch und achtete darauf, dass die scheinbare Disziplin nicht in haltloses Heulen umschwang.

Gleich nach dem Frühstück waren mehrere Gendarmen aufgetaucht, welche die Mädchen befragen sollten. Viel weiter als bis zur Feststellung der vollzähligen Anwesenheit waren sie allerdings nicht gekommen. Eingeschüchtert durch die Uniformen und die militärische Adjustierung der Männer hatten die Fräulein zunächst gar keinen Ton hervorgebracht. (Außer Rudolfine, die sich heroisch bemüht hatte, keine Scheu zu zeigen.) Als endlich alle es geschafft hatten, ihren vollen Namen zu nennen und zu beteuern, dass sie nichts, rein gar nichts wussten und von überhaupt nichts nicht einmal die geringste Ahnung hatten, mussten die Herren einsehen, dass weitere Ermittlungen an dieser Stelle wohl wenig Hilfreiches zutage fördern würden.

»Sie sehen doch, dass die Mädchen nichts wissen und Ihnen auch nicht weiterhelfen können«, hatte Fräulein Ammann die Gendarmen schließlich hinauskomplimentiert. »Ich bitte Sie dringend, die Pensionärinnen nicht noch weiter zu bedrängen. Sollte irgendjemand noch etwas wissen, werden wir selbstverständlich die zuständigen Stellen informieren.«

Damit war die Befragung der jungen Zeuginnen bis auf Weiteres erledigt gewesen und hatte außer einem weiteren Ohnmachtsanfall des Fräuleins von Eber zu nichts geführt.

Man nahm erneut das Pensionat in näheren Augenschein, aber unter den ermittelnden Instanzen bestand ohnehin der Konsens, dass sich in einem Haus voller mehr oder weniger junger Frauenzimmer schwerlich ein Mörder für längere Zeit ungesehen aufhalten könnte. Hier kam man offensichtlich mit den Ermittlungen nicht weiter.

Die Oberlehrerin hatte sich derweil in ihrem Arbeitszimmer verschanzt und versuchte, ihr Institut durch eine weitere Flut an Briefen zu retten. Dass noch am Nachmittag ein Telegramm von Herrn Hahn ankommen würde, der seine beiden Töchter Judith und Juliane auf der Stelle heimbeorderte, konnte sie natürlich noch nicht ahnen. Der Gerichtsrat hatte nämlich über einige Kontakte bei der Gendarmerie prompt erfahren, was geschehen war, und wollte seine eigene Karriere nicht gefährden, indem seine Sprösslinge womöglich noch als Opfer in den Akten auftauchten.

Nachdem die Mittagsjause ähnlich schweigsam und betrüblich beendet worden war, übernahm Ida die Aufsicht über die Mädchen. Die Müdigkeit einer durchwachten Nacht ließ sich am besten mit reger Tätigkeit vertreiben; und Helene Ammann war offensichtlich froh, sich endlich in der Abgeschiedenheit ihres Zimmers ihren Gefühlen hingeben zu können.

Von der Oberlehrerin war nach wie vor nicht viel zu sehen.

Da an Unterricht ohnehin nicht zu denken war, erlaubte Ida den Pensionärinnen, sich ihre Arbeit selbst zu wählen. Die jüngeren Mädchen Ilse, Maria-Magdalena, Marie und Antonia baten um die Erlaubnis, in ihren Tagebüchern zu schreiben, was sie ihnen gewährte. Die kleine Paula Theuerdank verbrachte einen Gutteil der Zeit damit, an ihren Nägeln zu kauen, während Rudolfine, Emma und ein paar ältere Zöglinge ihre aufgestaute Furcht und ihren Schrecken in eine windschiefe Handarbeit hineinstrickten. Die übrigen lasen in der Bibel oder in anderen Büchern. Ida machte sich nicht die Mühe, ausgerechnet nun die Lektüre der Mädchen zu kontrollieren.

Lediglich Luise von Eber übte sich in aristokratischer Schwäche und lauerte auf den passenden Moment, um wieder einmal in Ohnmacht zu fallen. Rudolfine, deren Titel »von Oberg« maximal das Papier wert war, auf dem das väterliche Adelspatent geschrieben stand, rümpfte dazu nur die Nase.

Das Schweigegebot, das die Oberlehrerin ausgesprochen hatte, hing noch immer wie ein dräuender Schatten über ihnen und ließ alle Gespräche versickern, noch ehe sie recht begonnen hatten.

Im Versuch, das trüb-bange Schweigen zu durchbrechen, ging Ida zwischen den Mädchen umher, legte hier einer tröstend die Hand auf eine zitternde Schulter, ließ dort ein zärtliches Wort fallen. Als Antonia lautstark die Tränen durch die Nase hochzog, blieb sie stehen.

Ida wusste, dass nichts, was sie sagen konnte, die Situation irgendwie verändern würde, und rang um die passenden Worte. Es war ihre Aufgabe, den Mädchen in dieser bitteren Zeit beizustehen – Handarbeiten und Bibelzitate reichten da eindeutig nicht aus.

»Ich weiß, es ist furchtbar, was passiert ist«, begann sie. Ihr Blick streifte die Schülerinnen. »Aber wir dürfen nicht verzagen.«

»Anna hätte das nicht gewollt«, ließ Rudolfine gedämpft vernehmen.

»Ja, da hast du recht. Und deshalb ist es das Wichtigste, dass ihr – dass *wir* zusammenhalten, uns gegenseitig stützen und einander aufhelfen, wenn uns einmal der Mut verlässt.« Ida spürte, dass sie diesmal die rechten Worte gefunden hatte. Es war nicht viel, was sie den Mädchen sagen konnte, doch wenigstens sollten sie wissen, dass sie ihren Kummer nicht alleine tragen mussten. Egal, was die Oberlehrerin von ihnen verlangte.

»Anna würde sich wünschen, dass wir uns anders an sie erinnern.«

»Sie hat sich doch so sehr auf unsere Landpartie gefreut«, warf Ilse ein.

»Und sie hat mir extra ihr gelbes Kleid geliehen«, ergänzte Marie. »Obwohl die Mama immer sagt, dass Gelb nicht zu meinem Teint passt.«

»… und obwohl sie eigentlich nur eine Extra-Toilette mithaben dürfte«, fügte Annegret anklagend hinzu. Wahrscheinlich litt sie wie die meisten unter der mageren Kleiderauswahl, die ihnen zur Verfügung stand.

»Sie hat entzückend ausgesehen in der weißen Nachmittagstoilette«, seufzte Luise, die ihren geplanten Ohnmachtsanfall inzwischen aufgeschoben hatte. »Schade, dass wir immer in Dunkelblau gehen müssen. Weiß ist so duftig und so – mondän.«

Ida hatte den Mädchen mit einem wehen Lächeln gelauscht, doch nun warf sie betont beiläufig ein: »Ja, die Kleiderordnung ist manchmal wirklich etwas streng. Das Weiße stand Anna außerordentlich, und mit den Schleifen …«

»Welche Schleifen?«

Ida tat, als wäre sie ganz in die verlorenen Maschen in Annegrets Strickstrumpf versunken. »Hat sie nicht so hellrote oder rosafarbene Bänder am Kragen getragen?«

»Natürlich nicht! Rosa Bänder zu einem weißen Nachmittagsensemble, das wäre doch völlig geschmacklos!«, echauffierte sich Luise.

»Natürlich …« Ida lächelte scheinbar unbeteiligt auf die Handarbeit herab, ihre Gedanken aber flogen. Wieder eine junge Tote, die mit Bändern geschmückt war, die eindeutig nicht ihre eigenen waren …

Eine Weile plauderten die Mädchen über Mode und Kleider, die sie nicht tragen durften, und Ida war froh, dass die jungen Gemüter noch so leicht auf andere Gedanken zu bringen waren, während vor den Türen des Pensionats zum zweiten Mal ein Mörder seine Hände nach einer von ihnen ausgestreckt hatte. Jedenfalls ging Ida vorerst noch davon aus, dass sich das Böse allein *vor* den Toren des Pensionats aufhielt …

»Darf ich einen Brief nach Hause schreiben?«, fragte die kleine Paula zaghaft, nachdem sie eine angemessene Zeit lang auf die Seiten ihres Buchs gestarrt und dann erfolglos die Maschen für eine neue Handarbeit aufgenommen hatte.

Ida seufzte. »Ihr wisst, dass nur das Fräulein Oberlehrerin eure Briefe abschickt.«

Es war eine strenge, aber keineswegs unübliche Praxis, die Fräulein Stieglitz in ihrem Institut einforderte: Normalerweise wurden die Mädchen dazu angehalten, alle zwei Wochen an ihre Familien und gegebenenfalls Freunde zu schreiben. Selbstverständlich gingen sämtliche dieser Schreiben danach zuerst durch die Hände der Oberlehrerin, die nicht nur allfällige Rechtschreibfehler – gut sichtbar! – markierte, sondern auch inhaltlich die eine oder andere Ungenauigkeit ausbesserte. Dank dieser Methode hatte weder Rudolfine je das oft erbetene Fresspaket erhalten noch Luise ihre ersehnten Seidenstrümpfe, und ein Foto vom kleinen Brüderchen war ebenfalls nie bei Fräulein Vogelsang angekommen.

Ein verhaltenes Schnauben ging durch die Reihen der Mädchen.

»Als ob nur die Stieglitz wüsste, wo das Postamt ist«, murmelte Rudolfine.

Natürlich hatte Ida diese halblauten Worte genau vernommen – und vielleicht hatte das Fräulein von Oberg auch genau das beabsichtigt.

»Ich meine ja nur ...«, sagte sie schulterzuckend auf die fragend hochgezogenen Brauen der Lehrerin hin. »Die Köchin kann auch zur Post gehen, und wofür gibt es einen Hausdiener?«

»Üblicherweise erhält das Personal seine Anweisungen aber nicht von den Zöglingen«, erwiderte Ida. Ehrlicherweise muss man hinzufügen, dass auch sie nicht immer mit dem strengen Regime der Oberlehrerin einverstanden war, doch war sie nun einmal nicht in der Position, mehr zu tun, als hier und da ein Auge zuzudrücken.

»Wenn man flott ist, geht sich das auch in der halben Stunde nach der Mittagsjause aus.«

Ida wollte zunächst eine strenge Miene aufsetzen, doch der Blick, den ihr Rudolfine zuwarf – ein wenig Trotz garniert mit rebellischem Gehorsam und schelmischer Demut – ließ daraus ein ironisches Lächeln werden. »Gut zu wissen. Das heißt also, man muss sich keine Sorgen um eure persönlichen Korrespondenzen machen?«

»Ich habe nur einmal einen Extrabrief geschickt«, meldete

sich Emma Probst. »Für meinen Bruder zum Geburtstag. Die Anna hat alle paar Tage etwas geschickt.«

»So?« Ida tat so, als würde sie die verhaltenen Gesten, die nun zwischen den Mädchen umherschossen, nicht bemerken.

»Gestern noch hat sie dem Hausmädchen etwas mitgegeben, das sie aufgeben sollte.«

»Bevor wir zur Landpartie aufgebrochen sind«, ergänzte die kleine Paula.

Ida musste sich zusammenreißen, dass man ihr die Gedanken, die hinter ihrer Stirn vorbeirasten, nicht ansah. Verbotene Briefe – und kurz darauf musste das Leben von Anna Buchenberg ein jähes Ende finden … »Wisst ihr denn, an wen sie geschrieben hat?«, fragte sie nach einer Weile.

Die Mädchen sahen erst einander, dann die Lehrerin an. »Das hat sie uns nie verraten«, antwortete Rudolfine schließlich. »Nur mit Charlotte hat sie hin und wieder gesprochen … Wenn sie etwas zur Post geschickt hat.«

»Und mit mir!«, mischte sich Luise ein. »Aber das ist vertraulich.«

Ida war gewiss nicht die Einzige, die bei diesem Einwurf heimlich die Augen verdrehte, doch sie war klug genug, nicht darauf einzugehen. Stattdessen wandte sie sich wieder an Rudolfine: »Charlotte hat also auch *private* Briefe verschickt?«

»Na ja … wahrscheinlich an diesen Burschen, den Gustav Auer.«

»Nur an ihn?«

»An wen denn sonst?« Die Mädchen sahen Ida irritiert an, und einmal mehr wurmte es sie, dass sie nicht genauer in Charlottes Tagebuch gelesen hatte, als sich ihr die Gelegenheit dazu bot.

Der restliche Nachmittag verlief recht beschaulich, außer dass Antonia und ein paar andere Mädchen noch mehr Tränen vergossen und die allgemein gedrückte Stimmung auch durch aufmunterndes Geplauder nicht gehoben werden konnte.

Ida, die zunehmend die Müdigkeit nach der letzten Nacht

lähmte, erlaubte den Fräulein, sich weiter nach eigenem Ermessen zu beschäftigen, und ließ derweil ihre Gedanken treiben.

Als die Zeit des nachmittäglichen Unterrichts um war, fühlte sich Ida überraschenderweise wieder so wach, dass sie gar nicht auf die Idee kam, sich in ihr Zimmer zurückzuziehen. Während sie die Mädchen bei ihren kleinen Arbeiten beaufsichtigt hatte, hatte sich nämlich ein neuer Gedanke in ihrem Kopf festgesetzt: Wenn das heimliche Briefeschreiben so verbreitet war unter den Zöglingen des Pensionats, dann ließ sich dort womöglich auch ein Hinweis auf den Mörder von Anna und Charlotte finden.

Also setzte sie sich ihren Hut in einem forschen Winkel auf und marschierte zum örtlichen Postamt. So eifrig schritt sie dabei aus, dass sie gar nicht bemerkte, wie jemand kurz nach ihr ebenfalls das Pensionat verließ.

»Was wolln S'?«, begrüßte sie ein schnauzbärtiger, verschlafener Postbeamter, als Ida die Amtsstube betrat.

»Briefe«, erwiderte sie kurz entschlossen.

»Aufgeben oder schreiben lassen?«

Trotz der allgemeinen Schulpflicht kam es immer noch vor, dass, gerade in ländlichen Gebieten, manche Leute ihre Briefe kaum selbst schreiben und ebenso wenig lesen konnten. Und wenn nicht gerade der Schullehrer oder der Pfarrer helfend einsprang, musste es bisweilen auch der Postbeamte höchstselbst sein, der die Korrespondenzen zu Papier brachte.

»Die Briefe von Fräulein Anna Buchenberg«, erwiderte Ida. »Wenn sie noch nicht abgeschickt worden sind. Oder zumindest muss ich wissen«, fügte sie mit einer vagen Hoffnung hinzu, »an wen sie gegangen sind.«

»Ja, aber so einfach geht das nicht, Gnädige.« Langsam schien der Beamte aus seinem spätnachmittäglichen Dämmer zu erwachen. »Ich kann Ihnen ja nicht von irgendwem die Post geben.«

Nun zeigte sich wieder, dass Ida Fichte keineswegs bloß irgendein Frauenzimmer war. Sie straffte sich und legte los:

»Jetzt passen Sie einmal auf. Ich bin die Lehrerin von dem Fräulein Buchenberg und versuche gerade, ihr Ansehen und das ihrer Familie zu retten. Die Briefe sind wahrscheinlich … unvorteilhafter Natur. Sie verstehen?«

Der Beamte sah so aus, als verstünde er ganz und gar nicht.

»Eine unerwünschte … zwischenmenschliche Angelegenheit«, erläuterte Ida.

Nun verstand der Mann doch und brummte wissend.

»Ich muss die Briefe an mich nehmen, bevor sie von den falschen Augen gelesen werden und es womöglich – was Gott verhüten soll – zu einem betrüblichen Ergebnis für alle Beteiligten kommt.«

»Nun ja …« Der Mann kratzte sich eingehend am Hinterkopf. »Das Fräulein Buchenberg ist die Tote, nicht? Wird ja überall schon geredet, dass wieder was passiert ist, und ausgerechnet in dem feinen Institut. Na, das war gestern Abend noch ein gewaltiger Aufstand, wie alle in den Wald sind, um sie zu suchen … tragisch … aber was soll man machen.«

Ida nickte ungeduldig.

»Es sind sogar ein paar Herrschaften von der Gendarmerie da gewesen und haben gefragt, ob ich was gesehen hab.«

»Und haben Sie?«

»Natürlich nicht.«

»Und die Briefe?«

»Na ja …« Er kratzte sich abermals ausgiebig, diesmal am Kinn. »Die hat ja nicht das Fräulein selbst hergebracht, sondern eine vom Personal. Scheint ja nobel bei euch zuzugehen.«

»Ja, das Hausmädchen des Pensionats«, erwiderte Ida nur. »Wären Sie nun so freundlich –«

»Die Briefe hat heute am Vormittag schon wer abgeholt.«

»Heute …?« Ida versuchte sich ihre Überraschung nicht anmerken zu lassen. Ein höchst schwieriges Unterfangen. »Ach … wer denn?«

Der Beamte zuckte nur die Schultern. Manchem mag es ja beruhigend erscheinen, dass sich im Postwesen in den letzten

Jahrhunderten nicht viel Grundlegendes verändert hat, Ida musste schwer um ihre Fassung ringen. »Ein junger Mann eben«, brummte er endlich.

»Sie kannten ihn?«

»Wieso sollte ich?«

Das Lächeln auf Idas Lippen wurde zunehmend mühselig, und kaum jemand wird es ihr verdenken, dass sie diesen Mann gerne gepackt und gebeutelt hätte. »Sie haben ihm ja die Briefe des Fräulein Buchenberg ausgehändigt!«

»Ja, weil er drum gefragt hat, weil die Briefe ja eh für ihn waren … oder so ähnlich. Weil die Briefe hätten nach Wien sollen … oder nach Prag, wenn ich mich nicht irre, oder nach Laibach … jedenfalls in eine Stadt … und da hab ich mir gedacht, so kann man sich das Porto sparen.«

Ida bemühte sich nach Kräften, Gelassenheit vorzutäuschen, während sie innerlich Zeter und Mordio schrie und sich dabei ertappte, wie sie im Geiste sämtliche Höllenstrafen des Katechismus an dem Mann erprobte. »Der Adressat, er war persönlich hier?«

»Er hat halt gesagt –«

»Hat er einen Namen genannt?«

»Na ja …« Langsam wurde das ständige Kratzen des Postbeamten ungustiös. »Er wird es wohl – und überhaupt, meinen S' denn, ich merk mir jeden Buchstaben, der auf so einem Brief draufsteht?«

»Also haben Sie ihm einfach geglaubt und ihm die Post ausgehändigt, die womöglich gar nicht für ihn … ich meine, hat er sich irgendwie … ausgewiesen?«

Der Beamte grunzte nur. »Ich bitte Sie, wir sind da ja nicht im Zensuramt.«

»Offensichtlich …«, murmelte Ida und zeigte ein verkrampftes Lächeln, das einem weniger phlegmatischen Individuum vielleicht bereits ein gewisses Unwohlsein beschert hätte.

»Man darf so einem jungen Menschen ja wohl noch vertrauen.«

»Natürlich.« Sie biss sich auf die Lippen, um nicht versehentlich doch etwas Unhöfliches zu sagen. »Und Sie wissen nicht mehr zufällig, wie besagter ... Mann ausgesehen hat?«

»Ganz normal. Nicht alt, nicht jung, mittelgroß, so braune Haare, nicht hell, aber auch nicht wie ein Zigeuner, eher ... normal eben. So ein schmaler Bart auf der Lippe, wie man ihn eben trägt, und – na, mehr kann ich jetzt auch nicht sagen.«

»Aha«, nickte Ida freundlich, während sie sich fragte, ob es ihr denn irgendwer verdenken könnte, wenn sie gleich mit dem bronzenen Briefbeschwerer in Form des kaiserlichen Reichsadlers, der auf dem Tisch vor ihr stand, nach dem Mann warf. »Das ist schade ... Dass ich die Briefe nicht selbst ... Ich kann nur hoffen, dass sich die Angelegenheit noch gütlich klären lässt. Und Sie wissen wirklich nicht mehr, an wen in Wien – oder Prag – die Schreiben adressiert waren?«

Der Mann machte eine ungehaltene Geste und knurrte nur: »Das hab ich Ihnen ja gesagt – glauben S' vielleicht, ich schau jeden Brief an, den ich ins Kistl schmeiß?«

»Verständlich. Vielen Dank!«

Unverrichteter Dinge wollte sich Ida schon zum Gehen wenden, als sie an der Tür plötzlich stehen blieb.

Das Mädchen, das gerade eilig in die Amtsstube schlüpfen wollte, prallte erschrocken zurück, schwankte zwischen Flucht und Angriff, als Ida es schon kurz entschlossen am Arm gepackt und mit sich gezogen hatte.

»Luise, was bitte schön tust du hier?«

Keine andere als das Fräulein Luise von Eber stand vor der Lehrerin und suchte halb betreten, halb trotzig nach einer Antwort. »Zur Post wollte ich, wenn es genehm ist«, sagte sie endlich in einem Ton, der ihr von der Oberlehrerin wahrscheinlich eine Ohrfeige eingetragen hätte.

»Das sehe ich auch.« Dummerweise war auch Ida gerade nicht bester Laune, woran zu einem Gutteil der Postbeamte schuld war, der sich nun wieder seelenruhig im Nacken kratzte. »Haben wir nicht vor ein paar Stunden noch geredet, dass bei uns Briefe nicht nach Belieben durch die Welt geschickt werden?« Unmut und Sorge mischten sich in Idas Reaktion. »Für wen ist der Brief?«

Luise schwieg, den Blick zu Boden gerichtet.

»Für deine Eltern?«

Die Pensionärin schüttelte den Kopf.

»Wenn du es mir nicht sagst, dann wirst du es Fräulein Stieglitz sagen müssen.«

Diese Worte erzielten weit mehr Wirkung, als Ida zunächst erwartet hatte. Mit aufgerissenen Augen stieß Luise plötzlich hervor: »Nein, bitte, nur das nicht!«

Ida runzelte die Brauen. »Ist es denn so schlimm, was du da schreibst?«

»Ich schreibe nichts Schlimmes … Es ist nur … Fräulein Fichte, Sie haben doch sicher Verständnis für … na, für Dinge des Lebens eben.«

»Ich bin mir nicht sicher, ob ich verstehe, wovon gerade die Rede ist«, gab Ida zurück.

»Der Brief, der ist für einen Mann – einen anständigen jungen Mann – mit dem ich nichts weiter als eine harmlose Brieffreundschaft unterhalte! Wirklich!«

Statt einer Antwort wies Ida die Schülerin an, ihr zu folgen.

Einen Moment schien es, als wäge Luise ihre Chancen ab, die eine plötzliche Flucht mit sich brächte – doch wohin sollte sie denn fliehen? Murrend ergab sie sich und folgte der Lehrerin. Schweigend spazierten sie in Richtung der Kirche, wo sie sich schließlich auf ein Bankerl neben der Friedhofsmauer setzten. Wohlgemerkt nicht dasselbe, auf dem Ida nachts mit Wilhelm Koweindl gesessen hatte.

»Du schreibst also an einen jungen Mann, ohne dass die Oberlehrerin davon weiß – und ich nehme an, auch ohne dass deine Eltern davon wissen?« Ida bemühte sich, jeden Vorwurf aus ihrer Stimme zu verbannen. Eine vage Ahnung regte sich in ihrem Hinterkopf, dass es vielleicht klug wäre, der Schülerin erst zuzuhören, ehe sie sich in einem erzieherischen Sermon erging.

Luise murmelte eine Bestätigung.

»Wo hast du ihn denn kennengelernt, den jungen Herrn? Oder kennst du ihn von früher?«

»Nein … ich habe ihn bloß ein paarmal getroffen.«

»Und dann schreibst du ihm schon?«, entfuhr es Ida überrascht.

»Es war so«, begann Luise und wagte einen um Nachsicht heischenden Blick zu der jungen Lehrerin. »Ich brauche eben manchmal Zeit für mich, wenigstens ein bisschen. Deshalb gehe ich in dieser halben Stunde nach der Mittagsjause, die wir für uns haben dürfen, oft in den Garten hinaus, möglichst in einen Winkel, wo ich niemanden sehen und hören muss. Die Paula und die Irma sind oft so kindisch … Eben ganz für mich.«

»Ich verstehe«, bedeutete Ida ihr weiterzusprechen.

»Und da habe ich dann einmal den … Otto getroffen. Zuerst habe ich mich erschrocken, weil er eben … na ja, er dürfte nicht viel Geld gehabt haben; jedenfalls damals nicht. Aber er hat so freundlich mit mir geredet, und wir haben uns eine Weile über die Gartenmauer unterhalten. Es muss im März gewesen sein, es war noch kalt, aber in der Luft war schon ein bisschen Frühling, und die ersten Blumen sind gerade herausgekommen. Er hat mir erzählt, dass er hier in der Gegend für ein paar Wochen auf Besuch ist. Wir haben geplaudert. Mehr nicht.«

»Und weiter?«

»Fräulein Fichte, wirklich, es war nichts! Zwei- oder dreimal sind wir einander noch zufällig begegnet, haben ein paar Worte gewechselt, und dann hat er gemeint, dass ihm die Gespräche mit mir guttun … wie eine Quelle vom Parnass hat er gesagt … und dann hat er mir seine Adresse gegeben, dass ich ihm hier und da schreiben könnte, einfach so …«

Ida war sich noch immer nicht ganz sicher, was sie von der Geschichte halten sollte. »Seither schreibst du ihm regelmäßig?«

»Ja. Manchmal erhalte ich auch Antwort, aber er scheint nun viel zu tun zu haben in Wien …«

»In Wien?«

»Dorthin schicke ich ihm die Briefe …«

»Nun gut.« Ida atmete durch und bemühte sich, angemessenen Tadel in ihre Worte zu legen. »Ich kann es grundsätzlich nicht gutheißen, dass du Korrespondenzen mit irgendeinem jungen Mann unterhältst – noch dazu ohne die Zustimmung deiner Eltern. Aber ich gehe davon aus, dass du diesen Briefwechsel hiermit einstellen wirst.«

Schon öffnete Luise den Mund zu einem Einspruch.

»Andernfalls muss ich diese Angelegenheit der Oberlehrerin melden.«

»Bitte, Fräulein Fichte …«

Ida hielt abwartend die Hand auf. »Du hast mich schon verstanden.«

Luise starrte sie an, zögernd, als ginge sie noch einmal alle Möglichkeiten durch, die ihr blieben, ehe sie widerwillig den Umschlag hergab. Sicherlich hätte sie der Lehrerin den Brief auch verweigern können, zumal Ida im Pensionat durchaus für milde Strafen bekannt war, doch die Gefahr, dass die Angelegenheit an die Oberlehrerin herangetragen wurde – mit allen dann drohenden Konsequenzen –, schien es ihr wohl nicht wert.

»Danke«, sagte Ida und wollte das Kuvert in ihre Tasche stecken.

»Verzeihung, aber …« Luise zögerte, dann hob sie den Blick, in dem vielleicht der Schimmer einer Träne zitterte: »Lesen Sie nicht … ich meine, Fräulein Fichte, es ist gewiss … aber ich will nicht, dass jemand anderes … Bitte.«

Natürlich wäre Ida nicht im Geringsten dazu verpflichtet gewesen, dieser Bitte auch nur einen Funken Gehör zu schenken. Aber so war sie nicht. Sie war der höchst modernen Ansicht, dass Vertrauen auf Gegenseitigkeit zu beruhen habe, selbst wenn es um die Erziehung junger Damen ging. Also nahm sie den Brief und zerriss ihn, ohne einen Blick darauf zu werfen. »Diese Korrespondenz findet ab jetzt nicht mehr statt.« Sie reichte Luise den zerrissenen Brief zurück. »Aber wenn du möchtest, kann ich selbst dem jungen Herrn schreiben, dass er den Briefwechsel mit dir einstellen soll.«

Wortlos nahm sie die Bruchstücke entgegen.

Ida sah sie noch einmal eindringlich an, dann stand sie auf, um ins Pensionat zurückzukehren.

Fräulein von Eber folgte ihr in angemessen betretener Haltung.

Es ist schwer zu sagen, ob Ida, die ja bisher wenig Glück in Liebesdingen gehabt hatte, so etwas wie Mitleid mit der Schülerin und deren Herzensangelegenheiten hatte. Wahrscheinlich war sie vielmehr erleichtert, dass Luises Adressat irgendwo in Wien saß, so weit entfernt, dass er – wer auch immer er sein mochte – unmöglich etwas mit den Dingen zu tun haben konnte, die hier am Annaberg vor sich gingen.

Weit beunruhigender fand Ida, dass die Briefe, die das Fräulein Buchenberg so kurz vor ihrem gewaltsamen Dahinscheiden abgeschickt hatte, von einem Unbekannten abgeholt worden waren. Und dass dieser Postbeamte auch noch ohne weiteres Nachfragen die Briefe ausgehändigt hatte …

Irgendjemand außerhalb des Pensionats musste also von dieser Korrespondenz wissen.

… in welchem die Spur der Bänder verfolgt und zarte Bande geknüpft werden …

Selbstverständlich wurden in den folgenden Tagen sowohl Fräulein Stieglitz, Helene und Ida, die Köchin, das Hausmädchen und der Diener Joseph sowie sämtliche Zöglinge des Pensionats noch einmal vorschriftsmäßig von der Gendarmerie befragt.

Die Nachforschung bei den Mädchen förderte wie zu erwarten nicht den kleinsten Hinweis zutage, zumal sie natürlich nicht allein, sondern im Plenum und unter der strengen Aufsicht der Oberlehrerin befragt wurden und kaum mehr als das Offensichtliche antworteten.

Der Hausdiener wie auch die Köchin waren sogar zu einem hochoffiziellen Verhör abgeholt worden. Vor allem den armen Joseph hatte man überaus eingehend befragt, immerhin war er der einzige Mann im Pensionat und hätte mehr als genug Gelegenheiten gehabt, sich eines der Fräulein zu schnappen. Zudem fanden sich immer mehr Hinweise, dass er in seinen jungen Jahren bei der Märzrevolution im Achtundvierzigerjahr nicht bloß zugesehen hatte.

Mehr ließ sich aber zunächst nicht herausfinden – und weiter konnte die Gendarmerie zu diesem Zeitpunkt auch kaum etwas tun. Die Daktyloskopie, die Untersuchung von Fingerabdrücken, war gerade einmal eine vage Idee, der man in der Kriminalistik noch nicht wirklich nachging; lediglich in der britischen Kolonialarmee benutzte man diese Methode, um Identitätsschwindel und Doppelauszahlungen zu verhindern. Blut, Speichel und andere Körperflüssigkeiten konnte man zwar entdecken, doch mehr ließ sich darüber auch nicht herausfinden. Vorrangig verließ man sich daher auf Hausverstand und Menschenkenntnis, welche noch durch anthropometrische Identifizierung verfeinert wurden (beides reichlich nebulös, wenn es darauf ankam).

So konnten die Herren Kriminalisten nicht viel mehr unternehmen, als weiter die Umgebung des Pensionats zu durchstreifen, die Menschen nach verdächtigen Individuen zu befragen und zu hoffen, dass ihnen der Mörder früher oder später durch Glück oder Zufall in die Falle ging.

Im Grunde keine besonders vielversprechenden Aussichten.

Fräulein Stieglitz, die sich trotz mehrfacher Nachfrage weigerte, Gendarmen zum Schutz der Fräulein *in* ihr Institut zu lassen, musste sich schließlich damit abfinden, dass selbige wenigstens *vor* den Mauern des Pensionats in regelmäßigen Abständen ihre Runden drehten. Um die Sicherheit ihrer Zöglinge zu gewährleisten, verlegte sie sich stattdessen darauf, das Hausmädchen, die Köchin und Joseph bei jeder Gelegenheit daran zu erinnern, sämtliche Fenster und Türen stets verschlossen zu halten. Sehr zum Missfallen der Bediensteten, die in den versperrten Ein- und Ausgängen vor allem eine zusätzliche Erschwernis ihrer Arbeit sahen.

Dass die Schülerinnen selbst allein und ohne Aufsicht nicht einmal mehr den Kopf aus dem Fenster strecken durften, muss hier nicht weiter erörtert werden.

Zwei Tage nach dem Mord an Anna Buchenberg trat Fräulein Ammann überraschend und mit leicht säuerlicher Miene in die Klasse, als Ida gerade dabei war, unregelmäßige lateinische Verben mit ihren Schülerinnen zu konjugieren.

»Man wünscht Sie zu sprechen«, sagte sie. »Ein Gendarm«, fügte sie hinzu, als käme dies bereits einer rechtskräftigen Verurteilung gleich. »Ich übernehme für Sie.«

Ida nickte nur und legte ihren Zeigestab auf den Tisch.

Es war nicht schwer zu erraten, wer die lang gewachsene Person in Uniform war, die vor der Tür auf sie wartete. »Fräulein Fichte«, grüßte Wilhelm Koweindl mit einer angedeuteten Verbeugung. »Können Sie ein wenig Zeit erübrigen?«

»Wenn ich ehrlich bin, nicht«, erwiderte sie mit einem schiefen Lächeln. »Aber ich nehme an, es geht um … Haben Sie etwas Neues herausgefunden?«

»Nicht besonders viel. Es ist alles wie beim letzten Mal, nur … ich glaube, ich brauche Ihre Hilfe.«

Ida zog überrascht die Brauen hoch. Dann warf sie sich ein Schultertuch um und folgte dem Gendarmen vor das Pensionat. »Bitte, sagen Sie mir, was ich tun kann.«

»Ich würde nicht, wenn … Also, es ist so: Lassen Sie mich von vorne beginnen.«

Wilhelms bereits bekannte Wortgewandtheit entlockte Ida ein heimliches Grinsen.

Umständlich begann Wilhelm zu erzählen: Von Anna Buchenbergs Mutter, die seit ihrer Eheschließung ungefähr alle eineinhalb Jahre ein Kind auf die Welt brachte (zweimal waren es sogar Zwillinge gewesen, von denen jedoch nur ein Paar überlebt hatte), und ihrem Vater, der als Landvermesser damit beschäftigt war, die ständig wachsende Familie zu ernähren. Von einer Vielzahl alter, unansehnlicher und unverheirateter Tanten berichtete Wilhelm ebenso wie von einem Onkel, der als Landpfarrer irgendwo in einem Alpendorf ein karges Leben fristete, und einem anderen Onkel, dem es als Volksschullehrer nicht viel besser ging. Lediglich ein Großonkel war ein wenig interessant, denn dieser hatte als Kind bei einem Unglück beide Beine verloren und fuhr nun mit einem Zirkus als »halbierter Mann« um die Welt. Was dieser jedoch mit dem Mord an Anna zu tun haben könnte, entzog sich Wilhelms Kenntnis.

»Also kein Verdächtiger in der Familie«, fasste Ida zusammen, »und auch keine gemeinsamen Bekannten mit Charlotte Linhard und ihrer Sippe.«

»Sie hatten auch mit Ihren übrigen Beobachtungen recht. Das Fräulein Buchenberg war ebenfalls … unberührt und wurde nicht mit den rosa Bändern erdrosselt.«

Wilhelms Blick ruhte mit einer gewissen Bewunderung auf Ida, was sie jedoch geflissentlich übersah.

»Und die Bänder gehörten auch nicht Anna«, sagte sie stattdessen. »Sie müssen also so etwas wie ein … Markenzeichen des Mörders sein. Irgendetwas, das eine Bedeutung hat.«

»Ja, wegen der Bänder …«, begann Wilhelm, doch Ida ließ ihn nicht zu Wort kommen.

»Zudem habe ich herausgefunden, dass auch Anna einen Schatz gehabt haben muss. Jedenfalls hat sie ohne die Erlaubnis der Oberlehrerin Briefe an jemanden geschickt.«

»Die Mädels brauchen eine Erlaubnis, um Briefe zu schreiben?«

»Selbstverständlich – aber das Interessante ist, dass diese Briefe am Morgen nach ihrem Tod von einem Mann direkt vom Postamt abgeholt wurden, ehe sie nach Wien … oder Prag … geschickt werden konnten … das heißt, jemand anderes muss auch von dieser Korrespondenz wissen! Und wir haben damit schon zwei ermordete Mädchen, die mit rosa Bändern verziert wurden und in irgendeiner Form eine Beziehung zu einem jungen Mann unterhalten haben.«

»Wegen der Beziehung … nein! Wegen der Bänder!« Wilhelm verhaspelte sich und wurde ein wenig rot unter seiner Kappe.

»Also, wie kann ich Ihnen helfen«, kam Ida wieder auf sein ursprüngliches Ansinnen zurück.

»Es waren dieselben Bänder bei beiden toten Mädchen. Genau genommen«, er kramte einen Notizzettel aus seiner Tasche, »handelt es sich um Kre-pe-de-schine«, buchstabierte er.

»Wie bitte?« Ida nahm ihm den Zettel aus der Hand. »Crêpe de Chine«, wiederholte sie. »Das sind teure Bänder aus einem edlen Stoff.«

»Ja, und deshalb haben wir Befehl herauszufinden, wo die Bänder herkommen. Denn wenn sie der Mörder vielleicht … also quasi extra für seine Morde gekauft hat, dann könnte uns das ja zu ihm führen.«

»Das wird aber nicht leicht werden.«

»Das befürchte ich auch …«, seufzte Wilhelm.

»Da müssen Sie in Kurzwarenläden nachfragen oder bei

Schneidern. Modisten könnten natürlich auch solche Bänder verwenden …«

»Eben, deshalb brauche ich Sie ja, Fräulein Fichte!« Plötzlich hatte er Idas Hand gefasst, und viel hätte wohl nicht gefehlt, dass er vor ihr auf die Knie gesunken wäre. »Bitte helfen Sie mir! Ich habe bis gestern ja nicht einmal gewusst, dass es diesen … diesen Kreppdeschien gibt. Und Modisten – ich dachte, das ist eine amerikanische Sekte.«

»Das sind die Methodisten«, erwiderte Ida.

»Eben! Und außerdem …« Wilhelm zögerte, dann beugte er sich unerhört nahe zu Ida und flüsterte: »Ich sehe die Farben nicht so, wie sie sein sollen. Also, ich weiß, dass die Bänder rosa sind, aber nur weil es die anderen gesagt haben, und ob es einmal die gleiche Farbe ist oder nur eine ähnliche … da kann ich mir nie ganz sicher sein. Ich bin überhaupt mit Farben …«

»Sie sind farbenblind?«

»Bitte, Fräulein! Das kann mich die Beförderung kosten!« Er richtete sich wieder auf und sagte im Brustton der Überzeugung: »Dafür taugen meine Augen beim Schießen einwandfrei.«

Ida lächelte. »Und wie soll ich Ihnen nun helfen?«

»Gehen Sie für mich in die Geschäfte. Erkundigen Sie sich nach diesem Krepp…zeugs und den Bändern und finden Sie heraus, ob sich jemand erinnern kann, wer diese Bänder gekauft hat.«

»Ich soll also Ihre Ermittlungsarbeit übernehmen?«

»Bitte, Fräulein … Ida, wenn Sie mir nicht helfen, werde ich mich vor jedem einzelnen Kurzwarenhändler zwischen hier und Graz lächerlich machen. Aber was soll ich denn tun, Befehl ist Befehl – und zaubern kann ich halt nicht. Und den Mörder finden wir so auch nicht.«

»Und wenn der Mörder die Bänder womöglich ganz woanders gekauft hat? In Wien oder in München, in Berlin, in Sinabelkirchen? Das kann auch eine völlige Sackgasse sein.«

Wilhelm zog vorsichtig einen Mundwinkel nach oben. »Wissen Sie, dass Sie entzückend sind, wenn Sie sich echauffieren?«

»Und wissen Sie, dass Sie meine Frage nicht beantwortet haben?«

»Bitte, Ida, gehen Sie nur in sieben Geschäfte hier in der Gegend. Sieben ist eine Glückszahl, das steht schon in der Bibel so …«

»In der Bibel gibt es auch sieben Todsünden.«

»Und wenn Sie da nichts herausfinden, dann haben Sie mir dennoch mehr geholfen, als ich mir jemals hätte erhoffen dürfen.«

»Jetzt übertreiben Sie aber.«

»Würden Sie mich bitte Wilhelm nennen, Ida?«

Ida sah ihn skeptisch an und wusste nicht, ob sie ihn eher zurechtweisen oder lachen sollte, denn sie konnte sich nur zu gut vorstellen, worauf dieses Gespräch unter anderen Umständen vielleicht hätte hinauslaufen können. Und auch Wilhelm ahnte, was unausgesprochen in der Luft hing.

Doch romantische Phantasien waren hier fehl am Platz: Eine Liebelei, Liaison, ein Gspusi, ein Techtelmechtel oder eine Affäre kam für beide nicht in Frage. Für Ida nicht, weil sie dafür viel zu vernünftig war und außerdem wusste, was unachtsamen Frauenzimmern geschehen konnte; für Wilhelm nicht, weil es seiner Standesehre widersprach und er außerdem, wenn es denn einmal gar nicht anders ging, seine Bedürfnisse auch anderweitig befriedigen konnte.

Gleich aufs Ganze zu gehen und eine Ehe ins Auge zu fassen stand beiden ebenfalls fern.

Ida hatte nicht umsonst zwei Heiratsanträge abgelehnt; ihre Selbstständigkeit – auch wenn ihr das obligate Lehrerinnen-Zölibat nicht immer gefiel – wollte sie keinesfalls leichtfertig aufgeben. Für Wilhelm hingegen war eine solche Verbindung aus logistischen Gründen vorerst noch unmöglich. Zum einen wohnte er als einfacher Gendarm in einem Militärzinszimmer, das er sich noch dazu mit einem Kameraden teilen musste, wenn es in der Kaserne zu eng wurde, zum anderen fehlte ihm bis auf Weiteres schlicht das Geld für eine anständige Ehekaution.

Nur einen Augenblick lang schwebte also dieser Gedanke zwischen ihnen.

»Gut, sieben Versuche«, sagte Ida schließlich und fügte hinzu: »Wilhelm.«

So dermaßen erleichtert atmete er da auf, dass sie lachen musste.

»Sie können mich ja bei meinen Ermittlungen begleiten, Herr Gendarm. Vielleicht lernen Sie dabei sogar etwas – über Crêpe de Chine zum Beispiel.«

Praktischerweise ergab sich bereits in den folgenden Tagen eine Gelegenheit für Ida, ihre Nachforschungen aufzunehmen. Natürlich wäre das nicht so einfach gewesen, hätte Ida die Oberlehrerin erst um einen freien Tag bloß zu ihrem eigenen Vergnügen fragen müssen – noch dazu, während die jüngsten Ereignisse noch immer wie ein dräuender Schatten über dem Pensionat hingen.

Idas um zwei Jahre jüngere Stiefmutter war nämlich überraschenderweise in die Stadt gekommen und wünschte, der neuen Stieftochter ihren kleinen Halbbruder vorzustellen. Vielleicht war es ja ein verborgenes Friedensangebot von ihrem Vater, vielleicht wollte die junge Gattin Ida auch bloß demonstrieren, was wirklich die Bestimmung einer guten Frau war – und vielleicht war ihr auch nur jede Ausrede recht, ihren Aufenthalt fernab des heimischen Herdes noch ein wenig auszudehnen.

In jedem Fall erhielt Ida mit dieser Begründung gnädigerweise die Erlaubnis von Fräulein Stieglitz, für einen Tag nach Graz zu fahren. Die Oberlehrerin war in letzter Zeit ohnehin ein wenig durcheinander, verbrachte viel Zeit in ihrem Arbeitszimmer und war selten zu sprechen, was Ida nutzte, um ihren Plan in die Tat umzusetzen.

Seit ihrem Gespräch mit Wilhelm hatte Ida nicht allein an den lang gewachsenen Gendarmen gedacht (was nicht bedeutet, dass sie es *gar nicht* getan hätte …), sondern sich auch allerlei Gedanken gemacht, wo und wie sie am ehesten eine Spur zu den rosa Bändern finden könnte. Vor allem stellte sich ihr die Frage, was der Täter denn überhaupt mit ihnen bezweckt hatte: Zierde, Kennzeichnung, eine Entschuldigung an seine Opfer, ein Geschenk oder bloß Ablenkung?

Mit einem Schauder bemerkte Ida, dass sie sich bei ihren Überlegungen tatsächlich in die Gedankenwelt des Mörders hineinwagte. Denn hatte der Mörder seine Taten allzu vorausschauend geplant und die Bänder im Vorfeld schon irgendwo gekauft, so würden sie ihn auf diese Weise wohl nicht finden können. Hatte er sie, aus Gründen, die es noch herauszufinden galt, in der Umgebung erstanden, so war dies womöglich einer spontanen Eingebung entsprungen – und dann musste man wohl mit der wahrscheinlichsten Möglichkeit zuerst beginnen: dem größten Kaufhaus der Stadt.

So gut sie konnte, hatte Ida mit Wilhelm alles abgesprochen.

Die Ermittlungen stolperten ohnehin von einer Sackgasse in die nächste, weshalb auch niemand allzu großes Augenmerk darauf richtete, wie und wo der Gendarm Koweindl dem Befehl, die Herkunft der Bänder zu erforschen, nachging. Ergebnisse waren alles, was zählte – aber keine Ergebnisse wären auch nicht verwunderlich.

Am vereinbarten Tag brach Ida schon früh auf, um nach einem eiligen Fußmarsch zum Bahnhof in Gratwein und einer unbequemen Zugfahrt in Graz die neue Frau ihres Vaters zu treffen. Diese sah blass und schmächtig aus, noch jünger, als sie eigentlich war, und lobte ihren Ehemann in so hohen Tönen, als müsste sie sich erst selbst von der Wahrheit ihrer Worte überzeugen. Der kleine Halbbruder, der in seinem Kinderwagen unverdrossen vor sich hin krähte, war dafür überraschend rundlich und rotwangig geraten.

Eine Weile spazierten sie im Stadtpark auf und ab, plauderten über Nichtigkeiten. Recht bald war beiden klar, dass sie einander im Grunde nichts zu sagen hatten und bloß darauf warteten, bis angemessen viel Zeit verstrichen war, um sich wieder voneinander zu trennen. Ida machte ihrer Stiefmutter noch ein paar Meter Häkelspitze zum Geschenk und war froh, als sie sich bald darauf mit ein paar spitzen Küssen und besten Wünschen an den

Vater wieder von ihr verabschieden konnte, um wie vereinbart mit Wilhelm vor dem Rathaus zusammenzutreffen.

Schon von Weitem sah sie ihn – was bei seiner beachtlichen Höhe auch keine große Kunst war. Fesch sah er aus, fiel ihr da auf, wie immer in korrekter Adjustierung, allein sein Lächeln, das er ihr zuwarf, als er sie bemerkte, überstrahlte den Glanz seiner polierten Uniformknöpfe. Sein Oberlippenbart, der bei sämtlichen Militärs gerade nicht bloß Mode, sondern geradezu Pflicht war, spannte sich förmlich von einem Ohr zum anderen, und wahrscheinlich hätte er Ida zugewunken, wäre das nicht laut Dienstvorschrift verboten gewesen.

Dementsprechend förmlich fiel auch die Begrüßung aus: »Fräulein Fichte … Ida … schön, dass Sie … danke.«

Ein verschmitztes Blinzeln war die Antwort. »Nun, dann machen wir uns also auf die Suche nach ein paar rosafarbenen Bändern«, half ihm Ida aus seiner Verlegenheit und marschierte forsch voran.

Anderen wäre es vielleicht unangenehm gewesen, in Gesellschaft eines Gendarmen gesehen zu werden, doch Ida kümmerte sich nicht darum und warf jenen, die ihr mit allzu unverhohlener Neugier nachstarrten, lediglich einen demonstrativ unbefangenen Blick zu. Weder hatte sie hier in der Stadt Bekanntschaft, noch gab es jemanden, vor dem sie sich hätte kompromittieren können, indem sie Wilhelm bei seinen Nachforschungen half.

»Gibt es irgendwelche Neuigkeiten bei den Ermittlungen?«, fragte sie beiläufig, als er zu ihr aufschloss. »Ich nehme ja nicht an, dass sämtliche Herren Kriminalisten bloß auf unsere Erkenntnisse warten.«

»Viel ist es nicht«, erwiderte Wilhelm. »Ein paar Verhaftungen, aber nichts Ernsthaftes.«

»Sie meinen, Verhaftungen wären nichts Ernstes?«

Er brummte eine vage Erklärung. »Manchen kann man eben nichts nachweisen. Es gibt ja keine gescheiten Spuren … oder Verdächtige. Keine, die es auch wirklich getan haben könnten. Und ein Festgesetzter allein löst noch keinen Fall.«

»Der Joseph ist immer noch wütend, wie man mit ihm umgesprungen ist«, erwiderte Ida.

»Man darf eben keine Möglichkeit auslassen.«

Ida schnaubte. »Und am Ende kommt die versammelte Gendarmerie und durchsucht noch das Pensionat, weil ihnen nichts Besseres einfällt.«

»Ja, das wäre wohl das Beste …«, brummte er.

Ida sah ihn mit hochgezogenen Brauen an.

»Haben Sie nicht selbst erzählt, dass Sie vielleicht einen Geist unterm Dach haben? Vielleicht war er es ja doch?« Auch wenn Wilhelm dies in einem ironischen Ton sagte und Ida dazu lachte, löste diese Bemerkung einen unangenehmen Nachhall in ihr aus.

Die merkwürdigen Schritte, die das Pensionat nach Charlottes Tod in Aufruhr versetzt hatten, wurden zwar offiziell nicht mehr vernommen (auch wenn manche Schülerinnen immer noch behaupteten, hier und da etwas gehört zu haben), doch dieser unheimliche Kasten mit seiner Gorgonenfratze war nach wie vor verschlossen, und wann immer Ida das sperrige Möbelstück oder etwaige Ratten oder Marder, die darin hausen mochten, vor dem Hausmädchen oder Joseph auch nur beiläufig erwähnte, taten sie so, als wüssten sie nicht einmal, wovon sie sprach. Vor allem der Hausdiener bekam dann einen harten Blick, und unwillkürlich fragte sie sich, wozu er im Zorn wohl fähig sein mochte.

»Ida?«, redete Wilhelm sie besorgt an, als sie einige Minuten gedankenverloren schwieg. »Hat Sie der Alb gestreift?«

»Der nicht«, beeilte sich Ida scherzhaft zu erwidern. »Aber Geister haben ja bekanntlich eine Vorliebe für Crêpe de Chine.«

»Wer weiß …«, blinzelte Wilhelm ihr zu, ehe er ernster fortfuhr: »Da die verblichenen Fräulein keinen bekannten Familien entstammen, werden sich die Ermittlungen, wenn sie noch länger erfolglos bleiben, wohl bald verlaufen. Wenn man ein ›von‹ im Namen hat, dann kann man mit seinem Tod die Exekutive schon auf ein Jahr beschäftigen, aber so …«

Inzwischen waren sie vor dem bekannten Kaufhaus angekommen. Kurz zögerte Wilhelm, in diesen goldverzierten Tempel der eleganten Welt einzutreten, doch Ida zog ihn unauffällig am Ellbogen mit sich. Der livrierte Bursche an der Tür schaute dem ungleichen Paar mit großen Augen hinterher, und ein paar Damen in überaus modischen Kleidern wichen pikiert vor ihnen zurück, nur um sich, kaum dass die beiden an ihnen vorbeigegangen waren, tuschelnd einander zuzuwenden.

Überrumpelt von der Fülle an Eindrücken, klammerte sich Wilhelm an seine Dienstvorschrift, die da hieß, dass auf der Straße und in der Öffentlichkeit von einem Gendarmen eine würdevolle, gelassene Gangart gefordert wurde – in einer solchen Weise, dass er alles bemerken konnte, was in seiner direkten Umgebung vorfiel. Stets zuvorkommend und mit militärischem Anstand hatte er zu reagieren, niemals widerstrebend und sich zu keiner rohen Antwort hinreißen lassend.

Zielsicher navigierte Ida sie zur Kurzwarenabteilung, die im unteren Stockwerk weiter hinten ihren Platz hatte. Mit Wilhelm im Schlepptau trat sie an einen der freien Verkaufstische und zog das rosa Crêpeband aus ihrer Tasche.

Der junge Verkäufer hinter dem Tresen, welcher offensichtlich mit einiger Mühe die paar ihm zur Verfügung stehenden Barthaare über seiner Lippe drapiert hatte, schien mit Idas Frage, ob sie denn genau solche Bänder im Sortiment hätten, leicht überfordert. »Stimmt etwas nicht mit den Bändern?«, wollte er sogleich wissen und schielte verunsichert zu Wilhelm empor.

»Sie sind entzückend«, sagte Ida, wobei Wilhelm gehorsam bestätigend nickte. »Deshalb hätte ich ja gerne genau diese.«

»Die führen wir nicht. Ich befürchte, die Farbe ist … mit Verlaub, gerade nicht so in Mode, und außerdem würde ich Ihnen eher zu etwas Dunklerem raten. Rosa ist doch sehr mädchenhaft.«

Ida entschloss sich, die letzte Bemerkung einfach nicht gehört zu haben, und Wilhelm war ohnehin damit beschäftigt, standesgemäß und nicht allzu planlos dreinzusehen.

Der eifrige Verkäufer schien seinen Fauxpas gar nicht bemerkt zu haben. »Außerdem hätte Satin einen schöneren Glanz als dieser Crêpe.«

»Danke, ich bestehe auf dieser Farbe«, erwiderte Ida mit schneidender Höflichkeit. »Wissen Sie denn, wo man sonst *genau* diese Bänder bekommen kann?«

Mit einem skeptischen Blick auf den Gendarmen nahm der Bursche das Band zwischen die Finger, begutachtete die Schnittkanten. »Na ja, wenn es nicht schräg, sondern so in zwei Spitzen zugeschnitten ist, war es vielleicht keine Meterware, sondern bereits in den üblichen Längen vorgeschnitten. Sie wollen die Schleife am Kragen tragen?«

»Es ist völlig irrelevant, wie und wo ich diese Bänder trage, ich will bloß genau dieselben haben.«

»Dann würde ich zu Feigenbaum gehen, die haben Hüte und Garnierungen. Sind halt Juden ...«

»Vielen Dank.« Ida schnappte sich das Band und marschierte, gefolgt von Wilhelm, aus dem Geschäft. »Das war Nummer eins«, verkündete sie, als sie wieder auf der Straße standen. »Und jetzt zu Feigenbaum.«

Wieder folgte ihr Wilhelm und war höchst erfreut zu hören, dass der Salon Feigenbaum genau diese Bänder führte – allein die Rolle, welche die Verkäuferin nach einigem Suchen aus einem Winkel hervorkramte, war bereits so verstaubt, dass sich die Frage nach dem letzten Käufer erübrigte.

Das folgende Geschäft hatte alle möglichen Bänder in allen möglichen Farben im Angebot, allein genau jene, die sie suchten, waren nicht zu bekommen.

»Es war von Anfang an recht unwahrscheinlich, dass wir allein anhand der Schleifen den Mörder ausfindig machen«, meinte Ida, während sie auf den nächsten Laden zusteuerte. »Immerhin wissen wir inzwischen, dass diese Farbe gerade nicht in Mode ist und die Bänder wahrscheinlich vorgeschnitten waren.«

»Und dass es mindestens zwanzig Arten von Rosa gibt ...«, murmelte Wilhelm.

»Und wo man Mengenrabatt auf Trauerflor bekommt«, ergänzte Ida. »Irgendwie morbide …«

Wilhelm nickte ergeben, dankte dem Schicksal, das ihn bisher von derartigen textilen Erfahrungen verschont hatte, und folgte ihr in weitere Geschäfte, die allesamt ein reiches Sortiment präsentierten, lediglich genau diese Bänder nicht führten. Nicht wenige Verkäufer wurden zudem beim Erscheinen des Gendarmen in ihrem Laden geradezu verdächtig nervös und versuchten durch allerlei Sonderangebote sein Wohlwollen zu erringen. Andere wiederum wollten Ida und Wilhelm bloß so schnell wie möglich loswerden und behaupteten, keine Ahnung von diesen oder irgendwelchen Bändern zu haben.

Inzwischen hatten die beiden auch die vereinbarten sieben Versuche überschritten, und Ida musste sich langsam auf den Heimweg machen, wenn sie zu einer halbwegs vertretbaren Zeit wieder im Pensionat am Annaberg sein wollte.

»Bitte verzeihen Sie, es war wirklich eine blöde Idee, auf diese Weise unseren Täter ausforschen zu wollen …«, murrte Wilhelm.

»Nein, so dumm war das gar nicht. Offenbar sind genau diese Bänder wirklich nicht besonders verbreitet, und wenn wir sie finden –«

»Ja, wenn …« Er machte eine wegwerfende Bewegung, die von Unmut und Enttäuschung zeugte. »Darf ich Sie wenigstens nach Hause begleiten? Ich muss mich ohnehin noch heute am Posten in Gratwein melden.« Ob er wollte oder nicht, Wilhelm musste sich eingestehen, dass er diese gemeinsame Zeit mit Ida nicht bloß der Höflichkeit halber vorgeschlagen hatte. Er hatte die Lehrerin eben gern, zudem schätzte er sie als kriminalistische Gesprächspartnerin und war dankbar für ihre Denkanstöße und ihre Hilfe mit den mysteriösen rosa Bändern, deren tatsächliche Farbe er ja nur vom Hörensagen kannte.

Statt mit dem Zug fuhren sie diesmal mit dem Wagen, was für Ida ein unerhörter Luxus war. Doch je weiter sie sich von der Stadt entfernten, desto unrunder fühlte sie sich. Die rosa Bänder ließen ihr einfach keine Ruhe.

In Gösting ließ Ida überraschend halten.

Fragend sah Wilhelm sie an.

»Die Bänder könnten irgendwo oder in der Umgebung des Tatortes gekauft worden sein. Warum also nicht hier? Von der Stadt aus liegt das hier mitten am Weg.«

Ohne viel Hoffnung folgte ihr Wilhelm zu einem Greißler, der am Fuße der Burgruine zu Gösting sein kleines Geschäft unter anderem mit dem Verkauf von Selbstgebranntem (ohne Konzession) am Laufen hielt. Tatsächlich bestätigte sich hier seine Vermutung: Rosa Bänder, egal ob aus Crêpe, Satin oder Baumwolle, waren gerade nicht in Mode und auch nicht lagernd.

»Ein bisschen Glück muss schon dabei sein«, meinte Ida nur, als sie wieder im Wagen saßen. In Straßengel ließ sie erneut halten.

In dem Ort gab es nur eine kleine Schneiderstube, in der wenig Neues genäht wurde, sondern sich die Leute vor allem ihre alten Janker wenden ließen, bis das Stück von beiden Seiten bis auf den letzten Faden zugrunde getragen war. Der Inhaber, ein Mann mit langer Nase und schmalen Fingern, wollte sein Geschäft gerade zusperren, als Ida kam. Wahrscheinlich hätte er sie auf den folgenden Tag vertröstet, hätte nicht Wilhelm eine äußerst gewichtige Miene aufgesetzt, sodass sich der gute Schneider doch genötigt sah, die späte Kundschaft noch zu bedienen.

»Haben Sie genau diese Bänder?«, fragte Ida wie schon so oft und legte ihr rosa Exemplar auf den Tisch.

Der Schneider befühlte und beäugte es kritisch. Dann warf er einen beunruhigten Blick auf Wilhelm, der in seiner Uniform so gar nicht in seine Schneiderei passte. »Crêpe de Chine«, bemerkte er. »Nicht ganz billig … aber die Farbe …«

»Dann bitte verzeihen Sie den Aufwand, es wäre doch ein großer Zufall gewesen …«

»Vor Wochen habe ich die letzten Bänder verkauft und diese Farbe nicht mehr nachbestellt.«

»Vielen Dank für Ihre Mühe«, sagte Ida in Erwartung einer

weiteren Sackgasse und wollte sich bereits zum Ausgang wenden.

Der Schneider murmelte vor sich hin, während er nach dem Schlüssel suchte: »Vielleicht liegt es ja an der Farbe, die eher die unübliche Kundschaft anlockt. Heute das werte Fräulein mit dem Herrn Gendarm, damals ein Landstreicher, ein windiger Geselle … Eine komische Farbe muss das sein.«

»Ein Landstreicher?«, fiel ihm da Wilhelm ins Wort.

Der Schneider hob abwehrend die Hand. »Nichts für ungut, bitte, der Mann hat anständig gezahlt, wieso sollte ich ihm da nicht die paar Bänder verkaufen?«

»Natürlich – aber sind Sie sich sicher?«

»Dass er gezahlt hat? Muss ich Ihnen meine Bücher zeigen?«

»Nein, dass es ein Landstreicher war.«

»Nun …« Der Schneider fuhr sich mit dem Finger über seine lange Nase. »Er hat eben nicht wie einer ausgeschaut, der kürzlich erst sein Hemd gewechselt hat. Vielleicht kein Landstreicher, aber auch keiner, der die Taschen voller Geld hat. Deshalb habe ich mich ja auch gewundert, dass er ausgerechnet so teure Bänder kaufen wollte. Aber bitte«, er machte eine vage Geste, »ich frage ja nicht.«

»Wie hat er ausgesehen?«, mischte sich Ida ein.

»Das ist Wochen her, Monate vielleicht.«

»Wann genau?«

»Ja, Sakrament«, knurrte der Schneider und begann in einer Lade zu kramen, bis er ein abgegriffenes Buch zutage beförderte. »Da, schauen S' eben nach. Ich mach meine Geschäfte anständig, alles aufgeschrieben, da können S' alles nachlesen.«

Wilhelm räusperte sich, nicht wegen des Staubs, den das Buch aufgewirbelt hatte, sondern um seiner Stimme einen autoritären Klang zu geben. »Sagen Sie uns einfach, wann Sie diese Bänder verkauft haben, mehr brauchen wir nicht.«

Unter ausdauerndem Genörgel begann der Mann hin und her zu blättern, ehe er mit einem zufriedenen »Da!« Wilhelm das Buch hinschob.

»Am ersten Februar?«

»Ja, wenn es da steht, wird es auch so gewesen sein«, ereiferte sich der Schneider.

»Vielen Dank«, beeilte sich Ida einzuwerfen.

Wilhelm brummte. »Können Sie sich nicht sonst noch an irgendwas erinnern?«

»Ich kann mich an allerhand erinnern. Bei mir funktioniert der Hirnkasten noch einwandfrei.« Er tippte sich zur Bestätigung an die Stirn.

»Und?«, fragte Wilhelm ebenso ungeduldig wie aufgeregt.

»Ja, was soll ich sagen … er war nicht alt, aber auch nimmer ganz jung. Mittelgroß, würde ich sagen, die Haare … na ja, kein Katzlmacher eben und auch kein Ungar. Aber seine Finger – die haben ausgeschaut!«

»Seine Finger?«

»Ja, so dürfte der bei mir keinen Stoff angreifen. Alles blau und schwarz.«

»Er war verletzt?«, fragte Wilhelm nach.

»Nein, angepatzt war er. Mit Farbe – oder Tinte. Was weiß ich. Ich hab nur drauf gewartet, dass er die Bänder dreckig macht und sie dann nicht mehr zahlen will … So.« Er sah Ida und Wilhelm abwartend an. »Wollen Sie jetzt noch irgendwas kaufen, oder kann ich zusperren?«

»Nein, aber vielen Dank, Sie haben uns sehr geholfen«, antwortete Ida.

»Warten S'«, hielt ihn Wilhelm auf, »geben Sie mir das graue Band da, das glänzende.«

Irritiert schaute der Schneider den Gendarmen an. »Sie meinen das blaue hier? Das ist Seidensatin.«

Wilhelm nickte nur und zahlte so umständlich, dass man erahnen konnte, dass er kaum je irgendein Geschäft als Kunde betreten hatte. Tatsächlich beschränkten sich seine Besorgungen zumeist auf Brot, Wein und Wurst, denn alles andere erhielt er bei der Gendarmerie in Naturalgebühren neben seiner Löhnung.

Kein Wunder, dass der Schneider recht froh war, als er sein

Geschäft für diesen Tag endgültig zusperren konnte und die beiden merkwürdigen Kunden weiterfuhren.

»Endlich! Sehen Sie, man muss nur ein bisschen Glück haben!«, rief Ida, als sie Straßengel hinter sich ließen. »Natürlich ist es nicht gewiss, dass es der Mörder war, der die Bänder gekauft hat, aber es wäre immerhin möglich, ein Hinweis … und nun wissen wir, dass er Anfang Februar hier war und dass er … nun ja … vielleicht Tinte an seinen Fingern hatte.«

»Und wenigstens ein bisschen was wie eine Personenbeschreibung haben wir auch.«

»Allerdings eine äußerst vage.«

»Ja«, stimmte Wilhelm ihr zu, während er das Band, das er gekauft hatte, zwischen seinen Fingern drehte. »Sagen Sie, Ida, welche Farbe hat das hier wirklich?«, fragte er unvermittelt.

»Es ist blau«, antwortete sie lächelnd. »Ein dunkel schimmerndes Blau, ungefähr so wie der Himmel abends, bevor es ganz Nacht wird, wenn man erst ein paar wenige Sterne sehen kann.«

Wilhelm betrachtete das Band, als könne er mit genügend Anstrengung die Farbe erkennen, dann sah er Ida an. »Darf ich es Ihnen schenken? Als Dank … dass Sie mir geholfen haben und …« Er stockte, als hätte seine eigene Rede ihn überrumpelt, und auch Ida sah ihn überrascht an.

Mit Stottern und ein paar unzusammenhängenden Halbsätzen versuchte Wilhelm seine Intention zu erklären, bis Ida mit leichtem Erröten das Band annahm. Wilhelm errötete noch weit mehr, als er es ihr in die Hand und, weil er gerade dabei war, ihr auch noch einen Kuss auf die Wange drückte. Ein zärtlicher, aber brüderlicher Kuss wohlgemerkt, denn sie wussten ja beide, dass sie sich nicht mehr erlauben durften – auch wenn sie langsam begannen, sich ein Mehr immerhin auszumalen.

Ein wenig zu eilig sprang Wilhelm dann in Gratwein aus dem Wagen und schaute mit einem ihm bisher unbekannten Gefühl unter seiner Uniform Ida nach.

*… in welchem es abermals zu nächtlichen Umtrieben kommt
und Verschwundenes wiederauftaucht …*

Es war der ausdrückliche Wunsch der Oberlehrerin, dass der
übliche Unterricht im Pensionat ehebaldigst wieder fortgesetzt
werden sollte. Langsam allerdings lichteten sich die Reihen der
Mädchen, denn nach den Schwestern Hahn war auch Sarah
Vogelsang vom Institut genommen worden. Zudem war die
Stimmung unter den Schülerinnen nicht unbedingt dazu angetan, einen produktiven Unterricht zu fördern. Antonia und
die kleine Paula weinten viel, Luises regelmäßige theatralische
Ohnmachtsanfälle hatten inzwischen auch Ilse und Annegret
angesteckt, und die forsche Rudolfine hatte ihre militärische
Ader entdeckt und schwadronierte von bewaffneten Nacht-
wachen, die sie zusammen mit Klara und Emma bestreiten
wollte. Zudem kultivierten die Mädchen untereinander eine
irrationale Angst vor sämtlichen Männern, denen sie auf den
nach wie vor obligatorischen Spazier- und Kirchgängen be-
gegneten, und vertrieben sich die Zeit damit, einander grausige
Geschichten über den Hausdiener Joseph zu erzählen.

Fräulein Stieglitz führte nach dem letzten Vorfall nun ein
noch strengeres Regiment in ihrem Institut und predigte bei
jeder Gelegenheit von der Schlechtigkeit der Menschheit im
Allgemeinen und jener der sogenannten Herren der Schöpfung
im Speziellen.

»Die Mädchen müssen vor diesen schädlichen Einflüssen
bewahrt werden«, sagte die Oberlehrerin und setzte klirrend
die Tasse auf den Teller. »Sie sollen wissen, dass es nur einen
sicheren Ort für sie gibt, wenn sie dieses Institut verlassen –
und das ist das Heim, in das sie eines Tages hineinheiraten
werden.«

Es hatte sich an diesem Abend ergeben, dass die Lehrerinnen, nachdem ihre Zöglinge zu Bett gegangen waren, noch eine Weile bei Tee und trockenen Keksen, welche die Köchin irgendwo aus den Untiefen ihres Reiches hervorgezaubert hatte, beisammensaßen. Das Lesezimmer wirkte zu dieser Stunde noch betrüblicher, und die viel zu selten gelesenen Bücher – denn selbstverständlich musste jede im Haus zuerst die Erlaubnis der Oberlehrerin einholen, bevor man einen Band auch nur aufschlagen durfte! – blickten von ihren Regalen vorwurfsvoll auf die drei Frauen herab.

Helene Ammann nickte zwar, doch ihre faltenlose Korrektheit hatte in den letzten Wochen merklich Sprünge bekommen. »Aber es gibt auch Männer, die zu Beschützern der Weiblichkeit bestimmt sind, die sich der Schönheit und Reinheit gewidmet haben«, wagte sie einen Einspruch.

Ida bemerkte, wie die Oberlehrerin bei diesen Worten kurz zusammenzuckte und Helene einen forschenden Blick zuwarf. »Männer sind *per definitionem* für Krieg und Zerstörung geschaffen. Und ihre Grobheit muss auf jeden abfärben, der sich ihnen hingibt«, sagte sie mit einem harten Unterton in der Stimme. »Die Ehe ist eine notwendige Ausnahme. Allein«, fügte sie etwas milder hinzu, »wer den Weg der Kunst und der Musen geht, ist vielleicht besser als sein Geschlecht.«

Helene nickte zustimmend – und Ida dachte für einen Moment an Wilhelm in seiner militärischen Uniform, mit Säbel und Seitenwehr, der bei *Musen* wahrscheinlich am ehesten an *Pampel*musen denken würde, obwohl ihm der bittere Geschmack sicherlich nicht zugesagt hätte …

Später, als Ida in ihrem Bett lag und auf den Schlaf wartete, ging ihr dieses Gespräch lange nicht aus dem Kopf. Nicht dass noch besonders viel Interessantes gesprochen worden wäre (Fräulein Stieglitz hatte weiter das männliche Geschlecht verdammt, und Helene hatte nach Ausnahmen gesucht), bloß war irgendein Wort gefallen, das Ida im Nachhinein wichtig erschien. Ein Hinweis auf etwas, das sie erst vor Kurzem gehört hatte, etwas, das sie an Charlotte Linhard und Anna Buchenberg denken ließ. Doch je mehr sie darüber nachsann, desto verworrener wurden ihre Gedanken, und irgendwann musste sie wohl doch eingeschlafen sein, denn sonst hätten die Schritte, die sie plötzlich vernahm, sie nicht aufwecken können.

Es war kein Poltern, kein schweres, unheilverkündendes Stapfen, sondern ganz normale, leise Schritte, die es um diese Zeit im Haus schlicht nicht geben durfte. Ein paar Sekunden verharrte Ida mit klopfendem Herzen und lauschte, doch die Schritte waren keine Einbildung.

Sicherlich hätte sie nun so tun können, als hätte sie nichts gehört, und vielleicht wäre ihr am Morgen alles bereits wie ein merkwürdiger Traum erschienen, aber das tat sie nicht. Stattdessen sprang Ida kurz entschlossen aus dem Bett und riss ihre Zimmertür auf. Wenn es eine der Schülerinnen war, die Rudolfines Idee, eine Nachtwache einzurichten, gerade in die Tat umsetzte, dann war ein gehöriger Schreck das Mindeste, was sie für diese Dummheit verdiente.

Dass es auch jemand ganz anderes, womöglich der angebliche Geist vom Dachboden oder gar der Mörder höchstselbst sein könnte, fiel ihr einen Herzschlag später ein, weshalb sie erst da wie versteinert stehen blieb und in den dämmrigen Gang starrte, bis sie endlich ein nicht mehr ganz so forsches »Wer ist da?« herausbrachte.

Plötzlich nahm sie am Rande ihres Gesichtsfelds eine Bewegung wahr, und ohne einen weiteren Gedanken setzte sie dem Schatten nach, packte ihn an einem Zipfel, der gerade um die Ecke verschwinden wollte, und riss die Gestalt zurück.

Ein überraschter Schrei war die Antwort, und eine Hand krallte sich in ihre Haare.

»Loslassen!«, keuchte sie – und da erkannte sie, wen sie da gefangen hatte. »Helene?«

»Was soll das?«

»Wieso schleichst du mitten in der Nacht im Haus herum?«

Fräulein Ammann wand sich aus ihrem Griff. »Das geht niemanden etwas an.«

»Ein Mörder geht um! Und du … sag mir, wo du hinwillst.«
Ida schaute ihre Kollegin mit herausfordernd vorgerecktem
Kinn an, was vor allem ihren eigenen Schreck gut überspielte.

»Hältst du mich jetzt etwa für verdächtig?«

»Wenn jemand mitten in der Nacht herumschleicht, muss
man wohl mit Fragen rechnen.«

»Das hat dir dieses lange Elend, dein Gendarm eingeredet,
mit dem du dich in letzter Zeit ein wenig zu oft sehen lässt.«

Statt einer Antwort packte Ida Helene am Arm und zog
sie mit sich in ihr Zimmer. »Wenn du schon so einen Blödsinn
redest, muss das nicht mitten am Gang sein. Ich bin mir sicher,
dass du die Stieglitz nicht auch noch aufwecken willst – von
den Mädchen ganz zu schweigen«, zischte sie, während sie
rasch eine Kerze anzündete. »Noch ein paar Geistererschei-
nungen mehr, und für irgendeines von den Fräulein muss
der Grüne Heinrich kommen … Und, Helene, der Gendarm
Koweindl versucht herauszufinden, wer unsere Schülerinnen
umgebracht hat. Erdrosselt, wenn du es genau wissen willst.«

Für einen Augenblick schien Helene bestürzt.

»Hast du dazu nichts zu sagen?«

Schon hatte Helene sich wieder in der Gewalt und erwiderte
scheinbar ungerührt: »Und wofür braucht der Herr Gendarm
dann dich?« Ungefragt hatte sie sich auf Idas Bett niederge-
lassen.

»Ich versuche unseren Mädchen zu ersparen, dass nach
allem, was passiert ist, auch noch die Herren von der Gendarmerie und die restlichen Ermittler aus der Stadt bei uns ein
und aus gehen und mit ihren Fragen noch mehr Unruhe und
Angst stiften. Das mache ich!«

»Ah, du ermittelst also für deinen langen Gendarmen«,
giftete Helene.

»Nein, ich halte nur die Augen offen und … vielleicht kann
ich ihm ja helfen, die Dinge aufzuklären, die hier geschehen
sind«, erklärte Ida, ehe sie sich mit neuer Eindringlichkeit an
Helene wandte: »Und deshalb frage ich dich noch einmal, was
du hier mitten in der Nacht vorhast? Wo willst du hin?«

Irgendetwas in Idas Worten hatte Helene wohl klargemacht, dass sie ohne eine brauchbare Antwort nicht so einfach davonkam. Sie wand sich, sah zu Boden und aus dem Fenster, bis sie endlich hervorstieß: »Ich treffe mich mit einem Mann.«

»Wie bitte?«

»Du hast mich schon verstanden!«, fauchte sie.

»Aber ich dachte immer, dass du … kein Interesse hast an …«

Helenes Lippen wurden schmal. »Du meinst, nur weil man einmal … nach Sapphos Liedern getanzt hat, dass man keinen Geschmack mehr an etwas anderem finden kann?«

»Du hast also wirklich …?«

»Das ist lang vorbei – oder denkst du, dass es ansteckend ist?«

»Nein, so meinte ich das nicht!«

»Gut. Du hast nämlich keine Ahnung von ihm.« Helene atmete hörbar durch. »Er ist kein roher Klotz, er … Die Stieglitz hat recht, es gibt nur wenige Männer wie ihn, wenige, die zu mehr, zu Höherem berufen sind und in anderen, in musischen Sphären schweben.« Helenes Augen glänzten, während sie sprach.

»Bitte, ich wusste ja nicht …«, versuchte Ida sie zu versöhnen. Denn bei allem, was sie sich schon ausgemalt hatte, *das* hatte sie nicht erwartet. »Ich hätte einfach nicht gedacht, dass du … Ich meine, ich freue mich für dich. Aber mitten in der Nacht – und ausgerechnet jetzt!« Erst nach und nach wurde ihr die Absurdität der Situation klar.

Helene seufzte. »Du kennst die Sehnsucht nicht.«

Ohne es zu wissen, hatte sie damit etwas angesprochen, das Ida jüngst nur zu deutlich bewusst geworden war. Viel zu vieles gab es, das an ihrem Leben bisher bloß als Ahnung vorübergezogen war. Sie sah beiseite und erwiderte leise: »Nein, die kenne ich wahrscheinlich wirklich noch nicht.«

»Unser Beruf verbietet es uns, jene Erfahrungen zu sammeln, auf die wir unsere Schülerinnen vorbereiten sollen. Das ist doch völlig widersinnig! Aber er hat mir versprochen, wenn sein Werk endlich ans Licht der Öffentlichkeit tritt, dann wird er mich …« Glückselig schaute sie Ida an. »Bis dahin können wir uns eben nur … unter dem verschwiegenen Schleier der Nacht sehen.« Helene sprach die Worte aus, als zitierte sie ein Gedicht, und legte dann verschwörerisch den Finger an die Lippen, ehe sie aufstand. »Gute Nacht«, flüsterte sie und huschte aus dem Zimmer, ehe Ida auch nur ihre Sinne wieder so weit beisammenhatte, dass sie sie aufhalten konnte.

Sprachlos starrte Ida noch eine ganze Weile ihre Zimmertür an, hinter der Helene verschwunden war. Vieles hätte sie von der Lehrerin erwartet, deren Perfektion bisweilen schier unmenschliche Züge annehmen konnte. Selbst die Ansichten jener Zeit, dass Menschen, welche diese »gewissen Neigungen« hatten, die Helene angeblich mit dem letzten Hausmädchen geteilt hatte, zum Verbrecher prädestiniert seien, hätte sie nicht völlig ausgeschlossen. Aber dass sie nun aus Liebe sogar die strengen Hausregeln brach, schien Ida geradezu unglaublich.

Hätte sie jedoch bemerkt, in welche Richtung Fräulein Ammann enteilt war, wäre ihr Urteil vielleicht anders ausgefallen …

Weder die Schülerinnen noch die Oberlehrerin hatten etwas von dieser nächtlichen Begegnung mitbekommen, und so versammelte Ida ihre Zöglinge am nächsten Morgen nach dem Frühstück im Garten unter dem Schatten der alten Kastanie. Sie war der Überzeugung, dass man lateinische Stilübungen genauso gut an der frischen Luft durchführen konnte und Sonnenlicht die beste Kur für angegriffene Nerven war. Und tatsächlich schienen die Mädchen trotz *conjunktivus obliquus* und *Parallelfuturum* geradezu aufzublühen. Bis ein markerschütternder Schrei aus dem hinteren Garten zu ihnen drang.

»Kruzitürkendreckdepperter!«

Die Mädchen zuckten erschrocken zusammen.

Ida war bei dem Schrei aufgesprungen. »Ins Haus!«, kommandierte sie.

Nur kurz ließ sie ihre Augen über die versammelten Pensionärinnen schweifen; die letzten Ereignisse hatten ihre Spuren hinterlassen. Anscheinend waren sie alle noch vollzählig.

Kaum dass sie allesamt in einem der Klassenzimmer in Sicherheit waren, rannte die Lehrerin hektisch auf die Rückseite des Gebäudes zu, wo sie Schreckliches erwartete – stattdessen aber schaute nur der Hausdiener mürrisch von seiner Mistgabel auf, in deren Zinken sich ein merkwürdiges Gebilde verfangen hatte.

»Was ist denn los?«, rief Ida schon von Weitem.

»Was wollen S', Fräulein?«, gab Joseph gereizt zurück und versuchte, sein Werkzeug von dem zu befreien, was bei näherer Betrachtung eine Mischung aus Gürtel und Zaumzeug zu sein schien.

»Sie haben gerufen, und ich dachte –«

»Ja, weil irgendein Depp nichts anderes zu tun hat, als mir die Arbeit sauer zu machen. Das Büchl da«, er deutete auf einen verdreckten Klumpen und warf ihr dabei einen merkwürdig beredten Blick zu, »und das … was auch immer das sein soll, hat wer auf den Kompost geschmissen. Glauben S' vielleicht, den Garten umstechen ist lustig, wenn man allerweil so einen Dreck im Mist findet? Ich bin eh schon viel zu spät dran mit der Arbeit, das hätte vor Wochen passieren müssen. Aber die Herren Gendarmen, die haben ja gemeint, dass es wichtiger ist, dumme Fragen zu stellen, anstatt dass ich meine Arbeit machen kann!«

Ida zog eine beschwichtigende Grimasse und half dem Diener mit ein paar Handgriffen, das merkwürdige Etwas von seiner Mistgabel zu lösen. Dabei sah Joseph sie weiterhin an, als lauerte er auf eine ganz bestimmte Reaktion. Zunächst meinte sie bloß, der Hausdiener erwartete sich womöglich so etwas wie eine Entschuldigung von ihr – obwohl sie ja durchaus nichts für das Missgeschick konnte.

»Reicht wohl nicht mehr, dass man den unnützen Kram am Dachboden versteckt«, murmelte er nach einer Weile. »Jetzt müssen die mir auch noch meinen Kompost versauen.« Er schaute Ida vielsagend an, als müsste sie nur zu gut wissen, wovon er sprach, dann wandte er sich murrend wieder seiner Arbeit zu.

»Es tut mir wirklich leid …«, sagte sie etwas zaghaft.

Auch früher, als sie noch zu Hause gelebt hatte, hatte Ida es oft als ihre Aufgabe empfunden, die Hausangestellten wieder zu versöhnen, wenn ihr Vater einmal seine schlechten Launen an ihnen ausgelassen hatte. Irgendwann war es ihr förmlich zur Gewohnheit geworden, sich vorsichtshalber einmal für alles zu entschuldigen, um böse Worte zu vermeiden.

»Schon gut«, brummte er und fügte mit einem merkwürdigen Tonfall hinzu: »Tun S' das lieber weg, bevor noch jemand auf dumme Ideen kommt.«

Irritiert starrte Ida auf das, was ein durchschnittlicher Mann vielleicht für ein altes Zaumzeug gehalten hätte. Plötzlich stutzte sie. Was sie da in ihren Händen hielt, war ein Menstruationsgürtel. Sie sah den Hausdiener skeptisch von der Seite an. Dieser jedoch hatte sich wieder dem Misthaufen zugewandt, auf dem üblicherweise Küchenabfälle zu Kompost verfaulten. Mit für sein Alter bemerkenswerter Kraft rammte er die Mistgabel hinein und verteilte den Dünger am Beet.

Vorsichtig drehte sie den Gürtel in alle Richtungen. Es war ein übliches Modell, wahrscheinlich ebenso unbequem wie alle anderen. Die Schnalle, mit der man das Unding um die Taille befestigte, dürfte wohl einmal ausgetauscht worden sein.

Sie warf noch einen Blick auf Joseph, der weiterarbeitete, als wäre sie vollkommen unsichtbar. Und schlagartig brach da eine Ahnung über Ida herein, die ihr im ersten Moment schier den Atem raubte. Mühsam bezwang sie sich jedoch. Nun galt es, vernünftig zu sein und voreilige Schlüsse zu vermeiden. Erst wollte sie ihre Vermutung mit jemandem teilen.

Kurz entschlossen bückte sich Ida dann nach dem ungustiösen Klumpen, den der Hausdiener ebenfalls zutage befördert hatte. Unter der Erde erkannte sie die sich wellenden Seiten eines Buchs. Eines Tagebuchs. Sie schaute auf die beiden Dinge in ihren Händen, und was sich daraus zusammenaddieren ließ, jagte ihr einen weiteren kalten Schauder in den Nacken.

Nur für einen Moment hob Joseph den Kopf, als sie wieder auf das Haus zueilte.

Ohne lange zu überlegen, marschierte Ida in ihr Zimmer, nahm Hut und Tuch und stopfte die beiden verdreckten Gegenstände in einen Beutel. Ihre Gedanken durfte sie einfach nicht für sich behalten – und selbst wenn sie sich in allem irrte, was ihr nun durch den Kopf jagte, verschweigen durfte sie es nicht.

Einen Moment verharrte Ida zögernd am Gang. Sie konnte ja nicht einfach losstürmen und die Mädchen sich selbst überlassen. Sie hatte Pflichten, und sie war durchaus nicht die Person, die selbige ohne einen Gedanken links liegen ließ. Helene erledigte gerade irgendwelche Besorgungen, die Köchin und das Hausmädchen hatten anderes zu tun, ihr blieb also nur eine Möglichkeit.

Ida holte tief Luft, ehe sie an der Tür zum Arbeitszimmer der Oberlehrerin klopfte. Gerne tat sie es gewiss nicht.

»Herein«, kam es knapp von drinnen.

Sie trat ein und begann eilig, bevor Fräulein Stieglitz noch etwas sagen konnte: »Ich bitte um Verzeihung, aber ich muss ganz dringend etwas erledigen, in der Stadt. In Gratwein.«

Die Oberlehrerin legte betont langsam die Feder beiseite und sah Ida mit unangenehm durchdringender Miene an. »Was jetzt? In der Stadt oder in Gratwein? Und überhaupt, ist Ihnen bewusst, dass Sie gerade Unterricht haben?«

»Ja, es ist nur … sehr dringend.« Wohlweislich ging Ida nicht auf die andere Frage ein.

»Worum geht es denn?«

Natürlich hätte Ida nun erklären können, was Joseph bei der Gartenarbeit gefunden hatte, und ihren Verdacht der Oberlehrerin anvertrauen, aber ein unbestimmtes Gefühl ließ sie davor zurückschrecken. Außerdem hielt sie es für wenig hilfreich, auch noch darauf hinzuweisen, dass der Hausdiener mit den üblichen Arbeiten im Garten dermaßen im Verzug war, dass er sich erst jetzt richtig um die Beete kümmern konnte. Die Köchin würde ihren Unmut zur Genüge an ihm auslassen, wenn es kein frisches Suppengrün gäbe.

»Das möchte ich lieber … persönlich klären«, sagte sie stattdessen.

Die Antwort der Oberlehrerin war klar und deutlich: »Dann kann ich Sie leider nicht gehen lassen, Sie haben Pflichten.«

»Aber ich muss wirklich –«

»Sie haben mich verstanden?«

Ida nickte, doch dann wagte sie noch einen Vorstoß. »Es geht um die Morde.«

Schlagartig verlor das Gesicht der Oberlehrerin seine Farbe. »Sie wissen etwas?«

»Nein … ich … ich möchte nicht unnötig …«

Fräulein Stieglitz war aufgestanden und trat auf Ida zu. »Sagen Sie mir auf der Stelle, was Sie herausgefunden haben. Fräulein Fichte, ich bin die Vorsteherin dieses Instituts, ich stehe dafür ein, dass die Fräulein eine einwandfreie Ausbildung genießen, ich bin für ihre moralische und sittliche Erziehung verantwortlich! Und mir ist nicht entgangen, dass Sie sich mehrfach mit diesem Gendarmen unterhalten haben …«

Ida wich unter ihrem Blick einen Schritt zurück. Jetzt oder nie, durchzuckte sie der Gedanke, den sie bei reiflicherer Überlegung vielleicht wieder verworfen hätte. »Ich bitte vielmals um Verzeihung«, stieß sie hervor, dann wandte sie sich um und stürmte aus dem Haus, den Beutel mit seinem merkwürdigen Inhalt an sich gedrückt.

Hinter sich hörte sie die Oberlehrerin noch etwas rufen, doch sie entschloss sich, nicht darauf zu achten. Da sie sich nicht noch einmal umdrehte, bemerkte sie auch nicht, dass Fräulein Stieglitz ihr nachsah, als formulierte sie in Gedanken bereits das Kündigungsschreiben, das sie ihr bei ihrer Rückkehr aushändigen würde, nebst einer ausführlichen Beschwerdeschrift an das Schulamt.

Da Fräulein Stieglitz aber wusste, dass es um ihr Institut

gerade nicht zum Allerbesten stand, begnügte sie sich mit den erbaulichen Vorstellungen, wie sie eines Tages den Ungehorsam, den Widerspruchsgeist und die Schamlosigkeit, die sie allenthalben umgaben, nach Kräften ausmerzen könnte.

… in welchem bisher unbekannte weibliche Sphären erforscht und erste Schlüsse gezogen werden …

Ida rannte den Weg bis zum Postamt, dann bog sie nach links ab und folgte der Straße, die nach Gratwein führte. Sicherlich hätte sie auch einen Wagen nehmen können, um rascher zum Gendarmerieposten zu gelangen, doch erstens hatte sie in der Eile nicht daran gedacht, zweitens war gerade keiner zu finden und drittens erschien es ihr bei näherer Betrachtung doch etwas klüger, wenn sie möglichst wenigen Menschen erklären musste, weshalb ein Fräulein Lehrerin mitten am Tag allein mit einem Beutel voll dreckigem Kram zur Gendarmerie unterwegs war. Und außerdem konnte sie sich solche Extravaganzen gar nicht leisten.

Trotz ihrer undamenhaft weit ausholenden Schritte brauchte sie gut eine halbe Stunde, bis sie beim Posten ankam, wo ein feister Gendarm sie erst von oben bis unten musterte, ehe er sich die Mühe machte, sie nach ihrem Begehr zu fragen.

»Ich muss den Herrn Koweindl sprechen«, antwortete Ida.

»Ist unterwegs. Was wollen S' denn? Anzeigen können Sie bei mir auch.«

»Es geht um … das möchte ich nur mit ihm besprechen.«

Der Mann zog die Brauen hoch und sah sie mit einem mitleidig hämischen Blick an. »Hat er denn was anbrennen lassen? So hätte ich den Willi gar nicht eingeschätzt.«

»Nein, hat er nicht«, gab Ida zurück, die einen Moment brauchte, um den zweideutigen Inhalt der Bemerkung zu begreifen. »Wo ist … wann kommt er denn?«

»Sie haben Glück. In einer halben Stunde kann er den Papierposten da übernehmen.« Er grinste sie an. »Sie können ja warten, wenn Ihnen meine Gesellschaft recht ist.«

Ida war an der »Gesellschaft« des Gendarmen ganz und gar nicht interessiert, allerdings schien ihr die Aussicht, vor dem Posten zu warten, wo jedermann sie sehen und sich seine Gedanken über sie machen konnte, noch weniger verlockend. »Vielen Dank«, sagte sie daher.

Ida setzte sich auf einen Schemel, der in dem Eck stand, das am weitesten von dem Gendarmen entfernt war, entschlossen, den Mann nicht mehr zu beachten, bis Wilhelm kam.

Erfreulicherweise schien der Gendarm auch kein weiteres Interesse an ihr zu hegen. Nachdem er, mehr der Form halber, ein paar Papiere erst auf seinem Schreibtisch von rechts nach links und anschließend in eine Lade geschoben hatte, packte er ein Stück Speck aus und begann mit wohligem Schmatzen zu essen.

Eine Weile blieb Ida stumm sitzen, dann aber konnte sie ihre Neugier nicht länger zügeln. Mit spitzen Fingern holte sie das erdverklumpte Buch aus dem Beutel. Vorsichtig zog sie die durchfeuchteten Seiten auseinander. An vielen Stellen war die Tintenschrift so gut wie gar nicht mehr zu lesen, in der Mitte jedoch waren ein paar Seiten fast unversehrt geblieben.

Nach einem verstohlenen Blick auf den schmatzenden Gendarmen begann sie zu lesen:

…ntägliche Promenade. Aber während die anderen sich mit dümmlicher französischer Konversation herumschlugen, erwiderte ich den Gruß von einem Burschen, der mit ein paar Freunden zus… vom Gymnasium kam. Er erzählte mir, dass er häufig hier seine Freizei… und wir versprachen uns, bald wieder miteinander zum Tr…

Auch wenn das Papier verdreckt und die Tinte von der Feuchtigkeit zerronnen war, genügten die Fragmente, dass Ida gleich erkannte, wessen Tagebuch sie hier in den Händen halten musste: Das verschollene Tagebuch von Charlotte Linhard war wieder aufgetaucht.

Offenbar hatte der angebliche Geist, der es genommen hatte, es im Komposthaufen entsorgt. Zusammen mit einem Menstruationsgürtel. Eine Kombination, die in Ida sowohl Irritation als auch verschiedene unangenehme Vermutungen erweckte. Ehe sie sich aber in irgendetwas verrannte, wollte sie ihre Gedanken lieber mit Wilhelm teilen.

Der Gendarm hinter dem Tisch widmete seine Aufmerksamkeit immer noch ganz seiner Jause, und Ida löste die nächsten paar Seiten voneinander. Ein paar Stellen fielen ihr auf, die sie bereits überflogen hatte, als ihr Antonia das Buch erstmals gezeigt hatte, doch nun gab es keinen Grund mehr, diskret über Dinge hinwegzulesen:

18. Dezember
Hätte Gustav mir früher geschrieben, dass er den Heiligen Abend bei seiner alten Tante verbringen muss, hätte ich mir nicht die Mühe gemacht, für ihn ein Taschentuch zu besticken. Die Mühe hat er nicht verdient – auch wenn er sagt, dass ich ihm …
…ner eine Liebere hat.

Ida erinnerte sich an den Gymnasiasten Gustav Auer, von dem die Mädchen nach dem Tanzerl-Abend schon getuschelt hatten; eine unschuldige Gymnasiastenliebe, die ein jähes Ende gefunden hatte. Wilhelm hatte irgendwann angedeutet, dass der Bursche jedoch nichts wusste und er für weitere Ermittlungen auch nicht von Interesse war.

Mit einem Anflug von Wehmut blätterte Ida weiter.

5. Januar
… mir nicht träumen lassen, dass ich je… zuliebe getan hätte. Aber dieses eine M… zu geben, hätte ich mich nicht getraut. Jed…
…tigen Mann … dass man sich nicht frag… des Menschli… zu sprechen …

Je weiter Ida zu lesen versuchte, desto unleserlicher wurde die Schrift. Ungeduldig blätterte sie, bis sie endlich ein leichter lesbares Fragment fand:

14. Februar
Ich würde gerne öfter schreiben, aber das Fräulein A.
gibt uns immer so viele Arbeiten zu tun, dass wir niemals
auch nur eine Mußestunde haben. Nicht einmal mein
Herz kann ich a…
…lein S. erlaubt uns nicht einen einzigen Brief zu schrei-
ben, wenn sie nicht selbst ihre Harpyienaugen darauf
werfen kann. Selbst in einem Kloster müs…
…getroffen. Er sagte, er sei zu Fuß von Mürzzuschl…
…angen, weil er sich die Eisenbahn nicht weiter leisten
konnte. … auf Besuch, bis er endlich eine Mögl… zu
finden. Er…

Ida stutzte. Nicht, weil sie in den Fräulein A. und S. Helene und die Oberlehrerin vermutete, sondern weil Charlotte hier von jemandem zu schreiben schien, der eindeutig nicht ihr Gustav Auer war. Wieso sollte ein Gymnasiast aus Graz zu Fuß von – Ida runzelte die Brauen und versuchte das verwaschene Wort zu entziffern – *Mürzzuschlag* kommen?

Nun begann in Ida eine ganz andere Vermutung zu keimen.

»Fräulein – Fichte!«, ließ sie da eine vertraute Stimme aus ihren Überlegungen auffahren.

Wilhelm Koweindl hatte gerade den Posten betreten.

Der feiste Gendarm packte seinen Speck weg und brummte: »Hast dir genug Zeit gelassen. Die Mamsell hat extra auf dich gewartet, weil sie nur bei dir anzeigen will.« Er setzte ein unsauberes Grinsen auf, das Ida zum Glück entging und Wilhelm zum Stottern brachte.

»Ich würde … sie hat sicherlich … Du kannst jetzt … gehen.«

Grunzend griff der Gendarm nach dem Gewehr, das in einem Eck hinter ihm an der Wand gelehnt hatte. »Die Meldung für den Wachtmeister musst du noch abzeichnen«, sagte er zum Abschied, nickte in Idas Richtung und verschwand.

Ein paar Sekunden stand Wilhelm etwas verloren da, als wüsste er nicht genau, was er mit Ida nun anfangen sollte, dann sammelte er sich und fragte: »Ist etwas geschehen? Ich meine ... ich freue mich, Sie hier zu sehen.« Kurz fasste er nach ihrer Hand, ließ sie aber sogleich wieder los, als ihm bewusst wurde, dass das hier wohl nicht der richtige Ort war. »Ich hätte nur nicht erwartet, Sie hier zu treffen.«

»Ja. Nein, es ist nichts passiert«, beruhigte sie ihn, obwohl sie sich selbst gerade gar nicht so fühlte, »aber ich glaube, ich habe etwas gefunden.«

Vielleicht hätte Wilhelm nun gern etwas anderes gesagt, irgendwie sozusagen an die Bänder angeknüpft, deren Spur sie gemeinsam verfolgt hatten, und sie dabei ein wenig an das Seidenband erinnert, dessen Farbe ihm ebenso unbegreiflich war wie die Gedanken, die er damit verband. Doch ehe er die passenden Worte dafür zusammensuchen konnte, reichte Ida ihm den Beutel mit den Fundstücken aus dem Misthaufen.

Wilhelm verzog die Lippen, als ihn ein Hauch von Kompost-Odeur traf und er das Ding hervorholte. »Ein Zaumzeug?«, fragte er verwirrt. Womit wieder bewiesen wäre, dass Männer von der weiblichen Sphäre zu allen Zeiten herzlich wenig Ahnung hatten.

»Ein Menstruationsgürtel«, erwiderte Ida.

»Ein was?«

So sachlich, prägnant und verständlich wie nur irgend möglich setzte Ida Wilhelm in Kenntnis, um was für ein – zugegeben unbequemes – Teil der weiblichen Notwendigkeiten es sich handelte.

»Und was soll ich damit?«, fragte er immer noch reichlich überfordert.

»Schau, der Verschluss hier vorne, bei meinem schaut er ... also ich glaube, er ist ausgewechselt worden, und die Breite ... und er lag im Komposthaufen, quasi vergraben. Und das hier«, sie hielt ihm das erdfeuchte Tagebuch vor die Nase, »lag daneben, auch im Mist. Üblicherweise entsorgt man diese Dinge anders. Sie müssen absichtlich weggeworfen worden sein, verstehen Sie? Jemand wollte nicht, dass sie gefunden werden.«

»Du … Sie meinen …?«, verbesserte Wilhelm sich rasch und ließ sich hinter den Schreibtisch sinken. Mit dem Ärmel wischte er fahrig ein paar Spuren der Speckjause beiseite.

Ida zog einen Stuhl an seine Seite. Vorsichtig, als wäre er sich nicht ganz sicher, ob er nicht doch plötzlich explodieren oder womöglich beißen könnte, wenn er in unkundigen Männerhänden lag, untersuchte er den Menstruationsgürtel. »Großer Gott, das könnte wirklich sein«, murmelte er schließlich. »Wenn die Mädchen damit erdrosselt wurden …« Unsicher drehte und wendete er das Teil. »Was ist das?«, fragte er plötzlich.

Ida beugte sich näher heran.

Wilhelm hatte mit den Fingern ein wenig den Schmutz abgerieben, um den Verschluss besser sehen zu können. Eingeklemmt zwischen dem Metall der Schließe und dem Gürtel schimmerte etwas. Vorsichtig versuchte er es zu lösen. »Ein Haar«, stellte er fest. Er hielt es gegen das Licht und besah es kritisch. »Ein Haar vom … Kopf«, sagte er dann, wobei er einen skeptischen Blick auf Ida warf, als befürchtete er, dass sie jeden Moment kreischend aufspringen könne.

Sie tat allerdings nichts dergleichen, sondern fragte nur: »Welche Farbe hat es?«

»Woher soll ich das wissen?«

Einen Moment sah Ida Wilhelm irritiert an. »Oh … ich vergaß.« Sorgsam nahm sie das Haar aus seinen Fingern und legte es auf ein weißes Blatt Papier, derer einige herumlagen. »Es ist hell, blond vielleicht, mit einem rötlichen Schimmer.« Sie verengte die Augen. »Charlotte!«

»Charlotte?«

»Sie hatte rotblondes Haar, natürlich muss das ihres sein – und das ist der Beweis, dass sie … und außerdem hätte sie doch deshalb nie diese rosa Schleifen getragen, weil die Farbe doch gar nicht zu ihrem Haar passte!«

»Ja, blöderweise habe ich es mit Farben nicht so …«, bemerkte Wilhelm mit einem zerknirschten Seitenblick auf Ida. Er zog ein Taschentuch hervor und schlug das Haar darin ein.

Dann stand er auf und begann in einem Stapel Papier zu wühlen, der auf einem Kasten lag und offenbar darauf wartete, in die jeweiligen Akten eingefügt zu werden. »Da«, verkündete er endlich und zog ein amtlich wirkendes Blatt hervor. »Die Leichen der Mädchen liegen in Graz. Fräulein Linhard ist schon begraben worden, aber … hier, das sind die Anmerkungen zu den Würgemalen der beiden Mädchen, und hier ist eine Skizze vom Abdruck des Knotens an der Seite. Oder der Schnalle, wie wir jetzt wissen. Wenn beides zutrifft …«

Sie verglichen die Angaben mit dem Menstruationsgürtel.

»Sie stimmen überein, jedenfalls soweit man das sagen kann. Aber … was bedeutet das jetzt?«

»Dass es sehr wahrscheinlich ist, dass Charlotte Linhard mit diesem … Gürtel erdrosselt wurde«, erwiderte Wilhelm. »Und wenn wir davon ausgehen, dass für beide Morde dasselbe Ding verwendet wurde, dann wurde auch Anna Buchenberg damit umgebracht.«

»Kann es nicht sein, dass es sich um eine Mörderin handelt?«, schlug Ida vor. »Ich meine, im Allgemeinen verwenden eher Frauen –«

»Nein. Das wäre unwahrscheinlich«, widersprach Wilhelm so rasch, als wäre ihm allein der Gedanke daran unangenehm. »Frauen erdrosseln nicht, Frauen vergiften jemanden oder betreiben Engelmacherei oder Kindsmord – aber doch nicht so etwas!« Als Ida schon zu einem Einspruch ansetzte, auf den er ja doch nichts Brauchbares hätte erwidern können, wechselte er rasch das Thema: »Und was ist das?« Er deutete auf die Überreste des Büchleins.

»Das war neben dem Menstruationsgürtel im Misthaufen vergraben. Charlotte Linhards Tagebuch. Ganz offensichtlich wollte jemand diese beiden Dinge verschwinden lassen.«

»Ja, aber am Kompost?« Wilhelm sah sie skeptisch an.

»Wird bei euch nie der Garten umgestochen? Oder ein Gemüsebeet? Dort ein Mordwerkzeug zu beseitigen kann jedenfalls keine besonders überlegte Idee gewesen sein.«

»Da haben Sie recht …« Ida betrachtete eine Weile die beiden verdreckten Fundstücke. »Vielleicht hatte der Täter ja auf die Schnelle keine andere Möglichkeit. Und wer würde schon am Misthaufen nach diesen Dingen suchen? Außerdem ist es wohl eher ein Zufall, dass der Joseph sie ausgegraben hat. Eigentlich wäre er schon längst mit dieser Arbeit fertig gewesen, aber wegen … den Ereignissen und den Nachforschungen ist er jetzt erst dazu gekommen. Sonst wären die Sachen vielleicht bis zum nächsten Frühjahr dort liegen geblieben. In dem Buch hätte man dann sicher nichts mehr lesen können.«

Wilhelm brummte etwas, das sich nach Zustimmung anhörte. »Aber das ist trotzdem merkwürdig, dass beides so plötzlich auftaucht.«

»Deshalb bin ich ja gleich hergekommen!«, erwiderte Ida, nun zunehmend aufgeregt. »Auch wenn es vielleicht wirklich nur ein Zufall war, dass der Joseph das hier gefunden hat, aber schau …« Sie blätterte vorsichtig einige Seiten um. »Ich glaube, Charlotte hat in ihrem Tagebuch nicht nur über diesen Gymnasiasten geschrieben, in den sie verliebt war, sondern auch über jemand anderen. Hier: ›Er sagte, er sei zu Fuß von Mürzzuschl…‹ Das muss wohl Mürzzuschlag heißen.«

Wilhelm wollte sich gerade über das feuchte Tagebuch beugen, als die Tür aufging.

Als wäre sie bei etwas Ungehörigem ertappt worden, fuhr Ida zurück, heiße Röte im Gesicht.

Ein höchst echauffierter und wahrscheinlich nicht ganz nüchterner Mann stapfte herein und meldete mit ausholenden Gesten den Diebstahl seines halben Fuhrwerks.

»Wieso nur des halben Fuhrwerks?«, fragte Wilhelm, wobei er sich bemühte, die dienstlich vorgeschriebene Höflichkeit an den Tag zu legen, während Ida stumm mit gesenktem Kopf dasaß und versuchte, unsichtbar zu sein.

»Weil ich die andere Hälfte vor zwei Tagen beim Schnapsen verspielt hab!«, polterte der Mann weiter. »Und jetzt ist das ganze Fuhrwerk weg!«

»Ich verstehe«, erwiderte Wilhelm so ernst wie möglich und beeilte sich, ohne weitere Zwischenfragen die Anzeige aufzunehmen und die unverzügliche Nachforschung zu versprechen.

»Ich habe den Verdacht, dass man die gestohlene Hälfte dort finden wird, wo auch die verspielte Hälfte hingekommen ist«, murmelte Wilhelm, als der Mann endlich wieder gegangen war.

Dann wandte er sich wieder dem Tagebuch zu.

Ida unterdrückte ein Kichern.

»Das ist nicht witzig«, brummte Wilhelm. »Mit solchem Gesindel haben wir allerweil zu tun.«

»Natürlich.« Sie versuchte, das Grinsen aus ihrer Miene zu vertreiben.

Schweigend lasen sie einige Minuten die am wenigsten zerstörten Zeilen des Tagebuchs. Die Tinte war an manchen Stellen so zerronnen, dass sich Ida näher beugen musste, um noch etwas entziffern zu können. Als sie dabei an Wilhelms Schulter stieß, zuckte sie hastig zurück. »Verzeihung«, sagte sie. Wilhelm tat so, als hätte er nichts bemerkt.

…tto mir das erste Schneeglöckchen gegeben, das er gefunden hat. Er sagte, dass ich eine Blume sei, die nur die lieblichsten Blüten verdiene. Er ist ein Dichter, und wenn alles gut geht, will er im Sommer tatsächlich seinen ersten Roman veröffentlichen, de…
Ich wünschte, ich könnte ihm helfen, aber er sagte, dass ihm allein die Gespräche mit mir schon Balsam und ein elysischer Musenquell seien.

Wilhelm sah Ida irritiert an. »Elysischer Musenquell?«, fragte er.

Doch Ida reagierte nicht. »… t-t-t-to«, skandierte sie halblaut, wobei sie mit dem Finger an ihre Lippe tippte. »Otto«, sagte sie dann.

»Bitte wer?«

»Otto! Der Name hier muss Otto heißen.« Sie deutete auf das verwischte Wort, das unter dem Datum stand. »Und wissen Sie, wer noch Otto heißt?«

»Ich bin mir sicher, dass viele so heißen …«

Womit Wilhelm natürlich recht hatte. Sowohl sein Onkel als auch sein Großvater hießen so, und auch er wäre um Haaresbreite auf diesen Namen getauft worden, hätte sich sein Vater nicht kurz vor seiner Geburt eine Schlägerei mit einem Wagenbauer namens Ottokar geliefert, der angeblich in seiner Jugend einmal ein Auge auf Wilhelms Mutter geworfen hatte.

»Nein, das Fräulein von Eber unterhält eine Korrespondenz zu einem Otto!«

»Ich dachte, die Pensionärinnen dürfen nicht –«

»Natürlich nicht. Aber schau, das wäre hier schon der zweite Otto, der einer von unseren Schülerinnen den Kopf verdreht hat. Und die Anna Buchenberg hat auch an jemanden Briefe geschrieben – was, wenn das alles derselbe Otto wäre?«

»Wäre das nicht reichlich unwahrscheinlich?«

»Aber trotzdem ein Hinweis.«

Insgeheim musste Wilhelm sich eingestehen, dass es möglicherweise sogar fast der einzige Hinweis war, den sie in dem vorliegenden Fall bisher hatten – abgesehen von dem ominösen Käufer der rosa Bänder und dem Menstruationsgürtel mit dem rotblonden Haar – denn alle anderen Hinweise hatten sich als Sackgassen oder bloße Gerüchte herausgestellt. Mit einem vagen Brummen wandte er sich wieder dem Tagebuch zu.

Je weiter er blätterte, desto mehr hatte die Feuchtigkeit die Schrift vernichtet.

27. Februar
…ht nicht län… …sse bald gehen und woand…rs sein
Glück versuchen. Ich werde für immer s… …use bleiben
und …m schreiben we… li… Herzensgr…

...in Kuss nur f... ...mmer ... gewesen, da... Glü...elig geliebt ... ihm ...llein ...

»Da kann man nichts mehr lesen«, stellte er nach einer Weile frustriert fest.

Ida jedoch starrte angestrengt weiter auf die verschmutzten, verwischten und verwaschenen Zeilen. »Da«, sagte sie dann und deutete auf eine Stelle, an der Wilhelm ebenso wenig Brauchbares gefunden hatte wie an jeder anderen. »Hier steht ›werde für immer s... ...use bleiben‹.«

»Und was soll das heißen?«

»Seine Muse! Er ist ein Dichter ... und Charlotte ist seine Muse! Und ...« Ida stockte, da der Gedanke sie im ersten Moment selbst überraschte. »Luise von Eber hat auch gesagt, dass sie ein Musenquell sei oder so ... für ihren Otto.« Kurz überlegte sie, ehe sie noch hinzufügte: »Und der Schneider, der womöglich die rosa Bänder an den Mörder verkauft hat, meinte doch auch, dass der Mann Flecken an den Fingern hatte.«

»Ja – und?« Unauffällig wischte sich Wilhelm die Hände an seinen Hosen ab.

»Wer viel schreibt, hat früher oder später Tinte an den Fingern. Und wer schreibt mehr als ein Dichter? Das passt doch alles zusammen!«

»Das heißt, wir suchen nun nach einem Dichter namens Otto, der wahrscheinlich mehrere Musen hat, von denen zumindest eine mit so einem ... Men... so einem Gürtel erdrosselt wurde?« Wilhelm sah bei diesem Gedanken nicht sonderlich begeistert drein. »Das kommt mir eher ... komisch vor.«

»Charlotte und Anna sind sicherlich mit der gleichen Tatwaffe getötet worden«, warf Ida ein und tat ihm den Gefallen, das *Wort*, das hart an seinen männlichen Horizont streifte, nicht auszusprechen.

»Aber wieso dann die rosa Schleifen?«, überlegte Wilhelm weiter, wahrscheinlich auch, um nicht länger über die Anwendung gewisser weiblicher Gerätschaften spekulieren zu müssen.

»Was können rosa Bänder noch bedeuten?« Ida hatte wieder begonnen, mit ihrem Finger an ihre Lippe zu tippen, was Wilhelm ebenfalls höchst irritierend fand.

»Die Farbe ... das kleine Rot ... eine Bubenfarbe«, schlug er vor. »Der Mörder hätte gerne, dass die Mädchen Jungen sind ... oder er will sagen, dass ihm Buben lieber gewesen wären ... dann wäre er aber womöglich ...« Er schüttelte den Kopf. »Nein, das ist ein Blödsinn«, stellte er fest.

Gedankenverloren kratzte Ida ein wenig eingetrocknete Erde von dem Tagebuch. »Rosa Bänder«, murmelte sie, während sie vor sich hin starrte. »Musen mit rosa Bändern ...« Und schlagartig kam ihr eine Idee. »Werther!«, sagte sie.

Wilhelm sah sie vollkommen planlos an.

»Goethe – Werther«, wiederholte Ida, was Wilhelm immer noch nicht so wirklich auf die Sprünge half. »Die furchtbarste Liebesgeschichte, die ein weltberühmter Autor je geschrieben hat. Und das Mädchen – mein Gott, sie hat sogar fast denselben Namen wie das Fräulein Linhard! Lotte trägt rosa Schleifen zu ihrem Kleid und er eine gelbe Weste zum blauen Frack.«

»Wieso –«

»Nicht wieso. Ein weißes Kleid mit rosa Bändern! Das könnte es doch sein, oder?«

Ida klammerte sich an ihre Idee, und Wilhelm verstand immer noch nicht.

Es dauerte ein Weilchen, bis Ida ihm notdürftig von jenem berühmten Werk erzählt hatte, in welchem rosa Schleifen eine deutliche, wenn auch keine wirklich fundamentale Rolle spielten. »Was, wenn der Mörder auch ein Dichter ist und die Mädchen seine Musen sind, die er wie Werther mit rosa Maschen ... kennzeichnet? Das heißt, Werther hat Lotte ja nicht extra die Schleifen gegeben, aber es könnte ein Symbol sein für eine Liebe, die ebenso groß ist wie die der beiden Figuren. Und weil der Mörder ein Dichter ist –« Ida, deren Redefluss immer schneller geworden war, hielt plötzlich inne, denn ihre anfängliche Idee hatte sich, noch während sie versuchte, ihre Gedanken in Sätze zu fassen, wieder aufgelöst.

»Wieso sollte er das tun – und wieso erdrosselt er sie dann mit diesem … Ding?«

»Das weiß ich doch nicht!« Und plötzlich, für Wilhelm ebenso überraschend wie für Ida selbst, brach sie in Tränen aus. »Ich weiß nicht, wieso irgendwer so was tut … und wieso das ausgerechnet bei uns passiert … und die Mädchen … und warum er das Zeug dort versteckt hat … und wofür so was überhaupt geschehen muss … und … und … wie …«

Wie bei einem Dammbruch, der sie schlagartig überflutete, war Ida in diesem Moment bewusst geworden, was für abartige und schreckliche Dinge sie umgaben. Bisher hatte alles in ihrem Leben einen Sinn, eine gewisse Ordnung gehabt. Selbst als sie sich gegen die Heiratsanträge entschieden hatte, war sie sich der Tragweite und der möglichen Folgen dieses Entschlusses vollkommen bewusst gewesen. Sie war doch stets eine vernünftige und reflektierte Person gewesen! Sie war vor den Pensionärinnen, vor Helene und der Oberlehrerin immerzu stark und besonnen aufgetreten, hatte sich vor niemandem auch nur irgendetwas anmerken lassen – und nun war irgendein geheimer innerer Wall gebrochen. Ausgerechnet vor Wilhelm Koweindl.

So ungelenk man es sich nur irgend vorstellen kann, platzierte der Gendarm seine Rechte auf ihrer Schulter, in der vagen Hoffnung, dass es eine tröstende Wirkung haben mochte.

»Lassen Sie das.«

»Bitte um Verzeihung.« Wilhelm zuckte zurück und sah betreten auf seine Hände.

»Es ist nur … ich weiß nicht … ich glaube …«

Wilhelm überlegte, ob er ihr vielleicht sein Taschentuch anbieten sollte, aber darin hatte er ja zuvor das Haar von Charlotte Linhard eingeschlagen.

»Ich glaube … ich habe einfach Angst.«

Er stutzte. Der Gedanke, dass dies der Grund für Idas unerwarteten Gefühlsausbruch sein könnte, war ihm noch gar nicht gekommen. Kurz überlegte er, was vielleicht eine adäquate Antwort auf diese Eröffnung wäre, doch dann entschied er sich für das Erstbeste, das ihm in den Sinn kam, und drückte Ida an sich. Ungefähr so, wie man eben jemanden an sich drückt, den man vor irgendetwas beschützen möchte.

Zum zweiten Mal spürte Ida seinen Uniformknopf an ihrer Wange, doch diesmal wand sie sich nicht aus seinen Armen.

Nach einer Weile war es Wilhelm, der sie vorsichtig wieder losließ. »Besser?«, fragte er und wäre sofort bereit gewesen, sie im Falle einer negativen Antwort gleich noch einmal in die Arme zu nehmen.

»Ja«, sagte Ida und schüttelte den Kopf.

Einmal mehr wurde Wilhelm nicht ganz schlau aus ihrer Antwort, doch vorerst begnügte er sich damit. »Sollten Sie nicht … ich meine, nicht dass Sie glauben, ich würde … wieder in die Schule zurück?«, meinte er stattdessen.

»Natürlich.« Ida ließ stöhnend die Stirn in die Hände sinken. »Fräulein Stieglitz wird ohnehin nicht begeistert sein.«

Wilhelm sah sie fragend an.

»Eigentlich hat sie mir gar nie die Erlaubnis gegeben herzukommen.«

»Sie sind eine erwachsene Frau.«

»Ja, und Lehrerin an einem Institut für höhere Töchter. Bei uns kann niemand einfach tun, was ihm in den Sinn kommt.«

»Weiberleut …«, murmelte Wilhelm. »Dann werde ich Sie eben selbst zurückbringen und das mit dem Fräulein Oberlehrerin klären«, sagte er laut. »Nach allem, was Sie mir gezeigt haben, wird es sich wohl ohnehin nicht länger umgehen lassen, dass wir das ganze Pensionat einmal gründlich durchsuchen. Vielleicht finden wir dann ja auch den Geist«, fügte er halbherzig scherzhaft hinzu.

Ida bemühte sich um ein Lächeln. »Danke.«

»Und in der Zwischenzeit werde ich Ihren Werther lesen.«

Es dauerte noch eine ganze Weile, bis Wilhelm Meldung gemacht und einen Wagen beschafft hatte, der sie wieder zum

Annaberg brachte. Ida versuchte derweil die letzten Spuren ihres Ausbruchs zu beseitigen und eine heitere Miene aufzusetzen.

Schweigend fuhren sie die kurze Strecke bis zum Pensionat. Dort rückte Wilhelm seine Kopfbedeckung zurecht, zog seinen Rock glatt und marschierte schnurstracks auf das Arbeitszimmer der Oberlehrerin zu. Vom Eingangsbereich, der nicht viel mehr als ein Raum war, der durch mehrere düstere Porträts historischer Persönlichkeiten von mittelmäßiger Qualität (die Porträts, nicht die Personen) den Besuchern ein Gefühl der Ehrfurcht und Beklemmung vermittelte, führte geradeaus ein Gang an den Klassenzimmern und dem Lesezimmer vorbei zum Büro von Fräulein Stieglitz. Ein bisschen wirkte es so, als habe er Befehl erhalten, mitten in den Kugelhagel zu reiten.

Ida blieb nichts anders übrig, als ihm zu folgen. Insgeheim fragte sie sich bereits, ob sie sich besser gleich nach einer neuen Stellung umsehen wollte, denn dass Fräulein Stieglitz keinesfalls erfreut sein würde, stand außer Frage.

Nach einem knappen Klopfen öffnete Wilhelm die Tür, deutete eine Verbeugung an und redete – was für ihn durchaus unüblich war – sogleich los, noch ehe die Oberlehrerin nur den Mund auftun konnte, um ihren Unmut loszuwerden: »Bitte höflichst um Verzeihung für die Störung. Ich bringe das Fräulein Fichte zurück, sie war uns eine große Hilfe.« Er deutete auf Ida, als müsste er erst erklären, von wem die Rede war.

Die Lippen der Oberlehrerin waren unangenehm schmal geworden. Hoch aufgerichtet stand sie hinter ihrem Schreibtisch und warf erst Ida, dann Wilhelm einen funkelnden Blick zu. »Ich schätze es nicht, wenn meine Anordnungen missachtet werden.«

»Richtig«, antwortete Wilhelm etwas unzusammenhängend, ließ sich aber nicht aus dem Konzept bringen. »Und gerade deshalb sind wir froh, dass Sie sogleich Anweisung gegeben haben, dass das Fräulein zum Posten kommt.«

»Ich habe –«, setzte Fräulein Stieglitz an.

»Ich habe dem Gendarmen erklärt, dass es Ihre Idee war«,

fuhr Ida eilig fort, die befürchtete, dass Wilhelm sich sonst in seinen eigenen Erklärungen verlaufen könnte, »um noch einmal die … Handschriften der verblichenen Fräulein zu vergleichen mit …«

»… den anderen Schriftstücken«, beendete Wilhelm den Satz. »Nochmals vielen Dank für Ihre Unterstützung.«

Während Wilhelm abermals eine Verbeugung andeutete, bemerkte Ida, wie Fräulein Stieglitz bei ihrer improvisierten Erklärung ein paar Schriftstücke, die sie vor sich liegen gehabt hatte, unter eine Mappe schob.

»Gut.« Die Oberlehrerin warf Ida einen frostigen Blick zu. »Benötigen Sie sonst noch etwas?«

Und diesmal verstand Wilhelm, der sonst mit den subtilen Feinheiten weiblicher Kommunikation etwa so viel anfangen konnte, wie wenn jemand versuchte hätte, mit ihm Altgriechisch zu sprechen, was Ida ihm mit einem Zucken ihrer Brauen und einem kurzen Nicken in Richtung des Schreibtisches mitteilen wollte. »Allerdings«, erwiderte er deshalb. »Ihren Dachboden.«

»Wie bitte?«, überschlug sich ihre Stimme beinahe.

Eigentlich war es bloß das Erste gewesen, was Wilhelm in den Sinn kam, um Fräulein Stieglitz für einen Moment abzulenken. Eine solche Reaktion hätte der Gendarm allerdings nicht erwartet. Üblicherweise vermieden die Leute jeden Widerspruch, wenn er mit aller Würde seines Amtes etwas forderte. Oder sie nahmen Reißaus.

»Ich würde gerne Ihren Dachboden inspizieren«, wiederholte er deshalb.

»Das geht nicht.«

»Ich befürchte aber, das ist notwendig.« Mit einer militärischen Drehung machte Wilhelm kehrt und marschierte aus dem Zimmer in Richtung der Treppe, die in die oberen Stockwerke führte.

Wie zu erwarten folgte ihm Fräulein Stieglitz sogleich, und Ida nutzte die Gelegenheit, einen Blick auf die Blätter zu werfen, welche die Oberlehrerin zuvor beiseitegeschoben hatte.

Vor der Tür waren bereits aufgebrachte Stimmen zu vernehmen, als Ida zusammenzuckte. Die Handschrift war ihr zuvor schon vage bekannt vorgekommen, doch erst die Unterschrift ließ ihre Gedanken durcheinanderwirbeln.

»Deine dir ergebene Anna«, stand da – und es brauchte keine große Phantasie, um zu ahnen, dass es keine andere als das Fräulein Anna Buchenberg sein konnte. Ohne weiter nachzudenken, nahm Ida die Blätter an sich und verließ das Arbeitszimmer.

»… werde Beschwerde einlegen, was Sie sich herausnehmen!«, zeterte Fräulein Stieglitz gerade. »Ich betreibe ein Pensionat für junge Fräulein der Gesellschaft! Ich stehe mit meinem Namen dafür ein, dass meine Zöglinge unberührt und gut gebildet in die Welt entlassen werden! Ich sorge dafür, dass sie von schädlichem Umgang ferngehalten werden! Und Sie werden meine Mühen nicht zunichtemachen, indem Sie das … Sanktuarium weiblicher Unschuld mit ihren Blicken beschmutzen, Sie –«

»Ich beschmutze hier gar nichts«, stellte Wilhelm klar. »Ich sorge mich genauso wie Sie um das Heil Ihrer Zöglinge.« Ohne eine weitere Erklärung stapfte er die schmale Treppe zum Dachboden hinauf.

»Unterstehen Sie sich!«, keifte ihm die Oberlehrerin hinterher.

Wilhelm ließ sich nicht aufhalten. Oben sah es genau so aus, wie Ida ihm das Dachgeschoss des Pensionats beschrieben hatte. Ehe die Oberlehrerin ihn erreichen konnte, hatte er eine Tür aufgestoßen und sah sich einem der unbenutzten Mansardenzimmer gegenüber. Die wenigen Möbel darin waren mit Leintüchern abgedeckt. Auch wenn der Raum wenig wohnlich wirkte, dauerhaft versteckte sich hier wohl weder ein Geist noch ein Mörder.

»Ich sehe mich gezwungen, diese Impertinenz zu melden!«, schimpfte Fräulein Stieglitz hinter ihm.

Vom Fuße der Treppe hörte Wilhelm weitere Schritte herannahen und hoffte inständig, dass dies Ida sein mochte. Er sah sich noch einmal prüfend um. Theoretisch konnte sich hinter jeder der Türen jemand verstecken – so unwahrscheinlich dies auch sein mochte –, aber im Moment war nicht der richtige Zeitpunkt, seine Amtsgewalt mit allen Mitteln durchzusetzen. Außerdem galt es laut Dienstvorschrift, gegen Frauenpersonen jederzeit rücksichtsvoll und zuvorkommend zu handeln. Selbst gegen solche wie Fräulein Stieglitz. Er schüttelte den Kopf über ein selten hässliches fratzenhaftes Gesicht am Gesims eines mannshohen Kastens und wandte sich um.

Ida kam gerade die Treppe herauf, und er atmete auf. Auch wenn er in diesem Moment nur zu gerne tatsächlich einen Blick in sämtliche Kammern geworfen hätte, hegte er kein Bedürfnis, sich noch länger ein Wortgefecht mit der Oberlehrerin zu liefern. Sie schien im Moment eindeutig die bessere Munition zu haben. Außerdem wollte er sich in dieser Angelegenheit nicht unbedingt eine Beschwerde einhandeln. Also lenkte er ein: »Dann muss ich wohl um Verzeihung bitten. Es gab … die Fräulein haben gesagt, dass …«

»Dann verlange ich, dass Sie nicht weiter auf das Gerede der jungen Damen hören. Nach allem, was passiert ist, ist es doch nicht verwunderlich, dass sie nicht in der Lage sind, vernünftige Angaben zu machen!«

»Natürlich.«

»Ich erwarte, dass mein Institut nicht weiter belästigt wird!« Mit einer resoluten Geste zur Stiege hin gab sie ihm zu verstehen, dass er den Dachboden unverzüglich Richtung Ausgang zu verlassen habe.

»Selbstverständlich.«

»Und dass Sie endlich einen Schuldigen finden!«

»Wir tun unser Bestes.« Wilhelm wollte noch einen Blick auf Ida erhaschen, doch diese hatte sich schon in ihr Zimmer zurückgezogen. Vielleicht ein wenig rascher, als es unter normalen Umständen der Fall gewesen wäre.

»Ich empfehle mich«, blieb ihm also nichts anderes übrig, als sich zu verabschieden und den Rückzug anzutreten. Gerne hätte er noch ein Wort mit Ida gewechselt, doch angesichts der drachenhaften Oberlehrerin war ihm klar, dass damit niemandem geholfen war. Am wenigsten Fräulein Fichte.

Außerdem hatte sich eine Idee hinter seiner Stirn festgesetzt, der er so rasch wie möglich nachgehen wollte. Im Ernstfall auch ohne dass er seine Gedanken zuerst mit Ida geteilt hatte.

*… in welchem zur Abwechslung Wilhelm Koweindl die Sache
in die Hand nimmt und später allerlei gelesen wird …*

Ida ließ das Hausmädchen wissen, dass sie starke Kopfschmerzen plagten und sie daher bitte, dass man ihr das Abendessen aufs Zimmer bringe. Am nächsten Morgen würde sie schon wieder auf den Beinen sein, doch für den Rest des Tages möge man sie entschuldigen.

In Idas Kopf ging allerdings weit mehr um als nur irgendwelche vorgetäuschten Schmerzen. Da waren Wilhelm, die Morde und die Angst, die sie plötzlich überkommen hatte; der Brief, den sie vom Schreibtisch von Fräulein Stieglitz genommen hatte, und die Sorge, was die Oberlehrerin wohl mit ihr anstellen würde, wenn sie erst bemerkte, was sie sich erlaubt hatte.

Immer deutlicher wurde in ihr die Ahnung, dass der Mörder womöglich gar nicht so weit weg war, wie sie es sich anfangs vorgestellt hatte. Der Gedanke saß ihr würgend in der Kehle, und sie war froh, dass sie ihre Tür fest verschlossen hatte. Auch weil sie, je dunkler die Nacht wurde, umso deutlicher Schritte unter dem Dach zu hören meinte. Ein verhaltenes Tappen, von dem sie sich nicht sicher sein konnte, ob sie es sich nicht doch bloß einbildete. Ein dräuender Schatten, der hinter ihren Schläfen saß, ein blinder Fleck, ein Geheimnis, das sie deutlich sah und doch nicht daran zu rühren wagte.

Doch nicht nur Ida plagten düstere und verwirrende Gedanken.

Wilhelm hatte das Gerede von dem angeblichen Geist am Dachboden des Pensionats bisher als dummes Gerücht oder eine lächerliche, hysterische Spinnerei abgetan. Die Reaktion der Oberlehrerin hatte ihm allerdings deutlich gezeigt, dass, wenn schon kein Geist, so doch irgendetwas – oder irgendjemand – dort oben war, der das Licht der Öffentlichkeit scheute.

Aus diesem Grund entschloss sich nun Wilhelm etwas zu tun, was er sonst mit ähnlicher Sorge vermied wie der sprichwörtliche Teufel das Weihwasser: Er ließ sich bei seinem Wachtmeister Stransky melden.

Mit gewichtiger Miene saß dieser an seinem Tisch und zupfte an den seidengestickten Sternen an seinem Kragenspiegel herum. Vor ihm lagen majestätisch drapiert einige Akten mit dem kaiserlichen Wappen und die Überreste eines Gugelhupfes auf einem Porzellantellerchen.

»Ja?«, brummte er, als Wilhelm salutierend eintrat.

»Ich hoffe, ich störe nicht?«

Stransky winkte ab und tat so, als hätte er die Akten gerade erst von sich geschoben. Mit gekonnt gerunzelter Stirn zog er sie wieder zu sich und begann geschäftig darin zu blättern, während er sagte: »Reden S' nur, Koweindl.«

»Ich glaube, in dem Mordfall am Annaberg …«

»Die gnädigen Fräulein? Ja, da müssen wir schauen, dass wir bald einen haben, sonst schicken die uns noch die Polizei aus der Stadt herauf, die dann nur wichtig in der Gegend herumsteigt und am Ende für nichts die Lorbeeren einsammelt.«

»Genau«, beeilte sich Wilhelm zu nicken. »Ich denke, man sollte noch einmal einen genaueren Blick auf das Pensionat werfen.«

»Die Leichen haben wir schon; was wir suchen, ist der Mörder – und der wird wohl nicht bei den Fräulein wohnen.« Schnaufend lachte Wachtmeister Stransky über seinen eigenen Scherz.

Pflichtschuldig verzog Wilhelm den Bart, ehe er zu widersprechen wagte: »Es gibt allerdings Hinweise … Gerüchte zwar, aber doch recht deutliche, dass man einmal den Dachboden des Hauses näher inspizieren sollte.«

»Was für Gerüchte?«

»Dass dort oben ein Geist haust.«

»Wie bitte?«

»Na ja, ich vermute wohl, dass es nicht wirklich ein Geist ist, weil das doch recht unwahrscheinlich wäre. Aber wenn dort jemand haust, der vielleicht mit den Morden ... in Verbindung steht.«

Stransky legte mit einer ausladenden Geste die Akten beiseite. »Unterm Dach wohnt der Hausdiener, so viel sollte Ihnen auch schon bekannt sein.«

»Ja, aber –«

»Und dass wir uns den noch einmal genauer anschauen sollten, liegt auf der Hand. Ich hab da vor ein paar Tagen schon ... wartn S', wo sind die ...« Der Wachtmeister begann umständlich in einer der Laden zu kramen. »Da«, zog er endlich ein verschnürtes Aktenbündel hervor. »Ich hab die Unterlagen vom Hausdiener kommen lassen, Führungszeugnisse, Vermerke. Da kommt schon was zusammen. Weil es ja heißt, dass der womöglich selbst die Mädels umgebracht hat. Wäre ja nicht das erste Mal, dass einer von den Hausleuten ... sind ja alles Lumpen.«

»So?« Wilhelm zog ein wenig die Brauen nach oben.

Stransky machte eine wegwerfende Geste.

»Schön, aber vielleicht sollte man dennoch einmal am Dachboden nachsehen, also nicht nur in der Kammer vom Hausdiener. Vielleicht finden sich Beweise, Indizien ... und es ist doch merkwürdig, dass –«

»Koweindl, was werden wir denn die Frauenzimmer narrisch machen.«

»Aber wenn doch –«

»Wissen Sie, dass der Hausdiener im Achtundvierzigerjahr –«

»Ich bin mir sicher, dass am Dach –«

»Jetzt hören Sie mir aber einmal zu, Koweindl!«, schnitt ihm der Wachtmeister das Wort ab und richtete sich schnaufend hinter seinem Schreibtisch auf, dass die Seidensterne an seinem Kragenspiegel nur so blitzten. »Die Fräuleins da im Institut, das sind zwar keine Erzherzoginnen, aber die haben auch Väter, mit denen man sich lieber nicht … na, wo man eben Meinungsverschiedenheiten vermeidet. Und wenn der Gerichtsrat Hahn oder der Herr von Oberg sagen, dass sie die Bildungsanstalt, in der ihre Töchter sind, nicht in den Akten wollen, dann hält man sich daran. Und wenn du einen gnädigen Herrn Vogelsang verärgerst, dann heißt es gleich wieder, dass nur Antisemiten bei der Gendarmerie sind! Und meine Beförderung lass ich mir auch nicht versauen, nur weil sich das Mäderl vom Rittmeister von Eber von irgendeinem Trottel geängstigt fühlt. Verstehen Sie?«

»Jawohl, aber –«

»Nichts aber!«

»Der Dachboden …«

»Wenn Sie nicht wollen, dass ich Ihnen Ihren ganz persönlichen Gendarmerieposten auf Franz-Josephs-Land verschaffe, dann halten Sie jetzt Ihr Maul und machen, was man Ihnen anschafft! Suchen Sie den Mörder, wo Sie wollen – aber lassen Sie das Pensionat in Ruhe! Verstanden?«

Wilhelm nickte nur.

»Haben Sie verstanden, frag ich!«

»Jawohl!« Wilhelm salutierte und beeilte sich, davonzukommen.

Er musste sich auf die Zunge beißen, um nicht laut loszufluchen, kaum dass er das Büro seines Vorgesetzten verlassen hatte. Am liebsten hätte er abermals das Pensionat aufgesucht, um den verbotenen Dachboden unter die Lupe zu nehmen. Stattdessen aber erinnerte sich Wilhelm an Idas Worte und schaffte es tatsächlich, noch am selben Tag eine zerfledderte Ausgabe von Goethes »Werther« aufzutreiben.

Als er abends aufgewühlt in seinem Militärzinszimmer saß, wagte er schließlich den Versuch, zunächst zwar mit gebührender Skepsis, in die Gefühlswelt des empfindsamen Briefeschreibers einzutauchen. Wahrscheinlich hatte er seit seiner Schulzeit kein Buch mehr gelesen, und es fiel ihm auch nicht besonders leicht, den Ideen und Emotionen dieses Werthers zu folgen, aber der Gedanke an Ida war ihm Ansporn genug, das

Buch nicht nach den ersten paar Seiten in eine Ecke zu pfeffern. Außerdem half es ihm, seinen Unmut wegen Wachtmeister Stransky zu verdauen. Sicherlich wäre Ida etwas Passendes eingefallen, was er seinem Vorgesetzten hätte erwidern können …

Überhaupt war Ida in letzter Zeit recht oft in seinen Gedanken, und die Vorstellung, dass sie einmal ganz die Seine sein könnte, wenn er erst eine Beförderung erhalten hatte und sich die Ehekaution leisten konnte, erregte und ängstigte Wilhelm gleichermaßen.

Kein Wunder, dass seine Gedanken da zu der einzigen ehelichen Beziehung abschweiften, die er je aus der Nähe beobachtet hatte: die seiner Eltern. Früher, als Wilhelm mit seiner Mutter noch reden konnte, bevor sie begonnen hatte, jedes überflüssige Wort wegen ihres Lispelns zu vermeiden, hatte sie ihm immer wieder gesagt, dass ohnehin alle Männer schlecht seien, bloß merke man es erst, wenn man mit einem verheiratet war. Damals hatte er das natürlich nicht auf sich selbst bezogen, doch ließ es sich nicht leugnen, dass auch er ein Mann war.

Beim Militär hatte er dann rasch gelernt, jeden überflüssigen Gedanken zu vermeiden. Subordination war alles. Subordination war die erste Pflicht des Untergebenen, sowohl im Dienst als auch außer Dienst, seinem Vorgesetzten Achtung und Ehrerbietung entgegenzubringen. Kein Soldat sollte über seine Vorgesetzten ein schlechtes Wort verlieren, im Beisein anderer ihre Fehler aufzeigen oder sie der Lächerlichkeit preisgeben. Maul halten und strammstehen, das genügte.

Und dann hatte er diese eine Dummheit gemacht. Im festen Glauben, einem Kameraden zu helfen, hatte er sich dazu hinreißen lassen – nur dass der Feigling am Ende ihn einfahren ließ und sich unehrenhaft aus dem Staub machte. Irgendein guter Geist hatte damals dafür gesorgt, dass Wilhelm, der sich bisher nichts zuschulden hatte kommen lassen, zum Gendarmeriekorps versetzt wurde. Und irgendwie war er froh gewesen, nun an einem Ort zu sein, an dem klar zischen den Guten und den Bösen unterschieden wurde. »Die Bösen« nämlich, das waren immer die anderen.

Er versuchte, seine Gedanken wieder auf etwas Angenehmeres zu richten. Oder wenigstens auf den Werther, den er nun sicherlich schon minutenlang angestarrt hatte, ohne auch nur ein einziges Wort zu lesen. Ida hatte gewiss nicht nur dieses, sondern unzählige Bücher gelesen – und er scheiterte schon daran!

Der Gedanke an die Lehrerin rief ihm wieder seine heimliche Angst in Erinnerung, dass er einmal genauso werden könnte wie sein Vater, wenn er einmal verheiratet wäre. Als Kind hatte er den Unmut und Zorn, der diesen Mann immerzu umgab, nie hinterfragt. Das war der Vater. Das genügte. Aber er ahnte, dass dieser zornige Mann auch in ihm steckte. Schon mehr als einmal war Wilhelm bei seiner eigenen Stimme zusammengezuckt, wenn er wütend plötzlich *seine* Worte auf der Zunge schmeckte. Und er wusste, dass er genauso grob sein konnte wie sein Vater, der die Mutter damals so geschlagen hatte, dass sie sich unter einem Hieb die Zungenspitze abgebissen hatte.

Wilhelm legte das Buch beiseite und die Stirn in die Hände.

Wenn er sich beim Rasieren im Spiegel sah, konnte er mittlerweile sogar diese kleine zornige Falte zwischen den Augenbrauen auf seiner Stirn entdecken, die sich bei seinem Vater zu ungeahnter Tiefe eingegraben hatte.

Und es war noch nicht einmal ein Jahr her, da hatte er mit zwei Kameraden einen Mann festgenommen, der mehrere Diebstähle begangen und zuletzt sogar einen Beamten mit einem Totschläger fast umgebracht hatte. Je mehr sich der Mann gewehrt hatte, desto gröber waren sie mit ihm geworden, je mehr er schrie, desto härter wurden auch ihre Worte, und zuletzt hatten sie gemeinsam auf den Mann eingeprügelt, bis er sich nicht mehr rührte. Erst dann war es Wilhelm leichter gewesen, und er hatte ihn mit einer beschämenden Befriedigung in die Arrestzelle geworfen, ehe er mit den anderen Gendarmen einen Schluck Schnaps getrunken hatte.

Ja, er konnte genauso hart, so grausam sein wie sein Vater. Und wenn er ein Ehemann würde ... Idas vifes Grinsen tauchte vor seinen Augen auf, und beschämt griff er wieder nach dem Werther. Den Mörder würde er an diesem Tag ohnehin nicht mehr zu fassen kriegen.

Helene Ammann konnte in dieser Nacht keinen rechten Schlaf finden. Da war der Gedanke an den Mann, den sie liebte, und Ida, die inzwischen von dieser Liebschaft erfahren hatte. Und auch wenn sie ihr vertraute, als Freundin würde sie Fräulein Fichte nicht bezeichnen. Zudem fürchtete sie, was geschehen könnte, wenn die Oberlehrerin mitbekäme, dass sie all ihre Prinzipien für ein paar schöne Worte und zärtliche Hände aufgegeben hatte.

Dabei war Helene durchaus nicht die Person, die blindlings ihren Neigungen nachgab. Wenn sie bisher als steif und hart erschienen war, so war dies, weil Fräulein Amman darin die Sicherheit fand, die ihr vielleicht sonst in ihrem Leben fehlte.

Eisern hatte sie sich an ihren Prinzipien festgeklammert, bis zu jenem Tag, der einen ersten fernen Hauch von Frühling mit sich trug, als sie jenen Mann traf, dessen Träume etwas in ihr bewegten, dessen lyrisches Unglück sie rührte und dem sie sich hingab, ehe sie noch ganz begriffen hatte, was dies für sie bedeuten mochte.

Da war etwas Dunkles in ihm gewesen, die Lust, mit der er ihre Geradlinigkeit gebrochen und sie in seinen Armen geformt hatte, bis sie zu zerbersten meinte. Wäre sie in dieser Stunde ganz bei sich gewesen, so hätte sie schreien und ihm fliehen müssen, doch Helene hatte sich immer schon formen lassen. Ihre Mutter war es zuerst gewesen, die ihr immer und immer wieder eingebläut hatte, wie ein Mädchen zu sein hatte, bis sie unter den Worten und Hieben verkrustet war und jene steife Hülle angenommen hatte, in der sie in Erscheinung trat. Lediglich vor anderen Frauen, jenen unscheinbaren Geschöpfen, denen sie sich ebenbürtig fühlte, hatte sie sich hier und da eine weiche Regung erlaubt – bis sie ihn getroffen hatte.

Ihm war sie erlegen und lag nun träumend in ihrem Bett.

Auch die Oberlehrerin bekam in dieser Nacht nicht viel Schlaf. Vor allem Zorn war es, der sie wach hielt. Zorn, dass man ihre Anweisungen missachtet, dass sich Fräulein Fichte in dieser unsäglichen Angelegenheit wichtiggemacht, dass sich dieser Gendarm erdreistet hatte, ungebeten in ihr Institut zu marschieren und seine schmutzigen Blicke überall hinzuwenden. Denn für Berta Stieglitz war, seit man sie einst um ihre Verlobung betrogen hatte, alles Männliche mit Schmutz behaftet. Wie schwärende Flecken so schienen ihr die Abdrücke, die männliche Hände und Blicke auf allem Weiblichen hinterließen.

Auch ein innerer Ekel hinderte sie am Schlaf. Denn manche ihrer Zöglinge schienen sich einen Spaß daraus zu machen, alles, was man sie gelehrt hatte, bei der ersten sich bietenden Gelegenheit zu verlachen und zu vergessen, und erlaubten, dass Männer in ihre Nähe kamen; und wenn schon nicht körperlich, dann zumindest geistig – und diese Flecken waren in der Vorstellung von Fräulein Stieglitz noch grausiger. Eitrige Geschwüre, die einen von innen her auffraßen, bis die schöne Hülle durch Schwangerschaft oder Alter aufplatzte und verfaulte.

Die Oberlehrerin des Pensionats am Annaberg war in gewisser Weise eine gequälte Person, die vielleicht Mitleid und Hilfe verdient hätte. Doch dazu hätte jemand in ihr gemartertes Inneres blicken müssen, sie hätte jemandem ihren Schmerz offenbaren müssen, anstatt ihn weiterzugeben und sich an den Wunden zu weiden.

Der Einzige, von dem Berta Stieglitz meinte, dass er sie je verstanden hatte, war ihr Bruder. Wahrscheinlich war er der einzige Mann auf dieser Welt, dem sie weniger Schlechtigkeit attestierte als den übrigen seines Geschlechts, und heimlich vergötterte sie ihn auf eine Weise, die an Besessenheit grenzte.

Der nächste Morgen begann so gewöhnlich wie schon lange nicht mehr.

Idas Unterricht wurde lediglich durch einen gewissen Herrn

Albin Thun gestört, seines Zeichens unbedeutender Advokat, der auf Geheiß ihrer verwitweten Mutter seine Nichte Annegret abzuholen wünschte. Denn ob man es wollte oder nicht, die Verbrechen, die im Pensionat am Annaberg geschehen waren, ließen sich nicht länger verheimlichen, und wer es einrichten konnte, dachte nun doch daran, sein Töchterchen wieder heimzuholen. Und auch wenn die sommersprossige Annegret sich vor ihren Kameradinnen keine Blöße geben wollte, so war sie doch herzlich erleichtert, von diesem Ort wegzukommen, und folgte dem guten Onkel nur zu gerne.

Weit weniger begeistert war hingegen Fräulein Stieglitz, die inzwischen allein durch die neuerliche Anwesenheit eines Mannes in ihrem Institut dessen guten Ruf gefährdet sah. Mehr als sonst kostete es sie Mühe, die Regeln der Höflichkeit zu wahren, und dementsprechend ungehalten fiel das Gespräch mit Herrn Thun aus, ehe sie schließlich zähneknirschend Annegret aus ihrer Obhut und dem Pensionat entließ.

Zudem hatte die Oberlehrerin inzwischen bemerkt – was selbstverständlich vorerst noch niemand wusste –, dass einige Briefe von ihrem Schreibtisch verschwunden schienen. Und auch wenn sie einen gewissen Verdacht hegte, wo diese denn hingekommen sein könnten, so konnte sie im Moment doch nichts dagegen tun, ohne womöglich einen weiteren Skandal heraufzubeschwören.

Ruhelos wanderte sie in ihrem Arbeitszimmer auf und ab, nachdem der Advokat samt seiner Nichte das Institut verlassen hatte. Als wäre dies alles nicht bereits genug, hatte sie zudem am vergangenen Abend mehr durch Zufall von einer weiteren Angelegenheit erfahren, die sie innerlich in unangenehmen Aufruhr versetzte. Im Grunde wollte sie doch nichts anderes als Ordnung und makellose Disziplin in ihrem Institut. Doch schon wieder hatte sie den Hinweis auf einen Fleck entdeckt, der ausgemerzt werden musste.

Die Schülerinnen allerdings ahnten vorerst nichts von alledem. Die verbliebenen zehn nahmen weiterhin gehorsam am Unterricht teil, auch wenn ihre Gedanken – verständlicherweise – nicht allein den Lektionen galten, welche die Lehrerinnen mit ihnen durchnahmen.

Während Ida tapfer einen lateinischen Satz nach dem anderen an der Tafel sezierte, hatten Rudolfine und Emma, die zunehmend zu einer Komplizin des forschen Fräuleins von Oberg wurde, ihre Augen auf eine Zeitschrift gerichtet, die sie verstohlen unter dem Tisch lasen. Luise war in Gedanken bereits bei dem heimlichen Spaziergang, den sie sich nach der Mittagsjause gönnen wollte, und die kleine Paula und Antonia heckten flüsternd einen Plan aus, wie sie ungesehen doch einen Brief an ihre Eltern abschicken könnten, damit sie ebenfalls wie Annegret oder Judith und Juliane bald heimkönnten, bevor der »Bänder-Mörder«, wie sie ihn nun nannten, sie holen kam.

»Also, wie kann ich nun diesen Satzteil auflösen?«, wandte sich Ida, der schon schwante, dass nicht alle ihrer Ausführungen auf willige Ohren gestoßen waren, mit erhobener Stimme an die Schülerinnen und deutete mit dem Zeigestab auf die Tafel.

Die meisten der Mädchen taten ihr immerhin den Gefallen, angestrengtes Sinnen vortäuschend die Stirn zu runzeln und in ihren Notizen hin und her zu blättern. Lediglich Rudolfine und Emma hatten ihre Aufmerksamkeit vollkommen in die Zeitschrift auf ihrem Schoß versenkt.

»Fräulein Probst, wenn ich bitten darf«, störte Ida Emma aus ihrer Lektüre.

Die Angesprochene errötete und versuchte, noch während sie stammelnd eine eilig zusammengeschusterte Übersetzung präsentierte, die Zeitschrift verschwinden zu lassen; Rudolfine improvisierte ein heroisches Ablenkungsmanöver, um ihr zu Hilfe zu kommen und das verräterische Papier zwischen die Seiten ihres Buches zu schieben – doch vergeblich.

Schon hatte Ida das verbotene Blatt entdeckt, und die beiden Schülerinnen mussten die Beute fahren lassen. »Jedermanns Wochenpost«, murmelte sie und verdrehte innerlich die Augen.

»Entschuldigung«, sagte Emma betreten.

Rudolfine sagte vorerst gar nichts, sondern setzte jene herausfordernd gleichgültige Miene auf, mit der sie üblicherweise Strafen empfing.

»Und welcher Artikel war so spannend, dass daneben die lateinische Grammatik ihren ganzen Charme verloren hat?«, fragte Ida, nicht ohne einen ironischen Unterton.

Die beiden Mädchen sahen einander kurz an, dann antwortete Emma ergeben: »›Das Liebeszeichen der Rosenbänder‹.«

Ida hob skeptisch die Brauen.

»Eine literarische Kurzgeschichte«, ergänzte Rudolfine.

»Von einem ganz modernen Dichter!«, fügte Emma hinzu.

»Vielen Dank, dann werde ich mich am Nachmittag mit diesem Werk *literarisch* weiterbilden«, erwiderte Ida und legte die Zeitschrift mit einer resoluten Geste auf den Lehrertisch. »Und jetzt übersetzen Sie bitte.«

Widerspruch war zwecklos.

Überraschenderweise verlustierte sich auch Helene Ammann an diesem Vormittag mit jener Kurzgeschichte in »Jedermanns Wochenpost«, und ihr Herz begann dabei schneller zu schlagen.

Bevor die Mädchen allesamt zur Mittagsjause gingen, las Luise von Eber ebenfalls heimlich einige Zeilen – allerdings nicht besagte Geschichte, sondern das kleine Zettelchen, das sie schon seit Tagen immer bei sich trug.

Ida schließlich kam in der kurzen Ruhezeit nach dem Essen endlich dazu, die Briefe zu lesen, die sie tags zuvor vom Schreibtisch der Oberlehrerin gehascht hatte. Schon als sie die ersten Worte überflog, zog sich ein ahnungsschwerer Knoten in ihrer Brust zusammen.

»Mein liebster Otto«, stand da. Wieder ein Otto.

Es folgten endlose zärtliche Liebesbekundungen und rosige Zeichen der Zuneigung von Anna an jenen Otto, den sie abwechselnd als ihren Schatz, ihren Apoll, ihren Seelenverwandten und Seelendichter bezeichnete. Immer wieder war da die Rede von vergangenen Treffen hinter dem Gartenzaun oder bei der Kirche, von Briefen, die beschwerliche Reisen quer über den Semmering in das unfreundliche Wien auf sich nehmen mussten, und der Bitte, dass er doch endlich an ihren Vater schreibe, der sicherlich jemanden kannte, der ihm helfen und ein gutes Wort für ihn einlegen könnte.

Für Ida war nicht schwer zu erkennen, dass Anna sich mehr von jenem Otto erhofft hatte, als er ihr offenbar bereit gewesen war zu gewähren. Bevor sie sich jedoch ganz in der Betrachtung der unglücklichen Briefe verlor, schob sie die Schreiben beiseite und griff stattdessen nach der Zeitschrift, die Emma und Rudolfine ihrem Unterricht vorgezogen hatten.

Mit der Erwartung, nichts als sentimentalen Schund zu entdecken, begann sie zu lesen:

Das Liebeszeichen der Rosenbänder
eine moderne Erzählung von S. O.

Lange ging er durch das Tal dieser Welt auf der Suche nach jenem Einen, das ihn die Schwere des Daseins vergessen ließe, nach jener Einen, die ihm das Herz wieder lebendig schlagen machte und ihm die Muse sein würde, die er in seiner frühesten Jugend verloren hatte. Denn trocken war seine Feder geworden und dürr das unbeschriebene Papier.
Da geschah es, dass er in einem abgeschiedenen Tal träumend die Augen zum Himmel erhob und statt des lichten Blaus in ein Paar Augen blickte, die ihm das Schönste schienen, das er in seinem Leben je gesehen hatte. Erwachen und lieben war eins, und die Muse, die er sich auf seinen langen Wanderungen ersehnt hatte, lag in seinen Armen.
Sie war jung und unschuldig, und die Reinheit ihrer Liebe war ihm Nektar und Ambrosia.
In jenen Tagen fühlte er sich erst als wahrer Dichter, doch so voll seine Gedanken auch waren, so leer blieben die

Seiten, und je zärtlicher sich die zarte Gestalt in seine
Arme schmiegte, desto mehr erwachte in ihm bald die
Frage, ob er, von einem allzu raschen Gefühl getrieben,
nicht weiter von der wahren Muse entfernt war als je
zuvor.
So wanderte er weiter durch das Tal der Welt, bis ihm
wieder ein süßer Blick die Erinnerung an die jauchzenden
Lüfte des Parnass eingab. Und er liebte wieder mit aller
Verzweiflung und Zärtlichkeit seines Dichterherzens,
doch die Seiten blieben leer, und die Mühsal des Erden-
tals begann ihn erneut zu drücken.
Hilflos flehte er da zu jenen, die ihn schützten und hiel-
ten, dass sie ihn von den falschen Musen befreien mö-
gen, auf dass er endlich zur wahren Dichtung gelange.
Und siehe, jene, die ihn nie vergessen hatten, stiegen zu
ihm und bestraften die untreuen Musen: Sie brachen die
weißen Hälse, die sich nach ihm gereckt hatten, und die
zarten Arme, die ihn umfangen hatten, wurden bleich
und kalt, und die Augen, die er mehr als das Himmels-
blau geliebt hatte, mussten sich trüben.
Wie eine zweite Geburt war es ihm da, als er sich endlich
befreit sah von jenen, die ihn nie zum Dichter gemacht
hätten, auch wenn sie nur zu gerne von seinen Lorbeer-
knospen den ersten Nektar getrunken hätten. Doch
dankbar, dass sie ihm durch ihre Falschheit die Augen
geöffnet hatten, legte er ihnen zarte Rosenbänder um
die Brust, zur Zierde und Erinnerung, dass allein jene,
die ihn schützten und hielten, wahrer Liebe wert waren.

Keine Frage, trotz der elaborierten Satzkonstruktionen war
es Schund der sentimentalsten Sorte, den sie da gelesen hatte.

Ida war bereits im Begriff, die Zeitschrift in den Ofen zu
werfen, als sie innehielt und die Zeilen abermals überflog.
Literarisch wurden sie dadurch zwar nicht besser, doch der
Gedanke, der eben noch unausgegoren in ihrem Kopf gelauert
hatte, nahm plötzlich Gestalt an.

»Das kann doch nicht sein …«, murmelte sie, während sie den Text anstarrte, als könnte sie ihm allein dadurch sein Geheimnis entlocken.

Natürlich zog Ida auch in Erwägung, dass dies alles nur ein weiterer Zufall war und lediglich ihre durch die jüngsten Ereignisse angegriffenen Nerven Zusammenhänge finden wollten, die schlicht nicht existierten. Doch nachdem sie einige weitere Minuten stumm auf das Blatt gestarrt hatte, entschloss sie sich, ihrer Ahnung nachzugeben.

Während Fräulein Ammann ihren nachmittäglichen Unterricht begann, marschierte Ida abermals nach Gratwein, um Wilhelm eine dringende Lektüreempfehlung zu bringen. Diesmal machte sie sich allerdings nicht die Mühe, die Oberlehrerin zuvor von ihrem Weggang in Kenntnis zu setzen. Im Übrigen hätte sie Fräulein Stieglitz auch gar nicht in ihrem Arbeitszimmer angetroffen …

… in welchem neuerlich Schlüsse gezogen und Erkenntnisse gewonnen werden …

Ida hatte nicht erwartet, so viel Glück zu haben. Innerlich hatte sie sich bereits darauf eingestellt, wieder den speckmampfenden Gendarmen anzutreffen und wer weiß wie lange auf Wilhelm warten zu müssen, ehe sie ihm von ihrer Entdeckung berichten konnte. Doch als sie atemlos beim Gendarmerieposten in Gratwein ankam, saß er tatsächlich in der Amtsstube und brütete angestrengt über einigen Berichten. Die Überraschung stand ihm deutlich ins Gesicht geschrieben, als er bei ihrem Eintreten aufsah und Ida gewahrte, die ihm statt eines Grußes »Jedermanns Wochenpost« entgegenstreckte.

»Das müssen Sie lesen!«

»Ich freue mich auch, Sie zu sehen«, erwiderte er. »Auch wenn es … unerwartet ist.«

Idas Aufregung war so groß, dass sie den peinlichen Moment, der sich kurz zwischen ihnen auszubreiten drohte, schlicht überging und Wilhelm die Zeitschrift in die Hand drückte. »Das Liebeszeichen der Rosenbänder«, sagte sie nur.

»Das – was?« Ohne etwas zu begreifen, begann er gehorsam zu blättern. »Dabei habe ich noch nicht einmal den Werther ausgelesen …«

Ida nahm diese Bemerkung mit einem heimlichen Lächeln zur Kenntnis, doch sosehr sie Goethe auch schätzte, nun galt ihre ganze Aufmerksamkeit jenem Text aus »Jedermanns Wochenpost«. Während Wilhelm eilig die Geschichte las, indem er mit den Lippen die Worte mitformte, trat sie ungeduldig von einem Bein auf das andere, wobei sie ihn forschend beobachtete, ob er zu demselben Schluss kam wie sie.

»Und?«, fragte sie erwartungsvoll.

»Ich weiß nicht … die Stelle mit den ›Lorbeerknospen‹, von

denen irgendwer gern den ›ersten Nektar getrunken hätte‹, kommt mir ein bisschen komisch vor, aber wenn das Literatur ist …«

»Das ist Schund«, konstatierte Ida. »Aber haben Sie nicht bemerkt, wie er von den Musen schreibt und wie sie ermordet werden? Und am Ende die Rosenbänder?«

»Das … ja.« Langsam begann auch Wilhelm zu dämmern, worauf Ida hinauswollte. »Aber da ist überall so viel Nektar und Ambrosia –«

»Alles Metaphern.«

Wilhelm nickte und fragte vorsichtshalber nicht nach, was Ida genau meinte. »Und die Morde … die Mädchen wurden doch eigentlich erdrosselt. Und wer sollen die sein, die ihn ›schützten und hielten‹? Macht das denn überhaupt einen Sinn?«

Diese Frage hatte sich Ida auch schon gestellt, aber irgendetwas an der Erzählung sagte ihr, dass da mehr dahinterstecken musste. »Ich glaube, dass jemand diese Geschichte geschrieben hat, der mehr über die Morde weiß als bloß das bisschen, was in der Zeitung berichtet wurde. Dieser Dichter, der nach Inspiration sucht, das passt doch zu den Dingen, die wir bisher herausgefunden haben. Die Mädchen, die er seine Musen nennt – das ist doch genau, was in Charlottes Tagebuch steht und was Luise von Eber angedeutet hat. Und Anna Buchenberg …« Ida unterbrach sich, ehe sie anmerkte: »Die Briefe, die auf dem Schreibtisch von Fräulein Stieglitz lagen …«

Wilhelm nickte nur wissend. »Was stand darin?«

»Im Grunde das Gleiche wie bei Charlotte. Eine romantische Verliebtheit, ein paar zufällige Treffen, die in dem Mädchen den Traum einer großen Liebe erweckten, und schließlich eine unerwartete Trennung, die durch Briefe überbrückt wurde.«

»Dass alle immer Briefe schreiben müssen …«, grantelte Wilhelm. Offenbar wirkte noch die intensive Werther-Lektüre nach.

»Und wissen Sie, an wen all diese Liebesbekundungen gerichtet waren?«

»An diesen glücklosen Dichter …«

»An Otto!«, platzte es aus Ida heraus. »Otto, er heißt Otto! In Charlottes Tagebuch, in Annas Briefen – und Luise korrespondiert auch mit einem Otto. Das kann kein Zufall sein! Otto muss dieser Dichter, dieser Schreiberling sein! Und da, sehen Sie!« Sie pochte mit dem Finger auf den Titel der Geschichte. »Von S. O.! O wie Otto!«

»Und was soll das S. bedeuten? Es gibt endlos viele Namen, die so beginnen.« Um dies zu demonstrieren, legte Wilhelm los: »Sommer, Sauerbruch, Sauschädel, Steiger, Stieglitz, Stolz – da kann man ewig spekulieren.«

»Wie auch immer … Er muss Otto heißen. Otto … Er hat die rosa Bänder gekauft, mit denen er seine Musen markiert oder verziert hat und –« Ida schlug sich die Hand vor den Mund.

»Was ist?«

»Luise! Wilhelm, die beiden Mädchen haben sich in diesen Otto verliebt – und beide sind tot. Und Luise von Eber schreibt auch an einen …«

»Aber sitzt der nicht in Wien?«

»Ja, schon … oder in Prag oder in irgendeiner anderen Stadt, wenn man diesem verschlafenen Postler trauen kann. Himmel, was weiß ich … Vielleicht ist das bloß Tarnung, eine Nachsendeadresse, und von Wien aus werden sie wiederum dorthin geschickt, wo er wirklich ist. Oder der Postbote ist eingeweiht.«

»Das kommt mir nun doch ein wenig übertrieben vor.«

»Immerhin hat dieser Mensch ja dem Erstbesten, der sie haben wollte, die Briefe ausgehändigt. Besonders vertrauenswürdig macht ihn das nicht.«

Wilhelm brummte Zustimmung.

»Alles deutet doch in die gleiche Richtung! Verstehst du – verstehen Sie?« Vor lauter Aufregung hatte Ida das höfliche Sie vergessen. Wild gestikulierend marschierte sie vor Wilhelm auf und ab, der erst seine Gedanken sortieren musste. »Großer Gott! Luise ist die Nächste! Wenn er seine Musen, diese Mädchen, umbringt, dann –«

»Beruhigen Sie sich.« Wilhelm versuchte Idas Hand zu fassen, die ihm wie Quecksilber entglitt. »Das ist ja alles nur Spekulation. Und außerdem kommt mir dieser Menstruationsgürtel«, diesmal sprach Wilhelm das Wort so eilig aus, dass es nicht mehr als ein vages Nuscheln war, »als ein reichlich prosaisches Mordinstrument vor für einen Dichter.«

»Und wenn das auch nur Tarnung ist? Oder … wir uns einfach geirrt haben? Vielleicht war dieses Ding am Kompost bloß ein Zufall oder …«

»Ja, schon«, versuchte er sie ungelenk zu beschwichtigen. »Aber zuerst … werden wir uns bei der Zeitschrift erkundigen, wer der Verfasser dieser Geschichte ist, und dem Fräulein von Eber werden wir ins Gewissen reden, dass sie in nächster Zeit besonders gut achtgeben muss.«

Ganz selbstverständlich hatte Wilhelm Koweindl begonnen, von einem Wir zu sprechen, das Ida einschloss. Ein leises Lächeln verriet, dass sie das durchaus bemerkt hatte.

»Gut.« Sie atmete durch. »Dann werde ich gleich mit Luise sprechen.«

»Ich begleite Sie. Und vielleicht kann ich ja doch noch einen Blick in diesen vermaledeiten Dachboden erhaschen«, fügte er halblaut hinzu.

Doch als Ida und Wilhelm das Pensionat erreichten, war von Unterricht weit und breit keine Rede. Die verbliebenen Fräulein saßen blass, mit geröteten Augen im Klassenraum beisammen, das Hausmädchen, dem anscheinend der ihrem Berufsstande nachgesagte Schneid ebenfalls abhandengekommen war, hatte sich neben der Tür positioniert und wischte mechanisch an einem längst staubfreien Bücherregal herum. Fräulein Ammann verharrte wie erstarrt hinter ihrem Katheder und hob nur stumm die Augen, als Ida und Wilhelm eintraten. Die Mädchen gerieten beim Anblick des uniformierten Gendarmen jedoch in Aufruhr. Antonia und die kleine Paula Theuerdank begannen zu weinen.

»Was ist …?«, setzte der Gendarm an.

»Sie ist weg«, sagte die Lehrerin tonlos.

»Luise«, stellte Ida fest, die wieder einmal einen Deut schneller kombiniert hatte als Wilhelm.

Kurz sah Helene Amman so aus, als wolle sie etwas sagen, doch dann versank sie wieder in Starre. So gequält sah sie dabei aus, dass weder Ida noch Wilhelm sie noch einmal ansprechen mochten, sondern sich an die Mädchen wandten.

»Seit wann ist Luise weg?«

Die jüngeren Schülerinnen warfen einander bange Blicke zu, ehe sich Rudolfine aufraffte und antwortete: »Seit der Mittagsjause. Sie wollte noch … spazieren gehen oder so.«

»Wollte sie zur Post?«, fragte Ida sogleich.

»Ich weiß nicht. Sie hat nie …«

Wilhelm straffte sich und sah zu Ida hin, die ihm unauffällig zunickte. »Ich gehe zum Postamt«, verkündete er dann und verließ mit weit ausholenden Schritten das Klassenzimmer, dass seine Seitenwehr dumpf an den Türrahmen schlug.

»Was passiert jetzt?«, wollte Marie Seebenstein wissen, und Susanne Tugendhat fragte: »Stimmt es, dass es der Teufel ist? Holt er jetzt jede von uns?«

Maria-Magdalena und Ilse Täublein brachen darauf ebenfalls in hemmungsloses Heulen aus, sodass Ida nichts übrig blieb, als die Mädchen zu beruhigen, so gut sie konnte.

Allerdings schienen die vereinten Klagen nun Fräulein Ammann aus ihrem Stupor wieder aufzurütteln. Mit steifen Bewegungen, als müsste sie sich zu jedem Schritt zwingen, stand sie auf und trat zu ihren Schülerinnen. »Hier kann uns nichts passieren«, sagte sie mit brüchiger Stimme und einem schwachen Lächeln. »Wir sind da und … wer weiß … vielleicht ist alles nur ein dummer Zufall, und Luise ist gar nichts passiert.«

Es war nicht viel, was sie sagte, und manch eine mochte die Zuversicht nicht recht teilen, doch ihre Worte taten den Mädchen gut. Auch wenn die Angst und Sorge um die Kameradin damit lange nicht verschwunden war, so konnten sie sich nun doch ein wenig ruhiger zusammensetzen, einander trösten und die Zeit mit kleinen Arbeiten erträglicher machen.

»Danke«, sagte Ida leise zu Helene.

»Mehr kann man eh nicht tun …«

»Weiß die Stieglitz schon …?«

»Wie denn nicht?«, erwiderte Helene. »Sie hat sich in ihrem Arbeitszimmer eingeschlossen und ist für niemanden zu sprechen. Ich werde nicht diejenige sein, die sie stört.«

Ida lag noch eine weitere Frage auf der Zunge, als plötzlich ein Poltern aus dem Dachgeschoß zu ihnen drang. Das Hausmädchen ließ seinen Staubwedel fallen, die jüngeren Schülerinnen ließen erschreckte Laute vernehmen – nur Rudolfine sprang in kampfbereiter Haltung auf.

»Oh nein …«, keuchte Helene.

»Was war das?« – »Der Mörder!« – »Der Geist!«

Die Mädchen riefen durcheinander. Kurz warfen die beiden Lehrerinnen einander einen angespannten Blick zu.

»Ich gehe nachschauen«, sagte Ida entschlossener, als sie sich in jenem Augenblick fühlte.

»Nicht …«, versuchte Helene sie aufzuhalten. »Bitte, Ida!«

Sie hielt inne. »Wieso? Was ist oben?« Sie hatte schon die Hand ausgestreckt, um die Tür des Klassenzimmers zu öffnen.

Helene setzte zu einer Antwort an, doch dann schüttelte sie nur den Kopf. »Nichts«, erwiderte sie tonlos.

»Bleib bei den Mädchen«, sagte Ida und verließ den Raum.

Lange genug war das Pensionat am Annaberg nun schon Idas Heimat, doch nie zuvor waren ihr die Gänge und Zimmer so fremd und abweisend erschienen. Kurz überlegte sie, ob es nun nicht doch klüger wäre, die Oberlehrerin aufzusuchen, aber eine vage Ahnung drängte sie, die schmale Treppe ins Dachgeschoss zu ersteigen. Einen Moment hielt sie lauschend die Luft an, doch von den tappenden Schritten, die sie in der Nacht geplagt hatten, oder dem Poltern war nichts mehr zu hören. Sie war weder feige noch abergläubisch, aber als sie Stufe für Stufe weiterging, wurde das ungute Gefühl, das sie beschlichen hatte, immer stärker.

Die Mansardenzimmer lagen gespenstisch unbewohnt im späten Nachmittagslicht. Schon stand sie vor dem sperrigen

Kasten neben der Stube des Hausdieners. Die Vorstellung von Ratten, die in dessen Innerem ihrer lauerten, ließ sie erschauern. Das geschnitzte Gorgonenhaupt grinste hämisch auf sie herab, die unbenutzten Kammern weiter hinten forderten sie auf, näher zu treten. Einem unbestimmten Drang folgend wollte Ida sich vergewissern, ob das Möbelstück wirklich verschlossen war, als eine Stimme sie zusammenfahren ließ.

»Lassen Sie das lieber, Fräulein Lehrerin.«

Erschrocken fuhr Ida herum. Selten hatte sie den Hausdiener so herrisch sprechen gehört, der nun breitbeinig, mit Schürhaken und Kohleneimer, vor ihr stand.

Sie schluckte. »Was ist in dem Kasten?«

»Ich hab Ihnen schon einmal gesagt, dass Sie das nichts angeht.«

»Irgendetwas hat hier gepoltert. Bis in den Klassenraum hinunter hat man es gehört!«

Kurz zog etwas wie ein Schatten über die Miene des Hausdieners, das dunkle Aufblitzen einer Erkenntnis. Als Ida sich abermals zu der verschlossenen Schranktür wandte, knallte Joseph den Kohleneimer auf den Boden und packte sie mit ungeahnter Kraft am Arm. »Lassen Sie den Blödsinn«, zischte er.

»Es ist schon wieder eine Schülerin verschwunden, und Sie –«

»Ja, ich weiß, dass schon wieder eine fehlt.« Seine Augen richteten sich drohend auf sie: »Und was ist mit mir? – Na, was soll das heißen, eine ist weg und *ich* – reden Sie nur fertig, Fräulein.«

»Lassen Sie mich los!«

Selbst wenn Ida die Geistesgegenwart gehabt hätte, sich aus dem Griff des Hausdieners zu winden, hätte sie den von jahrelanger Arbeit gestählten Händen nicht viel entgegenzusetzen gehabt. Ohne auf ihren Widerspruch einzugehen, zerrte er sie von dem Kasten und dem sardonischen Grinsen der Medusenfratze weg. »Ich weiß schon, dass sich so studierte Fräulein wie Sie nichts sagen lassen, aber ich warne Sie noch einmal: Da heroben ist nichts, was Sie irgendwas angeht.«

»Sie haben das Poltern doch auch gehört!«

»Aber ich bin nicht so blöd, dass ich nachschauen geh, wenn es heißt, dass es da nichts zu sehen gibt.« Sein Ton ließ Ida innehalten.

»Und wer hat Ihnen gesagt, dass es da nichts zu sehen gibt? Joseph, irgendwas stimmt hier doch nicht! Es ist schon der zweite Mord geschehen, die Mädchen haben Angst – und niemand tut etwas!«

Er ließ Idas Arm los, doch seine Haltung verriet, dass er sich nicht davor scheute, sie jederzeit wieder zu packen und, wenn es sein musste, auf seinen Schultern die Treppe hinunterzutragen. »Ich bin alt, ja. Ich hab allerhand gesehen, hab mich schon bei der Märzrevolution über den Platz prügeln lassen, da sind Sie noch nicht einmal in den Windeln gelegen – und deshalb weiß ich auch, wann es sich auszahlt, dass man hinschaut, und wann man lieber still ist. Ich werde meine Stellung da nicht riskieren, nur weil ich mir einbilde, dass ich mir über so ein bisserl Poltern Gedanken machen muss. Ich geh nicht ins Armenhaus, wenn ich genauso gut hier mein Auskommen haben kann. Wenn die Stieglitz sagt, da ist nichts, dann sag ich auch: ›Ja, gnädige Frau, da ist nichts.‹«

»Also ist da sehr wohl etwas ... oder jemand?«

»Nichts ist da!«

»Aber, Joseph, Sie ...«, begehrte Ida auf.

»Haben Sie mich nicht verstanden?«

»Was verbergen Sie da drinnen?«

»Bitte, seien Sie nicht blöd, Fräulein!«

»Joseph!«

»Verschwinden S', sag ich! Gehen Sie zu Ihren Schülerinnen«, versuchte Joseph sie mit Nachdruck zum Gehen zu bewegen.

Auch wenn Ida dem Hausdiener glauben wollte, so sträubte sich doch alles in ihr, einfach zu gehen. Irgendetwas war da, und je mehr man sie davon abzubringen versuchte, desto dringender wurde ihr Verdacht. Doch während sie sich noch überlegte, wie sie Joseph entkommen konnte, stand plötzlich die

Oberlehrerin hinter ihr. So überrascht war sie, dass sie nicht einmal auf Idee kam, sich zu wundern, woher sie auf einmal aufgetaucht war.

»Was soll das? Was tun Sie hier, Fräulein Fichte?« Ihre Stimme war schneidend.

Joseph wollte schon antworten, doch Ida ließ ihn nicht zu Wort kommen. »Luise von Eber ist weg – und dann hat es hier am Dachboden plötzlich so laut gepoltert, dass ich nachschauen musste. Aber –«

»Sie haben hier heroben nichts verloren«, fauchte die Oberlehrerin. »Sie sollten sich um die Mädchen kümmern.«

»Das will ich doch. Aber wenn hier –«

»Habe ich mich nicht klar und deutlich ausgedrückt?« Auf einmal war Fräulein Stieglitz so nah an Ida herangetreten, dass ihre spitze Nase fast ihre Stirn streifte. »Wenn ein Unglück geschehen ist, so ist das die Schuld jener, die den Weg der gottgewollten Ordnung verlassen haben.«

»Luise von Eber hat –«

»Halten Sie den Mund!« Ida zuckte zurück, als die Oberlehrerin sie anschrie. »Sie tun, was man Ihnen sagt. Und Joseph«, wandte sie sich an den Hausdiener, »Sie sorgen dafür, dass sich keiner mehr in den Dachboden verirrt. Haben wir uns verstanden? Ich dulde nicht, dass hier jeder meint, tun und lassen zu können, was ihm beliebt! Ich führe ein angesehenes Institut und kein … Erholungsheim für gefallene Mädchen oder eine … Kaschemme für talentlose Dichter und Träumer!«

Zunächst hatte Ida der Oberlehrerin nur in stummem Schrecken gelauscht, doch sie war eben keine Person, die sich allzu leicht in ihre Schranken weisen ließ. »Ich bitte Sie, verstehen Sie doch, der Mörder könnte –«

Eine Ohrfeige ließ sie verstummen.

Ida starrte die Oberlehrerin entgeistert an, bis das Brennen auf ihrer Wange sie wieder in die Wirklichkeit zurückholte.

»Ein weiteres Wort …«, zischte Fräulein Stieglitz.

Ida wich einen Schritt von ihr zurück.

Bei dieser Auseinandersetzung hatte allein Joseph bemerkt,

wie, von den lauten Stimmen angezogen, ein langer Schatten die schmale Treppe zum Dachgeschoss heraufgekommen war.

»Was ist hier los?« Die Stimme des Gendarmen hatte jenen militärischen Ton angenommen, den er üblicherweise für Amtshandlungen verwendete.

»Sie schon wieder!«, fuhr die Oberlehrerin auf.

Ida, der die Ohrfeige Tränen in die Augen getrieben hatte, schwankte zwischen Schrecken und Erleichterung.

Auch Joseph ließ den Schürhaken sinken, den er zuvor von allen unbemerkt fester gepackt hatte.

»Was, bitte schön, wollen Sie hier?« Die Oberlehrerin trat auf Wilhelm zu, wobei sie Ida scheinbar wie zufällig vor sich herschob.

»Ich komme vom Postamt. Das Fräulein von Eber war nicht dort«, antwortete er.

»Natürlich war sie nicht dort.«

Überrascht schossen seine Brauen in die Höhe. »Woher wissen Sie …?«

Wenn Fräulein Stieglitz einen Herzschlag lang gezögert hatte, so verbarg sie es nun gekonnt unter einem echauffierten Schnaufen. »Unseren Zöglingen ist es verboten, nach Belieben Briefe zu schreiben. Jede Korrespondenz geht zuerst durch meine Hände. Ohne mein Wissen geht kein Mädchen zur Post. Außerdem haben wir dafür einen Diener.«

»Ich verstehe.« Wilhelm nickte, dann traf sein Blick auf Ida. Kurz stockte er bei ihrem Anblick, doch falls er begriffen hatte, was gerade vorgefallen war, ließ er sich nichts anmerken. »Ich habe bereits an das Kommando in Graz telegrafiert. Bei drei Toten ist das keine Lappalie mehr.«

»Drei – aber das wissen Sie doch gar nicht!«

Wilhelm brachte die Oberlehrerin mit einer ungewohnt strengen Geste zum Schweigen. »Aller Wahrscheinlichkeit nach …«

»Herrgott«, stöhnte Joseph.

»Nun gut.« Schon hatte Fräulein Stieglitz ihre Haltung wiedergewonnen und pflügte, Ida vor sich hertreibend, die

Treppen hinunter, bis sie direkt vor dem Gendarmen stand. »Und was gedenkt die Exekutive nun zu tun?«

»Es gibt bereits einige Spuren«, erwiderte Wilhelm. »Und deshalb wird eine eingehende Untersuchung Ihres Instituts wohl unumgänglich sein.«

»Unterstehen Sie sich!« Die Oberlehrerin nahm Kampf-haltung ein.

»Sobald es einen offiziellen Befehl gibt, werden Sie dem nichts mehr entgegensetzen können.«

»Aber bis dahin werde ich verteidigen, was ich hier aufge-baut habe! Sie … Sie werden mein Institut nicht mit Ihren … lüsternen Blicken besudeln!« Die Stimme des Fräulein Stieglitz drohte sich zu überschlagen.

Ida stand mit tränenden Augen und brennender Wange nur daneben und wusste nicht, was sie sagen oder tun sollte.

»Passen Sie auf, dass Sie mich nicht beleidigen!«, erwiderte Wilhelm.

Joseph war mit Kohleneimer und Schürhaken am oberen Ende der Treppe stehen geblieben. Hätte irgendjemand ihm Beachtung geschenkt, so hätte man an seinem Blick erahnen können, dass er nur zu gerne etwas gesagt hätte.

»Machen Sie Ihre Arbeit und suchen Sie das Fräulein von Eber!«

»Das will ich, wenn Sie nur –«

Statt einer Antwort schritt die Oberlehrerin an ihm vorbei, wobei sie mit einer mehr als eindeutigen Geste zur Tür wies.

Wilhelm klang noch das Gespräch mit Wachtmeister Stransky im Ohr. Ohne eine ganze Menge an Vorschriften zu brechen, konnte er nun wohl nicht viel mehr tun, außer ihr zu folgen. Mit einem unterdrückten Schnauben wandte er sich um. Dabei sah er abermals zu Ida, die bebend, mit einem rot brennenden Fleck auf der Wange und schreckgeweiteten Augen dastand.

Unmerklich schüttelte Ida den Kopf, ehe Wilhelm noch etwas sagen konnte.

Hatte sie ihn lediglich beschwichtigen wollen, um einen

weiteren Eklat zu vermeiden, so dürfte Wilhelm in ihren Augen wohl etwas ganz anderes gelesen haben. »Im Übrigen«, ergriff er da noch einmal das Wort, eine Härte in der Stimme, die man nicht oft bei ihm vernahm, »erwarte ich das Fräulein Fichte morgen um acht Uhr pünktlich zum Verhör.« So laut sagte er es, dass ihn auch Joseph und alle anderen im Hause hören mussten.

Idas erschrockene Miene entging ihm dabei nicht, doch ohne ihren Blick noch einmal zu erwidern, machte er kehrt und verließ das Pensionat.

Was ihm sehr wohl entging, war das Funkeln in den Augen der Oberlehrerin bei seinen Worten. Schreck, Zorn, Hass – alles hätte in diesem Moment in ihrem Blick liegen können. »Sie haben ihn gehört«, zischte sie Ida zu, als sie in ihr Arbeitszimmer verschwand.

Ein paar Sekunden blieb Ida allein am Gang stehen und versuchte sich wieder zu fassen. Die Ohrfeige der Oberlehrerin war zu einem dumpfen Schmerz auf ihrer Wange verblasst, die Worte des Hausdieners und die Stimmen der Mädchen drehten sich in einem wirren Reigen hinter ihrer Stirn.

Sie blinzelte, um die Tränen zu vertreiben. Sie war kein Kind mehr, keine unbedeutende Hilfslehrerin, die man wie eine ungezogene Schülerin auf diese Weise zurechtweisen konnte. Aber was sollte sie tun? Wegen einer Ohrfeige gegen die Oberlehrerin aufzubegehren bedeutete nur, dass sie womöglich noch rascher ihre Stellung verlieren würde – und wer würde sich dann um diese Mädchen kümmern?

Sie biss die Zähne zusammen und kehrte ins Klassenzimmer zurück.

13

… in welchem ein Geheimnis scheinbar gelöst wird …

Forschen Schritts war Wilhelm aus dem Pensionat marschiert, doch kaum dass er das Portal hinter sich gelassen hatte, blieb er stehen. Kurz schloss er die Augen und atmete durch, als ginge es für ihn nun in die Schlacht. Dann machte er kehrt und schlüpfte vollkommen unbemerkt durch den Dienstboteneingang wieder ins Haus. Da sich die Köchin, die sein Eindringen vielleicht noch am ehesten hätte bemerken können, gerade einer großen Schüssel Germteig und einem etwas kleineren Gefäß voll Rum widmete, entging er vollkommen ihrer Aufmerksamkeit.

Natürlich wusste Wilhelm, dass er sich gerade über sämtliche Befehle hinwegsetzte, die er in letzter Zeit erhalten hatte, doch wie er es auch drehte und wendete – immerzu führten seine Überlegungen ihn wieder auf den Dachboden zurück. Ohne die Konsequenzen allzu lange abzuwägen, schlich er abermals zu der Treppe, von welcher er erst kürzlich vertrieben worden war.

Überrascht stellte er dabei fest, wie einfach und unbeobachtet man sich im Institut bewegen konnte, wenn nur die Zöglinge sich samt den Lehrerinnen in den Klassenräumen aufhielten. Bloß einmal musste er in einer Nische abwarten, bis das Hausmädchen mit einem Tablett mit Butterbroten für die Schülerinnen an ihm vorbeigehuscht war; den Hausdiener meinte er im Speisezimmer zu hören, wie er bei einem der Kamine herumhantierte.

Im Falle einer Entdeckung hatte Wilhelm sich vorgenommen, nach irgendeiner furchtbar dringlichen amtlichen Auskunft zu verlangen, doch dieser Plan war vollkommen überflüssig. Schon war er die Stufen zum Dachboden hinaufgeeilt, fand die vorderen Zimmer leer, warf einen knappen Blick in die Stube des Hausdieners und trat dann auf die Kammern weiter hinten zu.

Die Tür des ersten Raumes ließ beim Öffnen ein höchst unangenehmes Wimmern vernehmen, das ihn im ersten Moment erschrocken innehalten ließ. Bewegungslos verharrte Wilhelm, der ob seiner Größe unter der Dachschräge etwas verkrümmt dastand, und lauschte. Als er sich überzeugt hatte, dass kein aufgebrachtes Frauenzimmer die Treppe heraufgestürmt kam, betrat er das Gelass. Die niedere Decke, die noch dazu von einem Dachbalken durchkreuzt wurde, ließ den Raum noch beengter wirken. Außer ausrangierten Tischen und Stühlen, die vielleicht einmal in einem Klassenzimmer gestanden hatten, fand er jedoch nichts Interessantes.

In einer weiteren Kammer entdeckte er mehrere alte, von Staub überzogene Truhen und Schrankkoffer, die zu öffnen er sich allerdings nicht die Mühe machte. Ein Raum, der eher die Ausmaße eine Verschlags hatte, war bis auf ein paar Bretter vollkommen leer; die Tür zum nächsten Kabuff hatte sich in den Angeln so sehr verzogen, dass er lieber nicht versuchte, sie mit Gewalt zu öffnen.

Dann stand er vor dem klobigen Schrank. Er betrachtete das Möbelstück von allen Seiten. Um so ein Ungetüm auf den Dachboden zu hieven, musste es einen guten Grund geben. Kurz lauschte er, doch weder im Haus noch hinter der Kastentür konnte er etwas vernehmen – weder Ratten noch einen Geist oder Menschen.

Vorsichtig versuchte er den Schrank zu öffnen, doch wie zu erwarten war er verschlossen. Allerdings ließ er sich davon nicht aufhalten, hatte er doch in seiner Jugend einmal aus nicht näher zu erörternder Quelle gelernt, wie man mit einem Dietrich ein Schloss dennoch aufbekommen konnte. Der Sperrmechanismus eines Möbelstücks war da kein großes Hindernis. Mit ein paar raschen Handgriffen war alles erledigt.

Ohne es zu bemerken, hatte Wilhelm die Luft angehalten, als die Tür langsam (und ohne zu quietschen) aufschwang und den Blick auf das freigab, was er am allerwenigsten erwartet hätte. Statt irgendwelcher Mäntel, Kleider oder gar intimerer Wäschestücke sah er – in eine Stube, nicht unähnlich dem Zimmer des Hausdieners. Jemand hatte fein säuberlich die Rückwand des Möbels abmontiert. Wenn man das Geheimnis kannte, konnte man bequem – sofern man nicht mit den langen Gliedmaßen eines Wilhelm Koweindl geschlagen war – durch den Kasten hindurch in das Zimmer gelangen.

Etwas ungelenk kämpfte der Gendarm sich in die Kammer und sah sich gespannt um: ein Tisch mit Papier, Tinte und Feder, ein Stuhl, ein schmales Bett, ein winziges Fenster, ein Regal mit ein paar Habseligkeiten, die eindeutig einem Mann gehören mussten. Außer ihm befand sich niemand in dem Raum – und es hätte sich auch nur schlecht jemand in diesem Kämmerchen verstecken können, sofern er nicht über höchst sonderbare Fähigkeiten verfügte.

Er wollte sich gerade dem Schreibtisch und den Schriften darauf widmen, als ihn eine Stimme zusammenfahren ließ.

»Herrgott, lassen S' das!«

Es dauerte einen Herzschlag lang, bis Wilhelm sich gefasst hatte und sich umdrehte.

Niemand anderes als Joseph stand vor ihm.

Der Gendarm versuchte, eine möglichst amtliche Haltung einzunehmen. »Was soll dieses Zimmer? Wem gehört das hier?«, fragte er und schaute den Hausdiener durchdringend an.

»Das … kann ich nicht sagen.«

»Das werden Sie aber müssen!«, verlangte Wilhelm diesmal mit Nachdruck. »Ich brauch Ihnen wohl nicht zu erklären, dass bei den Morden, die hier geschehen sind, irgendwelche Heimlichkeiten jetzt keine gute Idee sind.«

Joseph schüttelte nur den Kopf. »Ich hab ja nichts gemacht.«

»Aber Sie wissen, was … das hier ist.« Wilhelm machte eine Geste, die ziemlich alles einschloss, was sich in der näheren Umgebung befand. »Dafür, dass Sie ›nichts gemacht‹ haben,

haben Sie dieses Kabinett da nämlich reichlich gut versteckt! Geht das Ungetüm von Kasten denn niemandem ab?«

Der alte Hausdiener schaute an ihm vorbei, als hätte er kein Wort gehört, nur seine Linke ballte sich zur Faust.

»Ich werde nichts sagen, wenn man's mir verboten hat.«

»Fein. Wollen S' lieber, dass ich Sie in Arrest nehme, bis Sie einen vernünftigen Satz herausbringen? Ihr Fräulein Oberlehrerin wird sicher eine Freude haben.«

Joseph hob abwehrend die Hände. »Ich hab nichts mit dem allen zu tun! Ich verliere meine Stellung, wenn Sie … Wenn ich …«

»Dann reden S' lieber, bevor es zu einem Missverständnis kommt.« Wilhelm war zu dem Hausdiener getreten und schaute ihn von seiner beachtlichen Höhe herab abwartend an, wobei er keinen Zweifel aufkommen ließ, dass er im Ernstfall durchaus gewillt war, den Mann stante pede zu arretieren.

»Was soll ich denn sagen?«

»Die Wahrheit!«

»Die kostet mich … alles, was ich –«

»Reden S'!«

Joseph holte Luft, als müsste er sich jeden Moment in einen reißenden Fluss stürzen. »In der Kammer da wohnt … mein Sohn.«

»Wie …?« Wilhelm hatte bereits allerhand abstruse, grausige, verrückte oder schlichtweg unglaubliche Erklärungen erwartet, aber mit dieser Antwort hatte er nicht gerechnet. »Ihr – Sohn?«, wiederholte er deshalb.

»Ich hab es gesagt, reicht das jetzt?«

»Aber wieso? Und der Kasten … Und wieso weiß niemand davon und …« Wilhelms Gedanken rotierten dermaßen, dass er es kaum schaffte, alle Fragen zu formulieren, die zugleich auf ihn einstürmten.

Joseph hingegen sah so aus, als könnte er sich gerade nicht entscheiden, ob dies nun der passende Augenblick zur Flucht war oder ob es klüger wäre, dem Gendarmen weiter Rede und Antwort zu stehen. Ohne Frage war beides gleichermaßen unangenehm – und in jedem Falle würde beides zu höchst unangenehmen Ergebnissen führen. »Ein uneheliches Kind«, stieß er schließlich hervor, »ja, das kann schon einmal vorkommen! Und bis er wieder eine Stellung hat … wohnt er eben da. Das ist ja kein Verbrechen!«

»Und im Pensionat weiß niemand davon?«

»Nein … ja.« Joseph wand sich, dass es einem beim Zuschauen wehtat. »Die Stieglitz – aber von den Fräulein soll es niemand wissen, weil … Weil er eben ein Mann ist.«

»Und deshalb der Kasten vor der Tür?«

Der Hausdiener zuckte die Schultern, als wollte er andeuten, dass man gegen höhere Mächte eben nichts ausrichten könnte. »Es soll eben niemand auf die Idee kommen, dass womöglich noch jemand hier ist.«

»Wie heißt er?«

»Wer?«

»Ja, *er*!«

»O…swald.« Die eine Hand hielt der Hausdiener immer noch zur Faust geballt, mit der anderen wischte er sich über die Stirn. Es schien, dass er sich in dieser Stunde lieber in den hintersten Winkel von Transleithanien gewünscht hätte, als hier noch länger vor Wilhelm zu stehen. Zumal der Gendarm gerade drauf und dran war, seine ganz eigenen Schlüsse zu ziehen.

»Oswald – und weiter?«

»Was wollen S' denn noch?«

»Den vollen Namen von dem Buben.«

»Oswald Weber«, murmelte Joseph hastig, als läge auf dem Namen ein bitterer Geschmack, den er kaum über die Lippen brachte. Nur kurz trafen sich ihre Blicke. »Sind Sie jetzt zufrieden?«

Wilhelm brummte etwas Undefinierbares. Er spürte, dass er noch mehr fragen sollte, dass er etwas ganz Entscheidendes vergessen hatte, aber auf einmal war da nichts mehr als der Name. *Oswald, Oswald, Oswald Weber* hämmerte es hinter seiner Stirn. Er atmete durch, aber das brachte auch keine zusätzliche Ordnung in seine Gedanken. Stattdessen fiel ihm bloß ein, dass er wahrscheinlich schon längst am Posten hätte Meldung machen sollen, nachdem er Ida zum Pensionat begleitet hatte. Sein halb scherzhafter Plan, einen Blick auf den ominösen Geist am Dachboden zu werfen, hatte ja zu völlig unerwarteten Ergebnissen geführt.

»Was ist jetzt?«, fragte Joseph, nachdem er Wilhelm lange genug beim Denken und Schweigen zugesehen hatte.

Wilhelm straffte sich. »Halten Sie sich zur Verfügung«, befahl er barsch. Als er die Kammer wieder durch den Kasten verließ, stieß er sich den Kopf an einer der Voluten, die das Gorgonenhaupt umkränzten. Lautlos fluchend marschierte er die Treppen hinab. Ehe noch irgendjemand im Haus bemerken konnte, dass er da gewesen war, hatte er auch schon die Straße Richtung Gratwein eingeschlagen und eilte mit langen Schritten seinem Posten entgegen, während *Oswald, Oswald, Oswald Weber* ihm in Gedanken den Takt vorgab.

Die Kunde, dass nun schon wieder ein Fräulein aus dem Pensionat verschwunden war, hatte bereits die Runde gemacht, weshalb wieder eine Gruppe Gendarmen, die inzwischen auch von Graz heraufgekommen waren, Richtung Annaberg ausrückte. Da es sich nun bereits um den dritten Mord handelte – jedenfalls gingen alle davon aus, Fräulein von Eber nur noch tot vorzufinden –, zeigte sich endlich auch ein gewisses Interesse in der städtischen Kriminalpolizei. Da es aber seit ihrer Entstehung Zwistigkeiten zwischen den Ordnungsorganen von Stadt und Land gab und die einen nur ungern mit den anderen zusammenarbeiten wollten, weshalb die einen auch nur widerwillig ihre Informationen an die anderen weitergaben, blieb es bei einer eher theoretischen Kollaboration, die lediglich in den Akten ihren Niederschlag finden sollte. Ob alle Ereignisse es bis in die Aufzeichnungen des k. k. Landwehrministeriums schafften, bleibt wohl zweifelhaft.

In jedem Falle schwärmten noch vor Sonnenuntergang die Gendarmen rund um das Pensionat aus, die Bajonette aufgepflanzt, durchstreiften sie den umliegenden Wald, klopften an jede Haustür und waren sich auch nicht zu schade, selbst die großen Stallgebäude einiger Bauern der Umgebung zu inspizieren.

Parallel dazu machten sich einige kriminalistisch geschulte Herren daran, die Familie des Fräuleins von Eber zu durchleuchten, soweit es die Möglichkeiten der Zeit eben zuließen.

Recht bald wurden sie jedoch von den zahllosen skandalösen Meldungen über die Soubrette Elise von Eber abgelenkt, die zwar tatsächlich eine nicht allzu weit entfernte, jedoch von der Familie tunlichst verschwiegene Cousine Luises war und sich mit mittelmäßigem Talent, dafür aber umso größerer Schamlosigkeit durch die bessere Gesellschaft trällerte.

Als bereits eine Gruppe Gendarmen vor der Tür des Pensionats stand, um endlich auch die allernächste Umgebung der Verschollenen zu untersuchen, erreichte sie quasi im letzten Moment ein Telegramm von Luises Vater, der mit schärfsten Worten und schlagenden Metaphern äußerste Diskretion verlangte. Immerhin ging es hier um einen nicht besonders alten, aber dennoch brief-adeligen Namen, der nicht von irgendwelchen kriminalistischen Spekulationen beschmutzt werden durfte. Und außerdem, noch schlimmer als eine womöglich ermordete Tochter war eine womöglich ermordete und skandalbehaftete Tochter! Dies galt es vorrangig zu vermeiden.

Gezeichnet war die Anordnung mit dem imposanten Namen »Theophil Wolfgang von Eber, k. k. Rittmeister a. D.«. Kein Wunder, dass die Gendarmen vorerst lieber auf weitere Anweisungen warteten.

Zeitgleich baute sich aus Vermutungen, Indizien und dem brennenden Wunsch, endlich den Mörder dingfest zu machen, ein weiterer Verdacht auf, der in den Köpfen der Beteiligten bald zur Gewissheit werden sollte.

Im Pensionat herrschte derweil eine Stimmung, die etwas von einem bevorstehenden Weltuntergang hatte.

Der Hausdiener Joseph wollte offenbar so weit wie möglich

vom Dachboden wegkommen und saß mittlerweile zusammen mit der Köchin und dem Hausmädchen im Gesindezimmer neben der Küche vor einer Flasche Wein. Diese Ruhe sollte allerdings nicht allzu lange andauern.

Fräulein Amman, die eigentlich den nachmittäglichen Unterricht hätte bestreiten sollen, hockte bedrückt in einem Winkel und starrte aus dem Fenster, hinter dem außer der hereinbrechenden Nacht nicht viel zu sehen war. Ihre Gedanken kreisten unentwegt um einen Mann und was sie alles für ihn getan hatte und noch tun würde.

Auch Ida dachte an einen Mann – genau genommen dachte sie an Wilhelm Koweindl. Vor allem fragte sie sich, weshalb er ihr die Peinlichkeit angetan hatte, sie ausgerechnet vor der Oberlehrerin zum Verhör zu befehlen. Die Ohrfeige, die sie sich von Fräulein Stieglitz eingefangen hatte, konnte sie hinnehmen, hatte sie doch kaum eine Möglichkeit, dagegen aufzubegehren; ausgerechnet von Wilhelm auf diese Weise bloßgestellt, ja geradezu verdächtigt zu werden schmerzte hingegen weit mehr.

Im Übrigen begann Ida sich in diesen Stunden mit dem Gedanken anzufreunden, dass sie sich wohl eine neue Stellung suchen musste, wenn das alles hier endlich vorbei war.

Zuvor allerdings musste der Mörder gefasst werden.

Es kam selten vor, dass Ida an ihren Nägeln kaute – normalerweise war dies eher das Laster der kleinen Paula Theuerdank. Diesmal aber tat sie es, während sie versuchte, Ordnung in ihre Gedanken zu bringen. Es stand für sie außer Frage, dass sich irgendetwas (oder irgendjemand) am Dachboden befand, das niemand entdecken sollte. Der Hausdiener musste davon wissen, immerhin wohnte er ja praktisch daneben, und es war vollkommen klar, dass er darüber entweder nicht reden wollte oder es nicht durfte.

Auch Ida waren die Gerüchte, die mittlerweile über den alten Hausdiener die Runde machten, nicht völlig unbekannt. Zudem war er trotz seines Alters noch ein kräftiger Mann, und in seiner Jugend sollte er mit den gegebenen Gesetzen nicht immer zufrieden gewesen sein. Womöglich hatte er mit den Morden doch mehr zu tun, als es den Anschein hatte. Der Gedanke jagte Ida einen Schauer in den Nacken. Kein Wunder, dass er eisern schwieg. Entweder er fürchtete eine Entdeckung – oder er fürchtete um seine Stellung. Denn dass ein Dienstbote in seinem Alter nur schwer einen neuen Platz finden würde, war eine Tatsache. Ganz zu schweigen von einem Mörder.

Wenn Fräulein Stieglitz höchstpersönlich ihm das Schweigegebot erteilt hatte, blieb ihm in diesem Fall auch keine Wahl, außer zu schweigen. Was auch immer am Dachboden sein mochte, stand unter dem Schutz der Oberlehrerin. Dass es ein Geist war, schien Ida eher unwahrscheinlich. Aber es musste etwas so Wertvolles oder Wichtiges sein, dass sie sich nicht einmal davor scheute, einem Gendarmen die Stirn zu bieten. Und damit waren Idas Gedanken wieder bei Wilhelm angekommen. Seufzend schüttelte sie über sich selbst den Kopf.

Während die Nacht, die bekanntlich viele Verbrechen verschleiert und Tätern wie Opfern ihre Schatten als Versteck anbietet, sich schon längst herabgesenkt hatte, saß Wilhelm noch immer im Gendarmerieposten in Gratwein. Tags zuvor hatte er nur flüchtig einen Blick in die Akte des Hausdieners geworfen, die Wachtmeister Stransky in einem unerklärlichen Anfall von Weitsicht aus der Stadt angefordert hatte. Doch seit seiner nicht ganz ordnungsgemäßen Inspektion des Dachbodens und Josephs unerwartetem Geständnis geisterte ein Name unentwegt in seinen Gedanken umher: Oswald Weber.

Er war sich sicher, irgendwo diesen oder einen ähnlichen Namen schon gelesen zu haben. Doch da sich zunächst in den Akten außer einigen Details, die offensichtlich mit den Morden nichts zu tun haben konnten, nichts Nennenswertes gefunden hatte, war er gar nicht auf die Idee gekommen, genauer nachzulesen. Dies musste er nun nachholen.

Konzentriert folgte Wilhelm mit dem Finger den Zeilen. Joseph Weyden (ja, dies war der Nachname des Hausdieners, auch wenn dieser bisher nicht von Belang war) war das uneheliche Kind einer Zugehfrau namens Anna Weyden; er begann eine Schusterlehre, die er abbrechen musste, weil sein Dienstherr ihn nicht mehr haben wollte, nachdem er ein paar Tage im Arrest verbracht hatte.

Wilhelm blätterte weiter. Im Arrest war Joseph gelandet, weil er während der Aufstände am dreizehnten März mit einer Gruppe junger Männer unterwegs gewesen war, denen man zulasten legte, einen Leutnant der Infanterie erschlagen zu haben. Der Rädelsführer *Oswald* – Wilhelm stockte – *Weber* wurde später zusammen mit Joachim Jerusalem Stein hingerichtet, die übrigen, unter ihnen auch Joseph, wurden nach einigen Tagen Haft und Verhör schließlich wieder freigelassen. Ganz offensichtlich hatte Joseph damals mehr Glück als Verstand gehabt. Später hatte er sich mit verschiedenen Arbeiten durchgeschlagen, war sogar einige Jahre Totengräber in Adriach bei Frohnleiten gewesen, bis er schließlich die Stellung als Hausdiener im Pensionat erhalten hatte.

Wilhelm runzelte die Stirn, las die Zeilen noch einmal.

»Jesusmariaundjosef«, murmelte er dann, während er auf die Zeilen starrte.

Wer auch immer dort oben am Dachboden hauste, konnte offensichtlich nicht Oswald Weber sein, denn der Mann dieses Namens war achtzehnnachtundvierzig an die Wand gestellt und erschossen worden. Aber wenn Joseph tatsächlich seinen Sohn dort versteckte – weshalb hatte er dann nicht einfach die Wahrheit gesagt? Wieso hatte er nicht seinen richtigen Namen genannt? Uneheliche Kinder passierten eben. Das allein konnte doch kein Grund sein, ihn zu verstecken. Außer sein Sohn selbst war für die Morde verantwortlich, dann …

Wilhelm zwang sich weiterzudenken, auch wenn die Erkenntnis sich langsam wie ein bitterer Geschmack in seiner Kehle festsetzte. Das bedeutete nämlich, dass sich zu dieser Stunde der Mörder mit Ida unter einem Dach befand!

Am liebsten wäre er auf der Stelle aufgesprungen, um das Pensionat zu stürmen, doch solange seine Schlussfolgerung auf nicht mehr als einem Namen beruhte, war das wohl nicht besonders klug. Widerwillig befahl er sich, alles noch einmal ganz genau zu lesen.

Und dann sah er es: Der Infanterist, der in den Wirren der Märzrevolution sein Leben gelassen hatte, hieß Theophil Eber. Natürlich konnte dies immer noch reiner Zufall sein, doch Luises Vater war der Rittmeister Theophil von Eber. Wenn es dessen Vater (oder ein anderer naher Verwandter) war, der damals getötet worden war, noch bevor das »von« zum Familiennamen kam, dann gäbe es doch einen eindeutigen Zusammenhang mit den Morden.

Mühsam versuchte Wilhelm alles in eine halbwegs vernünftige Ordnung zu bringen. Joseph hauste am Dachboden und hatte Kontakt zu den Mädchen. Die versteckte Kammer samt dem hässlichen Kasten und der angebliche Geist waren bloß falsche Fährten, um jeden in die Irre zu führen, der zu viele Fragen stellte. Mit der Behauptung, dass dort sein Sohn wohne, hatte Joseph sich ein wenig Zeit erkauft, um … Ja, was wollte er denn eigentlich erreichen?

Mit schierer Willenskraft beorderte Wilhelm seine Gedanken in Marschordnung. Angenommen, der Infanterist war der Großvater von Luise von Eber, wieso wollte er dann *sie* umbringen? – Und wieso die anderen Mädchen? Nun, vielleicht waren Charlotte Linhard und Anna Buchenberg nur zufällig zur falschen Zeit an den falschen Ort gekommen, und Joseph hatte sich nicht anders zu helfen gewusst, als sie zu beseitigen, bevor sie irgendetwas sagen konnten. Das würde bedeuten, dass es von Anfang an nur um Luise gegangen war.

»Aber wieso? Wieso, wieso …« Wenn er mit Ida im Duett nachdenken konnte, dann schien ihm alles immer so klar und logisch, aber nun, in der schlecht beleuchteten Amtsstube, passte nichts so recht zusammen – obwohl doch so viele Indizien klar vor ihm lagen.

Joseph hatte eindeutig die Gelegenheit gehabt, jedes einzelne der Mädchen zu töten; zudem kannten sie ihn gut genug, dass sie sicherlich nicht kreischend vor ihm davongelaufen wären. Außerdem war er in seiner Jugend bereits als verbrecherisches Subjekt aufgefallen. (Denn was könnte verbrecherischer sein, als den Versuch zu wagen, die Obrigkeit zu stürzen!) Und aus der Verknüpfung mit der Familie von Eber ließ sich sicherlich auch noch ein passables Motiv zusammenzimmern.

Könnte es nicht vielleicht sein, dass sich der Hausdiener gewissermaßen über das Mädchen an jenem Theophil Eber rächen wollte, weil er wegen dessen Tod damals quasi seine Lehrstelle verloren hatte? Wilhelm wiederholte den Gedanken halblaut, um sich beim Denken besser zuhören zu können. Dabei war Joseph doch selber schuld, wenn er unbedingt auf den Barrikaden herumrevoltieren musste – und außerdem hatte ja vorrangig dieser Oswald Weber den Infanteristen auf dem Gewissen. Andererseits musste ein Mörder ja grundsätzlich einen verdrehten Verstand haben – und dann ergab diese Überlegung womöglich sogar einen Sinn.

Und der Rest?

Der Zeitungsartikel hatte demnach wahrscheinlich überhaupt nichts mit der ganzen Angelegenheit zu tun. Die rosa Bänder waren vielleicht auch bloß eine falsche Fährte – und dass die Fräulein allesamt von einem jungen Mann schwärmten (völlig gleichgültig, welchen Namens), dem sie heimliche Briefe schrieben, war höchstens dem geistigen Klima in diesem Jungfernzwinger geschuldet, überlegte er weiter. Da passte es doch auch nur zu gut, dass die Oberlehrerin alles tat, um Männer im Allgemeinen und Gendarmen im Speziellen von ihrem Institut fernzuhalten.

Wilhelm lehnte sich zurück und rieb sich die Stirn. »Der Joseph …«, murmelte er.

Wenn Ida am nächsten Tag käme, musste er ihr gleich seine Überlegungen schildern. Auch wenn vielleicht noch nicht alles in dieser Geschichte seinen richtigen Platz hatte, würde sie ihm gewiss helfen, die Lücken zu füllen. Außerdem fiel ihm das Denken immer leichter, wenn er jemanden hatte, der ihm dabei zuhören konnte.

»Ida?« Helenes Stimme klang müde, als sie nach dem Abendessen noch eine Weile im Lesezimmer beisammensaßen. Die Mädchen waren früh in ihren Schlafsaal geschickt worden, und die Oberlehrerin hatte sich wortlos zurückgezogen. »Was müsste geschehen, dass du jemanden umbringst?«

Ida klappte wortlos den Mund auf. »Wie meinst du …?«

Helene zuckte die Schultern. »Ich habe mich nur gefragt … Sie suchen überall den Mörder, und womöglich ist er viel näher als …« Sie hielt inne, und unter der kerzengeraden Hülle drängte ein Schluchzen nach oben.

Ein eisiger Schauer zog über Idas Rücken. »Du meinst doch nicht … Weißt du etwa …?«

Mit schmalen Lippen sah Helene sie an. »Nein, ich weiß nicht, wer der Mörder ist.«

»Aber du hast einen Verdacht? Bitte, Helene, du musst es sagen, wenn du etwas weißt!«

»Ich weiß es nicht. Aber … Wenn man so etwas tut, dann muss man doch einen wirklich guten Grund dafür haben, nicht?«

»Ich glaube, man muss dazu einen furchtbar zerstörten Verstand haben«, erwiderte Ida leise. Ein paar Sekunden sah sie Helene forschend an. »Weißt du wirklich nichts?«

Helene schnaubte. »Ich habe es geahnt, dass so etwas kommt. Du bist genauso wie … die anderen. Eine Frau, die keine andere Möglichkeit hat, als sich nachts mit einem Mann zu treffen, muss ja so verworfen sein, dass sie auch einen Mörder kennt.«

»Nein – das habe ich nicht einmal gedacht!«

»Ach.« Helene war aufgesprungen. »Und wieso meinst du dann, dass ausgerechnet ich wüsste, wer die Mädchen umgebracht hat?«

»Deine Frage … ich dachte … nein, ich wollte dich nicht beleidigen – bitte entschuldige.« Ida wollte ihr beschwichtigend die Hand entgegenstrecken, doch Helene wandte sich wortlos von ihr ab und verließ das Zimmer.

Eine Weile blieb Ida alleine sitzen. Die Gedanken drängten sich so dicht hinter ihrer Stirn, dass sie meinte, den Druck inwendig zu spüren, ehe sie sich aufraffte, um vor dem Schlafengehen noch einmal nach den Mädchen zu sehen. Der Schlafsaal, in dem nun nur noch neun Betten belegt waren, wirkte auf einmal viel zu groß. Die kleine Paula war zu Rudolfine unter die Decke geschlüpft (was die Oberlehrerin zu einer anderen Zeit strengstens geahndet hätte), und Antonia hatte ihr Bett neben dem verlassenen Lager von Charlotte aufgegeben, um nun zwischen Susanne und Klara zu liegen.

Eine Welle zärtlicher Sorge übermannte Ida, als sie auf die Mädchen in ihren weißen Nachthemden blickte, die sie mit großen Augen anschauten.

»Gute Nacht«, sagte sie leise. »Alles wird gut.« Die Worte mochten eine Floskel sein, aber in diesem Moment meinte sie es wirklich so.

»Ja«, hörte sie die Stimme von Rudolfine. »Wir müssen uns nicht fürchten, wenn Sie auf uns aufpassen – und Ihr Herr Gendarm.«

»Wilhelm Koweindl ist nicht *mein* Gendarm.« Dass Ida ein wenig rot wurde, bemerkte im Halbdunkel des Schlafsaals zum Glück niemand. »Wie kommt ihr denn auf so etwas?«

»Er hat Sie so angesehen, bevor er die Luise suchen gegangen ist.«

»Die Luise ist tot, nicht?«, fragte die kleine Paula und drückte sich noch näher an Rudolfine.

Ida zögerte. »Ich weiß es nicht«, sagte sie dann.

Ilse hob ihren Kopf, den sie zuvor halb unter dem Kissen verborgen hatte. »Ist es wegen der Briefe, die sie immer geschickt hat?«

»Das … das könnte sein, aber vielleicht hat das auch einen ganz anderen Grund.«

»Ich schreibe gewiss keine Briefe mehr«, versprach Paula.

»Die Gendarmerie wird sicherlich bald herausgefunden haben, was geschehen ist. Aber bitte«, Ida versuchte, den richtigen Ton zu finden, »sagt es mir, wenn noch eine von euch … eine Brieffreundschaft unterhält. Wenn ihr an jemanden schreibt, ohne dass es die Oberlehrerin weiß.«

Ein paar Sekunden war nur das Rascheln der Mädchen in ihren Betten zu hören.

»Ich habe einmal heimlich an die Zeitung geschrieben, weil ich ein Autogramm von dieser chinesischen Schlangenfrau haben wollte, über die sie berichtet haben«, sagte Marie Seebenstein schließlich. »Ich habe aber keines bekommen.«

Ida atmete heimlich auf. »Ich meinte natürlich mit – einem jungen Mann.«

»Nein, die Burschen schreiben doch eh nur Blödsinn zurück«, erklärte Rudolfine, und Ida wollte lieber nicht fragen, wie sie zu dieser Erkenntnis gekommen war.

»Und rosa Schleifen tragen wir auch keine mehr«, fügte Emma hinzu.

»Aber wenn wir irgendwo doch rosa Bänder finden, werden wir es gleich Ihrem Gendarmen sagen«, ergänzte Paula eifrig.

»Er ist nicht *ihr* Gendarm«, wies Rudolfine sie zurecht.

Mit einem Lächeln auf den Lippen, einem stillen Gebet für die Mädchen und einem gewissen Gendarmen im Herzen verließ Ida den Schlafsaal.

*… in welchem Ida sich mit fremden Federn schmückt und
überraschende Informationen erhält …*

Ida wusste nicht, ob sie eher besorgt oder ängstlich sein sollte,
als sie am nächsten Morgen schon in aller Früh zum Gendarmerieposten ging, um sich dem »Verhör« zu stellen, wie
Wilhelm anbefohlen hatte. Zu einem Gutteil war sie auch wütend, dass er sie vor der Oberlehrerin dermaßen bloßgestellt
hatte – als wäre auf einmal *sie* verdächtig, die Mädchen umgebracht zu haben.

Außerdem hatte sich seit ihrem Zusammenstoß am Dachboden eine merkwürdige nagende Furcht in ihr festgesetzt,
sodass sie die Zöglinge nur ungern der Obhut von Helene und
Fräulein Stieglitz überlassen hatte. Dass Rudolfine und Emma
am Morgen noch lautstark verkündet hatten, dass sie keine
einzige ihrer Kameradinnen aus den Augen lassen würden,
bis sämtliche Verbrechen aufgeklärt seien, schien ihr nur ein
schwacher Trost zu sein.

Als Ida sich gerade überlegte, wie sie sich Wilhelm gegenüber verhalten sollte, wenn er sie zum Verhör abführte, sah
sie überrascht den Gendarmen bereits an der Ecke vor dem
Posten stehen.

»Ida, gut, dass Sie gekommen sind!«

»Hatten Sie etwa Sorge, dass ich mich einem offiziellen
Verhör entziehen könnte?«, gab sie spitz zurück.

»Bitte, das habe ich doch nicht so gemeint – ich war um
Ihre Sicherheit besorgt.«

»Um meine Sicherheit?«

Wilhelm zog Ida ein paar Schritte beiseite und senkte verschwörerisch die Stimme. »Es gibt nun doch recht eindeu-
tige Hinweise, dass es euer Hausdiener gewesen ist. Es sind
Informationen aufgetaucht, Aktenvermerke, dass er bei der

Revolution achtundvierzig schon verhaftet worden sei, wegen Gewalt und Widerstand.«

Ida presste die Lippen zusammen. Von ähnlichen Gerüchten hatte sie ja auch schon gehört – und hatte nicht am Vortag noch Joseph irgendetwas von der Märzrevolution gesagt?

»Er ist damals sogar mit einer Gruppe junger Männer aufgegriffen worden, die einen Infanteristen erschlagen haben. Wenn das stimmt, ist er ohnehin ein Mörder, Ida.«

»Glauben Sie das denn?«

»Ich habe es gelesen und …«, Wilhelm atmete aus, dass es einem Seufzer glich, »der Tote hieß Theophil Eber. Da liegt die Vermutung recht nahe, dass er mit dem Rittmeister von Eber, mit Luises Vater, verwandt war. Dann gäbe es hier eindeutig einen Zusammenhang.«

»Aber das passt mit nichts zusammen, was wir bisher herausgefunden haben!«, widersprach Ida. Dass sie ursprünglich vorgehabt hatte, wütend auf Wilhelm zu sein, hatte sie angesichts dieser neuen Erkenntnisse fast vergessen.

»Falsche Fährten, Zufälle … Seien wir doch ehrlich – außer dem Joseph haben wir niemanden, der wirklich die Morde hätte begehen können.«

»Was ist mit diesem Dichter? Und dem Zeitungsartikel?«

»Das ist doch bloß eine dumme Vermutung.«

»Und die rosa Bänder und die Liebesbriefe?«

»Machen das Mädchen nicht … eben … so …?«

»Blödsinn«, schnaubte Ida. »So was kann nur ein Mannsbild denken, dass alle Backfischerl nur Männer im Kopf haben! – Und wieso hätte der Joseph die anderen töten sollen, wenn es nur um die Luise ging?«

»Er wäre nicht der Erste, der Zeugen beseitigt. Oder einfach verrückt ist.«

Ida hob skeptisch die Brauen. »Und wieso musste ich dann zum Verhör kommen?«

»Das habe ich gestern nur gesagt, um dich … um Sie zu schützen! Dass der Joseph und die Oberlehrerin wissen, wenn Sie heute nicht pünktlich und wohlbehalten herkommen, dass dann bald ein ganzes Gendarmeriekorps vor der Tür steht.«

Ob Wilhelms Plan bis ins Letzte durchdacht war, sei dahingestellt. Der gute Wille zählte. In jedem Fall aber stand Ida nun pünktlich und wohlbehalten vor ihm. Ihr anfänglicher Zorn auf ihn war inzwischen weitgehend verraucht, und sie fragte: »Und jetzt?«

»Na ja, es wird noch immer nach dem Fräulein von Eber gesucht«, antwortete er. »Aber ihr Vater macht es unsereinem nicht besonders leicht, anständig zu ermitteln. Überall kennt der ein paar wichtige Leute, an denen man nicht so einfach vorbeikann. Ein alter Rittmeister eben, der panische Angst um seinen Namen hat und ohnehin niemanden ernst nimmt, der im Dienst nicht permanent auf einem Gaul sitzt.«

»Das heißt?«

Wilhelm machte eine abfällige Geste. »Dass dem Herrn von Eber offenbar sein Ruf wichtiger ist als das Los seiner Tochter … Aber wenn das alles wirklich mit dem Mord an seinem Vater zusammenhängt, dann wird er seine Meinung wohl bald ändern.«

»Und was bedeutet das für die Ermittlungen?«

»Vorerst sind wir noch von Verboten umgeben und einem Haufen Anweisungen, wo wir überall *nicht* nachfragen dürfen. Nicht bei der Familie und nicht im Freundeskreis – und im Pensionat schon gar nicht! Was glaubst, wenn nur ein Fleck auf den Namen von Eber fällt … ich bin mir sicher, dass er jedem das Leben schwer machen kann, der kein Offizier ist.«

»Aber der Joseph –«

»Sehen Sie es doch ein, es deutet im Letzten doch alles auf ihn hin!«

»Nein«, widersprach Ida. »Er ist höchstens ein Sündenbock, den man hernehmen kann, wenn man den wirklichen Mörder nicht findet.«

Wilhelm dämmerte, dass er wohl bald mit seinen Argumenten am Ende wäre. »Und was würden Sie an unserer Stelle tun?«, fragte er deshalb.

»Vielleicht sollte man eher bei der Zeitung einmal nachforschen«, erwiderte Ida. »Wenn dieser Schreiberling, der den Schund vom ›Liebeszeichen der Rosenbänder‹ verfasst hat, doch etwas über die Morde wusste, dann müssen wir herausfinden, wer er ist.«

Wilhelm seufzte. »Dann bitte tun Sie das.«

»Ja – aber wieso ich?«

»Weil es ja Ihre Idee ist und … ich nicht so gut reden kann. Und außerdem …«, er zögerte, vielleicht in der Hoffnung, doch noch Idas Zustimmung zu erhalten, »… weil wir Order haben, den Joseph festzusetzen.«

»Aber er kann doch nicht … und noch dazu mit einem Menstruationsgürtel!«

Wilhelm zuckte bei dem Wort unangenehm berührt zusammen.

»Er hat den doch selbst im Kompost gefunden und hat nicht einmal gewusst, was das sein soll«, setzte Ida hinzu. »Und woher soll der Joseph rosa Crêpebänder haben?«

Betreten sah Wilhelm von seiner stattlichen Höhe auf seine Schuhe herab, ehe er erwiderte: »Ich weiß es ja auch nicht so genau. Aber die Hinweise … und jetzt wollen eben alle, dass die Sache schnell erledigt ist. Das Fräulein von Eber ist höchstwahrscheinlich tot, und wenn wir die Leiche finden, sollen wir den Mörder auch bald haben. Ich kann ja nicht gegen meinen Befehl handeln.«

»Das ist ein blöder Befehl.«

»Gehorsam ist die erste Pflicht eines Soldaten.«

»Und denken sollte die erste Pflicht eines Menschen sein!«, gab Ida zurück.

Wilhelm sagte darauf nichts.

Sie sah ihn eine Weile abwartend an. »Gut, ich werde mich erkundigen, wer dieser S. O. ist, der die Geschichte geschrieben hat«, sagte Ida endlich, wobei ihre Stimme keinen Zweifel zuließ, was sie von den übrigen Ermittlungsergebnissen der Gendarmerie hielt.

Auf dem Weg in die Stadt konnte Ida nicht anders, als sich immer wieder zu fragen, ob der Hausdiener Joseph nicht doch der Mörder sein könnte. Natürlich, er war alt, aber lebenslange Arbeit hatte ihn kräftig bleiben lassen – und die Mädchen hätten ihm körperlich wohl kaum etwas entgegenzusetzen gehabt, als er sie erdrosselte. Wenn er sie erdrosselt hatte.

Zudem kannten sie ihn und wären zumindest bei seinem Anblick nicht sofort weggerannt.

Ida sträubte sich dagegen, den alten Mann als Mörder zu sehen – selbst wenn es stimmte, dass er vor über dreißig Jahren einen Infanteristen erschlagen hatte. Die Revolution war etwas vollkommen anderes.

Das Gebäude, in dem sich die Redaktion von »Jedermanns Wochenpost« befand, prangte stattlich am linken Murufer, und Ida ärgerte sich ein wenig, dass sie nicht besser gekleidet bei dem hakennasigen Portier vorsprach. Mäßig interessiert sah dieser sie von oben bis unten an, ehe er nach ihrem Begehr fragte.

»Ich muss zu dem Herrn, der für die Veröffentlichung dieser Geschichte verantwortlich ist«, sagte Ida in einem ausgesucht brüsken Tonfall, wobei sie die Hoffnung hegte, dass der Portier dann nicht auf die Idee käme, allzu lange mit ihr zu diskutieren.

Der Mann senkte seine Hakennase auf den Text mit dem Titel »Das Liebeszeichen der Rosenbänder« und verkündete schließlich: »Herr Metzler.«

»Vielen Dank.«

»Dritter Stock«, fügte der Portier noch gnädigerweise hinzu.

Ida hatte sich eindeutig etwas anderes erwartet, als sie endlich das Büro jenes Herrn Metzler erreichte. Wahrscheinlich einen schlanken, früh ergrauten Herrn mit Denkerstirn, der vollkommen versunken die vielversprechenden Manuskripte junger Autoren prüfte, um sie in seinem Blatt den Augen der interessierten Öffentlichkeit zu präsentieren. Stattdessen fand sie einen dicklichen Mann in Hemdsärmeln vor, der, die Füße auf dem Tisch, in seinem Sessel lehnte und Rauchringe zur Decke blies.

»Sie wünschen?«, brummte er, indem er sich schwerfällig in eine etwas gesellschaftstauglichere Sitzposition hievte.

Von der imposanten Fassade war nicht mehr viel zu entdecken.

Vielleicht wäre Ida bei dieser unwirschen Anrede zurückgeschreckt, wäre sie sich nicht sicher gewesen, dass in der Geschichte von den Rosenbändern ein Hinweis auf den Mörder ihrer Schülerinnen verborgen lag. Auch wenn Wilhelm inzwischen ganz anderer Meinung war.

»Einen guten Tag«, erwiderte sie zunächst.

Herr Metzler brummte eine Antwort.

»Und ich würde gerne wissen, wer diesen Text verfasst hat«, fuhr sie fort, wobei sie ihre Unsicherheit abermals hinter einem herben Tonfall verbarg.

Kurz warf Herr Metzler einen Blick auf die Ausgabe, die Ida ihm hinhielt. »Steht doch da«, antwortete er. »S. O.«

»Und wer soll das sein?«

Metzler grunzte unwillig. »Anonym, verstehen Sie?«

Ida versuchte seine herablassende Art zu ignorieren. Dass sie auf Anhieb eine brauchbare Antwort bekommen würde, hatte sie ohnehin nicht erwartet. »Kann man mit dem Autor denn Kontakt aufnehmen?«

»Nein.«

»Und wieso nicht?«

Auf einmal beugte sich der Mann in einer drohenden Gebärde über den Tisch. »Was wollen Sie von mir?«, fragte er ungehalten.

»Ich … will wissen, wer … wie man mit dem Verfasser Kontakt aufnehmen kann.«

»Ah, jetzt durchschaue ich Sie.« Herr Metzler setzte ein überhebliches Grinsen auf, das ihn nicht sympathischer wirken ließ. »Ist wenigstens einmal eine neue Masche, dass die Konkurrenz mir da so eine angewitterte Unschuld vom Lande schickt. Sie sind von einer anderen Zeitung, nehme ich an? –

Sie brauchen mir nicht zu antworten, ich kenne sie alle. Und nein«, fauchte er, ehe Ida auch nur ein Wort der Erklärung oder Verteidigung vorbringen konnte, »ich kann Ihnen nicht weiterhelfen, selbst wenn Sie mich überzeugt hätten. Ich kenne den Autor nämlich gar nicht.«

Es gab nun mehrere Gründe, dass Ida zuerst ein paar Sekunden lang ihr Gegenüber verwirrt anstarrte. Dann fasste sie sich wieder. »Wie kam dieser Text zu Ihnen?«

»Ich habe Ihnen schon gesagt, dass ich Ihnen meine Kontakte nicht verraten werde, Fräulein. Langsam wird es Zeit, dass Sie wieder gehen und der Konkurrenz sagen, dass sie sich selber ihre Schreiberlinge suchen müssen, wenn sie neue Leser gewinnen wollen.«

Was Ida nun tat, konnte sie sich später selbst nicht mehr erklären. Sie war von klein auf zur Ehrlichkeit erzogen worden und log höchstens, wenn es wirklich unumgänglich war und der Höflichkeit diente. Die Dreistigkeit, mit der sie den folgenden Satz sagte, hätte sie sich niemals zugetraut. »Ich bin S. O.«, verkündete sie und reckte das Kinn, »und jetzt will ich endlich wissen, wer meinen Text an Ihre Zeitschrift verkauft hat!«

»Wie bitte?« Herr Metzler war aufgesprungen. »Sie – und wieso ...?«

»Ich ...« Die Lüge ließ Idas Herz rasen. »Der Text war noch nicht vollkommen ... ausgefeilt. Er hätte noch gar nicht veröffentlicht werden sollen, und daher will ich wissen, wer der *angebliche* Autor ist.«

Herr Metzler runzelte die Stirn. »Aber Sie sagten doch, dass Sie –«

»Ja, natürlich. Es ist mein Text, aber ich wollte anonym an die Öffentlichkeit treten, mit Hilfe von ... Freunden, die Kontakt zu ... Literaten und ... Zeitungen aufnehmen«, schusterte Ida aus dem Stegreif eine Erklärung zusammen.

Schon begann sie sich insgeheim zu fragen, ob sie nicht doch lieber flüchten sollte, solange sie noch die Chance dazu hätte, da erhob sich Herr Metzler und legte seine Pranke auf ihre Schulter. »Und ich dachte schon, dass Sie mir meinen jungen S. O. abspenstig machen wollen!«, lachte er viel zu laut auf. »Aber bitte, Fräulein«, er beugte sich unangenehm vertraulich zu Ida, was sie noch einen Schritt zurückweichen ließ, »dass Sie ein Frauenzimmer sind, wollen wir noch ein Weilchen geheim halten. Nicht? Solche Texte schicken sich nicht für das zarte Geschlecht.« Er wackelte verschwörerisch mit einem wurstförmigen Zeigefinger.

»Natürlich«, beeilte sie sich zu antworten.

»Gut so.« Für einen Moment sah es so aus, als wollte er ihr wie einem Mann auf die Schulter klopfen, was er zum Glück jedoch gerade noch rechtzeitig unterließ.

Ida schluckte. »Und wer hat nun diesen … meinen Text hierhergebracht?«

»Ach so … einen Augenblick.« Umständlich verschanzte er sich wieder hinter seinem Schreibtisch und begann in einer der Laden zu kramen, bis er von irgendwo ein Formular hervorzog. »Hier. Drei Kronen habe ich für den Text ausbezahlt. Ein guter Preis, wie ich finde. Ich nehme an, Sie sind damit einverstanden?«

Ida nickte eilig.

»Und ausbezahlt wurde an … hier hat die Dame unterschrieben.«

»Die Dame?« Es war zu spät, um ihre Überraschung zu verbergen.

Herr Metzler allerdings schien ihre Reaktion nicht im Geringsten zu bemerken. Insgeheim wunderte sich Ida zwar, weshalb ihm nicht schon das plötzliche Auftauchen der angeblichen Autorin merkwürdig vorgekommen war, aber vielleicht gab es ja doch so etwas wie das Schicksal, das gerade diesem Herrn ein besonders phlegmatisches Gemüt in diesen Dingen beschert hatte.

Möglicherweise war es ihm auch vollkommen egal, wer die unterbezahlten Herrschaften waren, die »Jedermanns Wochenpost« befüllten, und Skandale waren ihm in geschriebener Form immer noch am liebsten, weshalb er jegliche andere Art von Skandal tunlichst übersah. Auf diese Weise hatte er schon mehrfach stürmische Zeiten gut überstanden.

»Ah«, lachte Metzler auf, als hätte er Idas Verwirrung nicht bemerkt. »Da hatte eine Freundin wohl mehr Vertrauen in Ihre Kunst als die Dichterin selbst … als *der Dichter* natürlich«, fügte er mit einem jovialen Grinsen hinzu.

Ida nickte nur.

»Da«, sagte er und hielt ihr den Beleg hin.

Es war nicht ganz einfach, die hastig hingeworfene Unterschrift zu entziffern – und vielleicht scheute sich Idas Verstand zunächst auch, den Namen, den sie da las, zu erkennen. »Ammann …«, murmelte sie schließlich.

»Sie sollten sich bei ihr bedanken«, meinte Herr Metzler.

Ida starrte weiter auf die Unterschrift.

»Sie haben Potenzial.«

Ida stolperte einen Schritt zurück.

»Und ich erwarte noch weitere Texte wie diesen von Ihnen.«

Ida schaute auf, nickte abermals.

»Vielleicht mit etwas mehr … Fleisch … Sie verstehen? Weniger Metaphern, mehr handfeste Handlung.«

Aus dem Augenwinkel nahm Ida noch die Geste wahr, mit der Herr Metzler seine Rede unterstützte, ehe sie mit einem erstickten Gruß aus dem Büro stürzte. Wie in Trance flog sie die Treppen hinab, an dem hakennasigen Portier vorbei, der gar nicht dazu kam, seine Kappe zu lüpfen, und immer weiter, bis sie erst im Zug nach Gratwein wieder zu Atem kam.

Helene Ammann hatte diesen unsäglichen Text zu »Jedermanns Wochenpost« gebracht! Sie musste S. O. sein! Helene S. O. Ammann!

Sie meinte sich zu erinnern, irgendwo einmal gelesen zu haben, dass Helene im zweiten Vornamen Ottilie hieß, womit zumindest das O. geklärt wäre. Und während Ida noch nach Ausreden suchte, weshalb Helene doch nichts mit dem Text und den Morden zu tun haben konnte, fielen ihr immer mehr merkwürdige Details ein, die nur allzu gut auf sie passten.

Hatte sie nicht zweimal Helene nachts im Pensionat erwischt? Einmal war es in der Nacht gewesen, als die Mädchen zum ersten Mal die Geisterschritte gehört hatten, das andere Mal, wie sie sich zu einem angeblichen Geliebten schlich. Ausgerechnet Helene! Vielleicht hätte Ida ihr ja zu einem anderen Zeitpunkt eine Männerbekanntschaft gegönnt, doch nun fiel ihr ein, dass tags darauf Joseph das Tagebuch und den Menstruationsgürtel aus dem Kompost gefischt hatte. Was, wenn es gar keinen Geliebten gab, sondern Helene in der Nacht die Mordwaffe und das Beweismittel versteckt hatte?

»Dass du dich nicht schämst, so einen Blödsinn zu denken«, hatte Helene ihr damals an den Kopf geworfen. Und Ida schämte sich wirklich, dennoch konnte sie ihren Gedanken keinen Einhalt gebieten. Wer außer einer Frau käme denn auf die Idee, Mädchen mit einem Menstruationsgürtel zu erdrosseln? Joseph hatte ja nicht einmal erkannt, was er da aus dem Misthaufen gefischt hatte, und Wilhelm hatte es für ein Pferdezaumzeug gehalten.

Außerdem waren da noch die rosa Bänder, mit denen die Toten geschmückt waren. Jede Frau besaß Bänder – und fast jeder Mann hielt sie für überflüssig. Alles deutete auf eine Frau hin.

Selbst wenn die Idee zutraf, dass der Mörder ein Dichter war, welcher, von Frauenhass besessen, sich an seinen Musen rächen oder sie beseitigen wollte, wenn sie ihm nicht die notwendige Inspiration brachten, könnte das immer noch auf Helene passen. Hatte sie in letzter Zeit nicht immer wieder irgendwelche Gedichtbände gelesen und von Kunst und Musen geredet?

Und schließlich – der Gedanke drängte sich Ida auf, noch ehe sie ihm einen züchtigen Riegel vorschieben konnte – war es ja in gewisser Weise ein offenes Geheimnis, dass Helene einmal eine *besondere* Beziehung mit dem vorherigen Hausmädchen unterhalten hatte. Vielleicht machte ein solcher Umgang ja das Hirn dermaßen zuschanden, dass sie sich an jenen Mädchen rächen wollte, die ihre Schwärmerei und Liebe auf einen Mann richteten. Oder sie war von den Mädchen abgewiesen worden, als sie ihnen ihre Zuneigung schenken wollte ...

Ida war sich nicht sicher, ob diese Überlegungen Sinn ergaben, doch während sie vom Bahnhof aus zu Fuß zum Pensionat am Annaberg lief, verselbstständigten sich ihre Gedanken weiter. Charlotte, Anna und Luise hatten für einen Mann geschwärmt. Dafür gab es schriftliche Beweise, ein Tagebuch, Briefe ... und als Lehrerin war es für Helene ein Leichtes, die persönliche Habe der Mädchen zu inspizieren. Geheimnisse ziemten sich nicht für junge Fräulein.

Dass alle anderen unbedingt Joseph als den Mörder sehen wollten, war doch nur wieder der Vorstellung geschuldet, dass man Frauen so eine Tat nicht zutraute. Oder zutrauen wollte.

»Männer ...«, zischte Ida, während sie außer Atem ihre Schritte noch beschleunigte.

Es war doch nichts als Bequemlichkeit, dass sie Joseph verhaften wollten! Weil den Herren Kriminalisten die Ideen und die Hinweise ausgingen, mussten sie eben nehmen, wen sie kriegen konnten. Als ob er der Einzige gewesen wäre, der Zugang zu den Mädchen hatte.

Helene Ammann war doch ihre Lehrerin, und die Fräulein wären sicherlich nicht auf die Idee gekommen, vor ihr zu flüchten. Womöglich hatte sie ihre Opfer sogar selbst an den Tatort bestellt – und niemand war auf die Idee gekommen, ihr den Gehorsam zu verweigern. So viel zur guten Erziehung. Und wahrscheinlich brauchte man auch nicht allzu viel Kraft, um jemanden zu erdrosseln, wenn man nur den Willen dazu hatte.

Ida spürte, wie ihr diese Vorstellung den Hals eng machte, und war froh, als sie endlich das Pensionat erblickte. Näher kommend, begann ihre Freude jedoch zu schwinden, als sie die Ansammlung von Gendarmen vor dem Tor sah.

Gerade eilten der Pfarrer und Dr. Carl hinter das Haus, wo sich der Küchengarten und der Komposthaufen befanden. Ein Mann, den sie nicht kannte, diskutierte unter ausholenden Gesten mit einem der Uniformierten, während Fräulein Stieglitz wie eine finstere Krähe den Eingang bewachte.

Idas Herz machte einen Satz, als sie Wilhelm entdeckte, der gerade von seinem abgewetzten Notizbüchlein aufblickte. Etwas war geschehen, und das kalte Würgen, das sie plötzlich ergriff, sagte ihr, dass es nichts Gutes sein konnte.

… in welchem die Gesuchte endlich gefunden wird und eine Menge passiert …

Ida musste sich zusammenreißen, um nicht dem Impuls nachzugeben, sogleich auf Wilhelm zuzustürzen. »Was ist passiert?«, stieß sie atemlos hervor, als sie ihm endlich gegenüberstand. »Hat man …?«

Wilhelm nickte. »Fräulein von Eber ist tot.«

»Großer Gott …« Auch wenn Ida es schon längst befürchtet hatte, trafen die Worte sie nun nicht weniger heftig.

»Man hat sie gleich hinter dem Pensionat bei der Gartenmauer gefunden.« Er warf einen Blick über die Schulter, als könnte er noch von hier aus die Tote erblicken. »Es ist wieder fast wie bei den anderen. So gut wie keine Schleifspuren, keine Abwehr. Sie muss aus freien Stücken dorthin gekommen sein und hatte keinen Grund zu fliehen.«

Ida schlug sich die Hand vor den Mund. Auch dies passte viel zu gut zu dem, was sie sich inzwischen über den Täter zusammengereimt hatte. »So nah …«

»Es tut mir leid.« Wilhelm sah aus, als meinte er es wirklich so, und es hätte nicht viel gefehlt, dass er Ida tröstend den Arm um die Schulter gelegt hätte. »Wenn man von Anfang an mehr in der Nähe gesucht hätte … Aber nachdem die andere im Wald … Und es gab ja eine ausdrückliche Anweisung, dass wir das Pensionat nicht … Herrgott! Nur ein paar Meter von ihr entfernt hat man eine Mistgabel liegen gefunden. Jetzt ist zumindest klar, dass es wirklich der Joseph gewesen sein muss.«

Sicherlich hätte man nun zahlreiche andere Gründe anführen können, weshalb man hinter dem Pensionat die Spuren des Hausdieners gefunden hatte. Aber nach drei Morden und allzu wenig anderen brauchbaren Spuren, jedoch umso mehr

Gerüchten und Vermutungen, war man sich einig, dass alles auf den alten Mann hindeuten musste. Die ermittelnden Behörden *wollten*, dass er es war, und es gab nur Weniges, das dagegensprach.

Tatsächlich waren in der Zwischenzeit bereits mehrere Gendarmen unterwegs, um den alten Hausdiener ausfindig zu machen. Da man ihn zuletzt Richtung Gasthaus gehen gesehen hatte, wurde allgemein angenommen, dass man ihn dort auch antreffen würde.

Das Zusammentreffen mit Wilhelm auf dem Dachboden hatte dem Hausdiener allerhand zu denken gegeben. In seinem Leben hatte er bereits genug gesehen, um zu wissen, dass es einen Punkt gab, an dem bei den meisten Menschen jede Logik aussetzte. Wahrscheinlich hatte er genau aus diesem Grund beschlossen, über einem Bier sein Schicksal zu erwarten.

»Aber …«, setzte Ida an, doch Wilhelm ließ sie nicht zu Wort kommen.

»Ja, ich hätte auch nicht gedacht, dass es die ganze Zeit … so einfach war. Aber was soll man machen. Er hat schon einmal jemanden umgebracht, er ist der einzige Mann hier, und wie man es auch dreht und wendet … er kann es getan haben.«

»Und das genügt – dass er so was getan haben *kann*?«

»Es gibt genügend Hinweise, Ida!«

»Und ebenso viel, das überhaupt nicht dazu passt! Wieso sollte er überhaupt –«

Wilhelm ließ sie wieder nicht aussprechen. »Der Infanterist Eber –«

»Das ist doch kein Motiv! Da hat sich irgendwer auf Biegen und Brechen was zusammengezimmert, das man mit ihm in Verbindung bringen kann!« Natürlich wusste Ida, dass Wilhelm dieser »irgendwer« war, auch wenn diese Verknüpfung offensichtlich kaum mehr notwendig gewesen war, um Joseph schlussendlich als Mörder abzustempeln.

»Herrgott, was weiß ich – dann eben, weil ihm die Frauenzimmer allesamt auf die Nerven gegangen sind«, fuhr Wilhelm auf, der wohl ahnte, dass Ida nicht ganz unrecht hatte. »Weil keine etwas mit ihm anfangen wollte, weil er grundsätzlich Personen mit Unterröcken hasst …«

Während Wilhelm noch nach weiteren Erklärungen suchte, schob Ida ihn zur Seite und marschierte an den starrenden Gendarmen vorbei hinter das Haus.

Kurz zögerte er, ob er sie eher zurückhalten oder ihr folgen sollte, entschied sich dann jedoch für Zweiteres – allerdings mit einem gewissen Sicherheitsabstand.

Luise von Eber lag unter einem Haselstrauch, der sich windschief an die Gartenmauer lehnte und an einer Seite bereits von einem Efeugewächs halb erstickt war. Kein Wunder, dass man die Tote dort nicht gleich entdeckt hatte. In einiger Entfernung lag auch noch die verdächtige Mistgabel. Dass der Komposthaufen sich gleich daneben befand, schien für niemanden von Bedeutung gewesen zu sein.

Der Doktor beugte sich gerade über die Verblichene, doch sein Gebaren zeigte, dass er wieder einmal nichts mehr tun konnte. Der Pfarrer wiegte in düsterer Ahnung den Kopf. Mehrere Gendarmen standen und schauten umher – offenbar auf der Suche nach irgendwelchen Hinweisen.

Als Ida die Tote erblickte, blieb sie abrupt stehen. Schon auf den ersten Blick war ihr klar, dass da etwas nicht stimmte. »Das … war er nicht«, sagte sie. »Das war jemand anderes.«

Wilhelm hatte sie inzwischen doch eingeholt, legte wortlos eine Hand auf ihre Schulter.

»Das war weder der Joseph noch …«

Wilhelm versuchte vernünftig zu klingen: »Aber sie ist tot, wie die anderen.«

»Sie hat das Band um den Hals! Schau – das stimmt doch nicht!«

»Aber sie trägt eine weiße Bluse«, erwiderte er etwas zusammenhanglos.

»Ja, die sollte sie auch nicht haben, aber die Mädchen halten sich ohnehin nie an diese dummen Bekleidungsvorschriften«, gab sie zurück, während sie sich zu Luise hinabbeugte.

Der Arzt schaute Ida giftig an, was sie geflissentlich ignorierte. »Ich wusste es!«, stellte sie mit bitterer Genugtuung fest. Das rosa Band war so eng zusammengezogen, dass es in der weichen Haut des Halses kaum mehr zu sehen war, nur die Spitzen lugten unter ihrem Nacken hervor. »Sie ist mit diesem Band erdrosselt worden. Nicht mit einem Menstruationsgürtel wie die anderen.« Hier warf der Doktor Ida einen geradezu entsetzten Blick zu, und der Pfarrer schien empfindlich in seinem Gebet gestört. »Die rosafarbenen Bänder waren zuvor eine Zierde, ein Zeichen … irgendetwas anderes, aber niemals das Mordinstrument!«

Wilhelm konnte ihrem Ausbruch nur mit einem unguten Gefühl folgen. »Ja … ja, aber bitte beruhige dich doch«, sagte er endlich und versuchte, sie wieder von der Toten wegzuziehen.

»Das stimmt doch alles nicht!«

Bisher hatte Ida es meist geschafft, ihren nüchternen, kombinierenden Verstand zu bewahren – und sie hatte auch nie eine Neigung zur Hysterie verspürt. Sie war immer vorbildlich gewesen, vernünftig und überlegt. Sie hatte bloß denjenigen finden wollen, der ihre Schülerinnen umgebracht hatte – doch ebenso sicher, wie sie sich gewesen war, dass der Autor der »Rosenbänder« etwas mit den Morden zu tun haben musste, so sicher war sie sich nun auch, dass es nicht Joseph sein konnte. Immerhin hatte sie von Herrn Metzler ja auch etwas erfahren, wovon Wilhelm noch keine Ahnung haben konnte.

»Ida.« Wilhelm hielt sie bei den Schultern fest, zwang sie, ihn anzusehen. »Was ist los?«

»Siehst du nicht, dass das alles vollkommen falsch ist?«

»Ja«, sagte Wilhelm, der das plötzlich vertraute Du überhört hatte und zudem nicht die geringste Ahnung hatte, wovon sie redete. »Aber wir müssen tun –«

»Hör mir zu!«

»In einer Stunde ist der Joseph in Gewahrsam, und dann ist die Sache vorbei.«

»Nein!« Sie schüttelte energisch seine Hände ab. »Ich weiß, wer es war. Ich war bei der Zeitung, wie du gesagt hast, und –«

Ida setzte gerade an, den Namen auszusprechen, als plötzlich einer der Gendarmen herbeistürmte. Im Lauf war ihm die Kappe verrutscht, und während er sich mit dem Ärmel den Schweiß von der Stirn wischte und sich wieder ordnungsgemäß adjustierte, rief er: »Sofort kommen! Der Verdächtige leistet Widerstand. Im Gasthaus!«

Sogleich ließen die umstehenden Gendarmen von ihrer jeweiligen Tätigkeit ab und rannten zu ihm.

»Aber, Wilhelm –«

»Nicht jetzt!«

»… eine Barrikade! Er weigert sich, sich abführen zu lassen!«, stieß der Gendarm atemlos hervor.

Ida konnte nur mit offenem Mund zusehen, wie mit einem Mal die Männer allesamt davoneilten.

Nur Wilhelm verharrte noch einen kurzen Moment. »Jetzt haben wir ihn«, sagte er aufmunternd. »Und dann –«

Den Rest verstand Ida nicht mehr, denn von irgendwoher wurden weitere Befehle gebrüllt, die Wilhelm zu einem salutartigen Ruck veranlassten, woraufhin er sogleich im Laufschritt den übrigen Gendarmen folgte.

Während Ida noch wie versteinert dastand und es nicht geschafft hatte, Wilhelm ihre Entdeckung mitzuteilen, hatte der Mann, den sie bei ihrer Ankunft bemerkt hatte, eine ganze Menge gesagt. Unter anderem, dass er sich beim Landesschulrat, beim Erzbischof und, wenn es sein müsse, auch beim Kaiser höchstselbst über die laxe Führung dieses Pensionats beschweren würde – und dass es ihm vollkommen egal sei, ob das Fräulein Oberlehrerin persönlich irgendetwas für die mangelhaften Ermittlungen könne oder nicht.

Es handelte sich bei diesem Herrn um den Fabrikanten Tugendhat, der mit günstigen Haushaltsseifen unbekannter Zusammensetzung ein ansehnliches Vermögen gemacht hatte und nun seine Tochter auf der Stelle mitnehmen wollte. Bisher war er auf einer Handelsreise gewesen und hatte daher noch keine Zeit gefunden, Susanne aus den Klauen dieses Unglücksorts zu befreien. Die Mutter hatte nämlich aufgrund ihrer zahlreichen gesellschaftlichen Verpflichtungen schon lange kein Interesse mehr an dem Mädchen, das nicht nur ihre Figur, sondern auch ihre Zukunftsaussichten unwiederbringlich ruiniert hatte.

Fräulein Stieglitz, die zunehmend blasser und abgehärmter aussah und ein merkwürdiges Zucken an ihrem linken Augenwinkel zu verbergen suchte, konnte nichts anderes tun, als die Schülerin schließlich vor die Tür zu setzen und sich selbst wieder einmal in ihrem Arbeitszimmer zu verschanzen. Dass sie im Übrigen seit Luises Auffindung noch keinem richtigen Verhör unterzogen worden war, hatte sie ebenfalls Herrn Tugendhat zu verdanken, welcher nämlich bei seiner Ankunft eine derartige Schimpftirade losgelassen hatte, dass die anwesenden Gendarmen in Erwartung, dass der Mann womöglich plötzlich eine Waffe ziehen könnte, völlig auf Fräulein Stieglitz vergessen hatten. Und nun waren die Männer hinter Joseph her.

Das Hausmädchen hatte derweil unbemerkt seine Sachen gepackt und war, ohne ein Arbeitszeugnis zu verlangen, zu ihrem Liebsten von der freiwilligen Feuerwehr aufgebrochen. Noch wusste der junge Mann nichts von seinem Glück, aber in den nächsten Tagen würde er erfahren, dass sie sich längst als seine Verlobte betrachtet hatte und er die besten Aussichten hatte, noch in diesem Jahr Vater zu werden.

In dem allgemeinen Chaos hatten Rudolfine von Oberg und Emma Probst, welche in ihren Herzen auf einmal den Funken kriegerischen Heldenmuts entfacht spürten, die übrigen Schülerinnen im Klassenraum zusammengeschart. Im ganzen Pensionat gab es niemanden mehr, der sich um die Fräulein kümmerte. Selbst die Köchin saß lediglich mit glasigen Augen und einer leeren Flasche Rum in ihrem Reich und hätte wohl auch von einem neuerlichen Ausbruch der Französischen Revolution nicht viel mitbekommen.

Im Geschichtsunterricht hatten die Mädchen von den germanischen Frauen gehört, die lieber starben, als die Ihrigen den Römern oder Hunnen zu überlassen, sie kannten die Geschichten von Jean d'Arc und Katharina der Großen sowie die zahlreichen mutigen Heiligen, die sich im Augenblick der Gefahr Gott zuwandten und selbst vor der Übermacht nicht wichen. Diese Gestalten nahmen die Mädchen, allen voran Rudolfine und Emma, nun zum Vorbild und harrten heroisch der Dinge, die da noch kommen mochten.

Fräulein Ammann nämlich, die eigentlich gerade bei den Mädchen hätte sein sollen, saß alleine in ihrem Zimmer. Lange genug hatte sie sich um tadellose Haltung bemüht, doch langsam dämmerte ihr, dass die Verbrechen, die im Pensionat geschahen, sich zu einem furchtbaren Knoten zusammenzogen, in dessen Mitte auch sie saß, kerzengerade, die Augen blicklos und stumpf auf die Wand gerichtet, die Hände in den faltenlosen Rock gekrallt.

Und genau so fand Ida sie später auch.

Es hatte sie einige Willensanstrengung gekostet, sich aus ihrer Starre zu lösen und das Pensionat noch einmal zu betreten. Vater und Tochter Tugendhat, die sich gerade zum Aufbruch anschickten, warfen Ida noch ein paar nichtige Grußworte hinterher, ohne auf eine Erwiderung zu warten.

Im Klassenzimmer traf sie zwar ihre Schülerinnen an, nicht jedoch Fräulein Ammann oder die Oberlehrerin. Über der dritten Leiche und dem Aufruhr um den Hausdiener hatte ja niemand einen weiteren Gedanken an die Mädchen verschwendet. Ida war sich bewusst, dass es nun wohl ihre Aufgabe gewesen wäre, sich um die Zöglinge zu kümmern, doch Emma und Rudolfine versicherten ihr kämpferisch, dass sie sich schon zu verteidigen wüssten, weshalb Ida schließlich ihren Instinkten folgend an Helenes Zimmertür klopfte.

»Nein …«, hörte sie schwach von drinnen und öffnete.

Im Nachhinein war Ida sich selbst nicht sicher, ob ihre Handlung besonders klug gewesen war. Vielleicht hätte sie doch eher auf Wilhelm warten sollen, um ihm erst von ihrer Vermutung über S. O. zu berichten – immerhin trat sie nun womöglich einer Mörderin gegenüber. Für Zweifel war es allerdings zu spät, es blieb nur der Schritt nach vorne.

»Was ist?«, hauchte Helene, als Ida eintrat. Selbst ihre Stimme klang wie ein Schatten.

Kurz zögerte Ida, doch nicht aus Furcht – denn zum Fürchten war an Fräulein Ammann im Moment gar nichts –, sondern weil sie einfach nicht wusste, wie sie aussprechen sollte, was sie über »Das Liebeszeichen der Rosenbänder« herausgefunden hatte. »Sie haben die Luise gefunden«, sagte sie daher zunächst.

»Ich weiß.«

»Gleich hinterm Haus. Mit einem rosaroten Band erwürgt und …«

Helene hob den verschwommenen Blick. »Die anderen haben die Bänder nur zur Zierde bekommen …«

Ida zuckte innerlich zusammen. Sie hatte mit ihr niemals über ihre Beobachtungen gesprochen. »Ja«, erwiderte sie und trat näher zu Helene. »Und jetzt wollen sie den Joseph festsetzen.«

»Aber der war's ja nicht.«

»Wer war es denn dann?«

Helene presste die Lippen zu einem kerzengeraden Strich zusammen und starrte auf ihre Hände, die sich in ihren Rock vergraben hatten.

Ida holte Luft. »Du warst es«, sagte sie dann, so ruhig sie nur konnte.

Ein Flackern ging über Helenes Miene, doch sie schwieg.

»Die Geschichte in ›Jedermanns Wochenpost‹. Du hast sie sicherlich gelesen, oder? Jemand muss ganz genau gewusst haben, was hier geschehen ist. Jemand, der von Anfang an hier war, alles gesehen und gehört hat. Helene, und du hast den Text zur Zeitung gebracht.«

Hätte sich Helene nun plötzlich auf Ida gestürzt, zu schreien und toben begonnen, so wäre dies vielleicht nicht völlig unerwartet gewesen. Doch sie saß nur da, unbewegt und kerzengerade. Irgendetwas schien in ihr zerbrochen zu sein. Ida hatte das Gefühl, den Sprung förmlich sehen zu können, der sich durch ihre Fassade zog. Nicht mit den Augen oder Worten zu fassen, aber wahrnehmbar.

Ida streckte die Hand nach ihr aus. »Komm«, sagte sie leise, »der Joseph kann nichts dafür, und wenn du erklärst …«

»Ja, ich habe die Texte zur Zeitung gebracht«, echote Helene tonlos, ohne auf Idas Geste zu reagieren. »Für ihn.«

Irritiert hielt Ida inne. »Für den Joseph?«

»Weil ich ihn liebe, weil er ein großer Dichter ist.«

»Wer? Von wem redest du?«

Helenes Augen hatten einen überirdischen Schimmer angenommen. »Hast du wirklich gedacht, dass *ich* so eine Geschichte schreiben könnte? Solche Dichtung kann nur schaffen, wer *mehr* ist, größer ist und weit über unserem schwachen Dasein steht. Ein wahrer Dichter.«

»Bitte.« Ida hatte ihre Hand gefasst. »Wer die Geschichte von den Rosenbändern geschrieben hat, weiß, wer der Mörder dieser Mädchen ist. Er weiß ganz genau, was geschehen ist. Er *ist* womöglich der Mörder. Bitte sag mir, für wen hast du die Texte zur Zeitung gebracht?«

»Für meinen Geliebten.«

Kurz flackerten in Idas Erinnerung wieder die beiden merkwürdigen nächtlichen Begebenheiten auf. Hätte sie sich damals nur nicht mit diesen paar dürftigen Erklärungen zufriedengegeben! »Wer ist er?«, fragte sie. »Sag mir, wo er ist. Bitte.«

»Er ist ein wahrer Dichter«, wiederholte Helene.

In diesem Moment schien sich etwas wie ein Schleier vor Fräulein Ammanns Realität zu legen. Ida, die die Veränderung beobachtete, schauderte unwillkürlich. Helenes ewige Geradlinigkeit war geborsten, zu einem leeren Gerüst geworden, in dem irgendwo noch ein gefangener Funke glomm, der einmal sie gewesen war.

»Ja … ja, das ist er gewiss«, sagte sie beschwichtigend.

»Komm«, sagte Helene und stand auf.

Wie in Trance ging sie Ida voran, stieg die schmale Treppe zum Dachboden hinauf. Vor dem sperrigen Schrank neben Josephs Kammer blieb sie stehen und tappte mit dem Finger achtmal gegen das Holz. »Freu-de schö-ner Göt-ter-fun-ken«, flüsterte sie dazu.

Die Gorgonenfratze wirkte im Dämmer des Dachbodens nun noch grotesker.

Ida hielt den Atem an.

Hinter der Tür vernahm sie ein leises Scharren, das sie im ersten Moment wieder an die Ratten denken ließ, dann gedämpfte Schritte. Dann wurde ein Riegel zurückgezogen, und die Tür schwang einen Spalt breit auf.

»Helene?« Eine männliche Stimme drang überrascht aus dem Kasten.

Da erst erkannte Ida, dass der Schrank lediglich den Durchgang zu der Kammer dahinter verbarg. Wenn man es wusste, ein geradezu lächerlicher Trick – doch wer rechnete damit unter dem Dach eines Mädchenpensionats?

»Das ist er«, sagte Helene und zog die Tür ganz auf.

Ein junger Mann starrte die beiden Frauen an. Er hatte etwas Wildes, Verzweifeltes und zugleich erschreckend Romantisches an sich. Er war schlank, fast mager, die Haare hingen ihm in dunklen, unfrisierten Locken in die Stirn, der rechte Ärmel seines Hemdes zeigte einige dunkle Spuren von Tinte. Seine Augen waren tief umschattet, als fiele es ihm schon lange schwer, Schlaf zu finden.

»Otto!« Helene stürzte ihm in die Arme, was ihn zunächst überrumpelt zurücktaumeln ließ, ehe er sie von sich schob und sich Ida zuwandte.

»Wer ist das?«, fragte er. »Was soll das?«

»Sie ... haben von den Rosenbändern geschrieben?«

»Das ist Fräulein Fichte«, sagte Helene. »Sie bewundert deine Dichtung.«

Der Mann schaute Ida mit finster zusammengezogenen Brauen an.

Vielleicht wäre es nun der richtige Moment gewesen, schleunigst den Dachboden zu verlassen. Ida jedoch tat nichts dergleichen. Während hinter ihrer Stirn die Gedanken rasten und verzweifelt eine Ordnung in die Ereignisse zu bringen suchten, blieb sie nur mit offenem Mund stehen, unfähig, ein Wort zu sagen.

»Otto …«, suchte Helene abermals seine Nähe.

»Nein«, stieß er sie von sich. Dann wandte er sich Ida zu, maß sie von oben bis unten mit seinen stechenden Augen, als wäre sie nichts als ein befremdliches Kuriosum. »Sie ist ja bloß eine Lehrerin wie du, sie versteht keine Silbe von meinem Werk, sie weiß nicht …« Mit überraschend festem Griff packte er Ida und zerrte sie durch den Kasten in die Dachkammer.

Ida ließ es geschehen, schier überrollt von den Ereignissen, die ihr keinen Gedanken an Gegenwehr ließen. Und plötzlich zog sich alles auf eine einzige Erkenntnis zusammen: »Ich weiß, dass Sie die Mädchen umgebracht haben.« Die Worte waren ausgesprochen, noch ehe Ida begriffen hatte, was sie da gesagt hatte.

»Wie?«

»Sie sind der Dichter. Sie haben in ›Jedermanns Wochenpost‹ von den Rosenbändern geschrieben, wie es nur jemand könnte, der ganz genau weiß, was geschehen ist.«

Kurz starrte der Mann sie an, als erkannte er erst nun, wen er da vor sich hatte. »Dichtung!«, fuhr er auf. »Das ist wahre Dichtung!« Grob schleuderte er sie von sich, sodass Ida hart mit dem Hinterkopf an einen Balken der Dachschräge stieß.

Helene stand mit weit aufgerissenen Augen daneben.

»Die Bänder, mit denen Sie die Mädchen geschmückt haben … Sie haben sie extra gekauft, in Straßengel.« Ida versuchte, ihr Gleichgewicht wiederzuerlangen. Ein pochender Schmerz ließ ihre Sicht verschwimmen.

»Sie haben also versucht zu ermitteln?« Ein Schnauben, halb Zorn, halb Belustigung.

»Ich –«

»Was die Gendarmen nicht zu tun in der Lage waren – was für eine Satire! ›Difficile est saturam non scribere.‹ Sie haben ja keine Ahnung. Wenn ich Ihnen nun verrate, dass ich –«

»Nein, Otto, bitte sag nichts!«, fiel ihm Helene ins Wort.

Er fuhr sich mit der Hand über die Stirn, strich sich die Locken zurück, wobei seine tintendunklen Fingerspitzen sichtbar wurden. »Sie wird es doch ohnehin nie begreifen.

Eine alte Jungfer, die niemals die rauschende Inspiration der Liebe kennengelernt hat. Ein vertrockneter Geist, der nichts begreift.«

Helene senkte bitter die Augen.

Ida jedoch war überrascht, dass seine Worte in ihr einen bisher unbekannten Zorn erweckten. »Dann sagen Sie doch einfach, was Sie getan haben! Sagen Sie, was Sie mit den Mädchen angestellt haben!«

»Ich habe mit ihnen nichts angestellt, ich habe sie erhoben! Glauben Sie, dass die Muse einen Dichter einfach so finden kann, wenn er mittellos hier in diesem Loch sitzen muss? Meine Schwester hat gemeint, dass sie mir einen Gefallen tut, wenn sie mich hier hausen lässt, aber sie hat die Nase über mich gerümpft.«

»Ihre – Schwester?«

»Ja, meine Schwester, das feine Fräulein Oberlehrerin in ihrem feinen Pensionat – und ich, der gefallene Künstler, dem sie sein Gnadenbrot zuteilt! Nur für kurze Zeit hätte es sein sollen, bis jemand mein Werk druckt und ich wieder in der Lage bin ... Ja, anfangs habe ich gedacht, es könnte so sein wie früher, aber wir sind keine Kinder mehr. Sie hat mir nicht mehr geholfen, meine Ideen zu finden, sie wollte nicht mehr das alte Spiel mit mir spielen und meine Muse sein.«

In Idas Kopf drehte sich alles.

»Also musste ich mir andere süße Musen suchen, die meinen Worten wieder Kraft und meiner Feder Stärke verleihen.«

»Ich bin seine Muse«, sagte Helene leise und trat an seine Seite. »Als ich ihn zum ersten Mal traf, zufällig, als er hinterm Garten spazieren ging, da war es plötzlich ... als müsste es immer so sein. Ich habe ihm alles gegeben.«

Er warf ihr einen harten Blick zu. »Aber die wahre Inspiration fand ich in den jungen Fräulein hier. Alles reine Unschuld und Geheimnisse, lodernde Blicke, ängstlich und lockend. Fräulein Linhard hatte ihr Herz schon einmal an einen Burschen verschenkt, deshalb war es nicht schwer, in ihr die Sehnsucht nach einem Mann zu erwecken. Als ich ihr feuergoldenes Haar erblickte, da wusste ich, dass ich endlich wieder ein Dichter sein könnte, wenn ich in diese Glut eintauchte.«

»Aber, Otto …«

Ida wollte etwas sagen, doch der Boden schien unter ihren Füßen zu schwanken, als sie versuchte einen Schritt zu tun.

»Nach diesem lächerlichen Tanzvergnügen wollte ich sie noch einmal treffen. Es hätte wunderbar sein können, doch sie hat mein Zettelchen wohl zu spät gefunden. Das dumme Mädel kam im Nachthemd auf die Straße hinaus und dann –«

»Sie haben sie umgebracht!«, brach es aus Ida heraus.

»Ich habe ihr zum Trost die rosenfarbenen Bänder gegeben. Es hätte so schön sein können.«

»Otto, du hast doch gesagt, dass du die Mädchen nur –«

»Glaubst du«, fuhr er da Helene an, »dass ich das hätte tun müssen, wenn du mir gegeben hättest, was ein Künstler braucht?«

»Wie hätte ich denn –«

»Habe ich dir nicht tausendmal gesagt, dass du zu steif bist? Jedes Mal, wenn du mein Hemd gerade gestrichen hast, den Polster hingelegt hast, wenn du die Papiere geordnet hast, hätte ich erbrechen mögen, so sehr hast du jede kreative Ader in mir verödet!«

»Aber, Otto!«

»Halt den Mund! Ohne den Balsam der kleinen Briefchen, die mir das Fräulein Buchenberg geschickt hat, hätte ich dich schon vor Wochen erschlagen müssen, um wieder frei atmen zu können.«

Ida spürte, wie ihr etwas warm in den Nacken rann. Verwundert tastete sie mit den Fingern danach und spürte klebriges Blut an ihrem Kragen. »Aber die Briefe«, sagte sie und versuchte aufrecht zu stehen. »Die gingen doch nach Wien?«

Er lachte auf. »Bloß eine simple Nachsendeadresse. Damit die Fräulein nicht merken, dass sie mir ihre entzückenden Botschaften auch einfach die Treppen hinauftragen hätten können. Das war Bertas Bedingung, wenn ich hier weiterhin Kost und

Logis haben will. In diesem Loch! Keine darf wissen, dass ich hier bin. Und die süße Anna«, wandte er sich mit einem boshaften Lächeln an Helene, »hat förmlich darum gefleht, dass ich zwischen ihren Schenkeln endlich nach der Inspiration suchen möge, die meine *trockene* Geliebte mir nicht schenken kann.«

»Otto, wieso sagst du das?«, wimmerte Helene.

»Tief hätte ich meine Feder eintauchen können. Oh so tief …«

»Du bist grauslich!«

»Ich bin ein Dichter, ich brauche …«

Sein letztes Wort ging in einem Poltern unter, als Helene plötzlich den Stuhl, der vor dem schmalen Schreibtisch stand, packte und nach ihm warf.

Eine Ohrfeige schallte, und für einen Moment herrschte fast völlige Stille.

»Leider war ich für Fräulein Buchenberg auch zu spät«, sagte er dann, als hätte er lediglich einen unglücklichen Satz durchgestrichen. »Die Bänder sollen ihr sehr gut gestanden haben.«

»Und Luise?« Ida versuchte die Übelkeit, die ihr die Kehle emporkroch, zu ignorieren.

»Ihre Briefe waren ausgesprochen eloquent. Sie …«

Er wollte noch mehr sagen, doch da betrat plötzlich Fräulein Stieglitz durch die Rückwand des Kastens das Zimmer. Ihre Bewegung war unbeholfen, sodass man für eine Sekunde einen Blick auf den Saum eines grauen Unterrocks erhaschen konnte. Ihre Augen schienen übergroß in dem blassen Gesicht, als sie gehetzt zwischen Helene, Ida und Otto umherblickte. Einen Moment schien es, als müsse sie jeden Augenblick zerbersten.

»Sie … haben einen Mörder unter Ihrem Dach«, brachte Ida als Erste hervor.

»Nein, Otto hätte niemals …«, setzte Helene an, doch ein Blick der Oberlehrerin brachte sie zum Schweigen.

»Sie?«, stieß sie keuchend hervor. »Sie – hier?«

»Berta, sie ist bloß …«, setzte Otto an, doch jedes Wort prallte an der Oberlehrerin ab.

Mit einem Schritt war Fräulein Stieglitz bei Helene und krallte ihre Hände in ihr Haar. »Sie – Sie! Jetzt sehe ich es klar! Ha! Sie waren es also, die ihm … sich zur Verfügung gestellt hat? Sie! Und ich dachte immer … ich hätte nie gedacht, dass ausgerechnet … und Sie, Sie …« Sie funkelte Ida an, keuchte und rang nach Worten.

Helene wimmerte.

»Dreckige … Schmutz – niederträchtige! Sie …« Die Sprache versagte ihr, als sie Helene an den Haaren riss, dass diese hilflos auf Otto zutaumelte.

Helene wollte etwas sagen, doch die Verachtung in seinen Augen ließ sie innehalten.

Dann war Fräulein Stieglitz bei ihrem Bruder. »Was soll das?«, zischte sie. »Dass du … Hast du … Wissen Sie?«

Helenes Blick hing immer noch an Otto, wartend, flehend um wenigstens ein Zeichen der Zuneigung.

Ida dämmerte nun, dass, wenn sie hier tatsächlich dem Mörder gegenüberstanden … Ihre Gedanken schienen auf einmal ebenso zu schwanken wie der Boden unter ihren Füßen. Allein dass sie hier dringend wegmusste, hämmerte immer deutlicher hinter ihrer Stirn. Und plötzlich begriff sie, dass alles eigentlich ganz anders gewesen sein musste.

»Das lasse ich nicht zu«, drangen die Worte der Oberlehrerin verwaschen in ihr Bewusstsein.

»Otto!«, klagte Helene.

Der Raum schien merkwürdige Wellen zu schlagen.

Zur selben Zeit war im Gasthaus die Verhaftung des alten Hausdieners Joseph in gründliches Chaos umgeschlagen. Seine Unschuld beteuernd, hatte er sich zunächst in der Gaststube hinter mehreren Krügen Bier verschanzt und sich schlichtweg geweigert, sich wie ein Verbrecher abführen zu lassen.

Als die Gendarmen endlich mit Nachdruck Gehorsam forderten, hatte er mit unerwarteter Kraft den schweren Tisch umgestoßen und mit allem nach den Männern geworfen, dessen er habhaft werden konnte. Einen traf er dabei so unglücklich an der Stirn, dass dieser besinnungslos niedersank, was sogleich für weiteren Aufruhr sorgte, sodass niemand sah, woher Joseph plötzlich das Gewehr hatte, das er von seiner improvisierten Barrikade aus auf die Männer richtete.

Dass es wahrscheinlich die ungeladene Büchse vom Vater des Wirts war, welcher in seiner Jugend der Wilderei nicht ganz abgeneigt gewesen sein sollte, und die längst verstaubt und unbeachtet unter dem Kopf einer ausgestopften Wildsau an der Wand gehangen hatte, war naheliegend, doch neben dem einen bewusstlosen und den anderen überforderten Gendarmen, dem zeternden Wirt und den hereindrängenden Schaulustigen dachte niemand daran.

»Ihr habts den Falschen!«, schrie Joseph immer wieder.

Wenig verwunderlich, dass die Gendarmen nicht viel darauf gaben, galt Joseph doch als der lang gesuchte Mörder. Sein Verhalten jedenfalls trug wenig dazu bei, diese Ansicht zu ändern.

Als Wilhelm kurz darauf mit der Verstärkung ankam, hatte sich die Lage noch weiter verschlimmert, denn inzwischen hatten ein paar der zufällig Hinzugekommenen sich entschlossen, die Gelegenheit zu nutzen, um gegen die Staatsgewalt zu demonstrieren, indem sie den alten Hausdiener hinter dem Wirtshaustisch unterstützten und die Gendarmen weiter zurückdrängten. Rasch wuchs die provisorische Barrikade um einige durcheinandergeworfene Stühle an.

»Unfähig seid ihr! Alle miteinander!«, schrie einer und schwenkte sein Taschenfeitel.

»Den richtigen Mörder lassts ihr laufen!«

»Und wenn alle gnädigen Fräulein hin sind – dann sind's als Nächstes unsere Töchter!«

Der Wirt, der wahrscheinlich heimlich mit Joseph, der immer ein treuer Gast gewesen war, sympathisierte, sagte nichts und stand nur im Weg herum.

»Die Falschen beschützt ihr!«

Der Versuch, per Amtsgewalt für Ordnung zu sorgen, scheiterte kolossal.

Mit dem Schrei »Ihr seids ja alle so deppert!« legte Joseph da plötzlich das Gewehr an. »Am Dachboden sitzt der Mörder schon die ganze Zeit – aber ich bin's nicht!« Und er drückte ab.

Zeitgleich knallten gleich aus mehreren Gewehren Schüsse. Ein Mann taumelte stöhnend gegen die Wand, der rechte Ärmel zerfetzt und blutig; und Joseph sank mit dem beseelten Ausdruck eines glorreichen Revolutionärs über die aufgestapelten Stühle seiner Barrikade. Sein Gewehr war ungeladen gewesen.

Der Wirt sah nur den Putz von seinen Wänden rieseln und rannte fluchend in seiner Gaststube umher, während die Gendarmen sich auf Joseph und den Verletzten stürzten. Ein paar Männer, die zuvor noch neben dem alten Hausdiener hinter der Barrikade gesessen hatten, versuchten nun wieder die Seiten zu wechseln.

Rundherum drängten und stießen sich die Menschen. Allein Wilhelm verharrte wie erstarrt inmitten des Trubels. »Am Dachboden sitzt der Mörder«, hallten die Worte des Hausdieners hinter seiner Stirn nach. »Jesusmariaundjosef«, murmelte er, »der Geist.«

Ohne eine weitere Erklärung stürmte er aus dem Gasthaus, schob unsanft ein paar Schaulustige beiseite, die enttäuscht waren, wieder keinen echten Verbrecher und Landesverräter zu Gesicht zu bekommen, und rannte auf das Pensionat zu.

Gott sei Dank waren Wilhelms Geistesblitz und anschließender überhasteter Aufbruch nicht vollkommen unbemerkt geblieben. Ein paar Gendarmen, die ihn beobachtet hatten, entschlossen sich nämlich kurzerhand, und ohne weiter darüber nachzudenken, ihm zu folgen.

Atemlos stolperte er wenig später ins Pensionat. Vor dem Klassenzimmer bemerkte er zwei Mädchen, die in der dramatischen Pose kriegerischer Märtyrerinnen ausharrten.

»Am Dachboden!«, rief die eine mit schreckgeweiteten

Augen, ehe er noch eine Frage hervorbrachte, und umklammerte etwas, das er für einen Schürhaken hielt.

Ohne Rudolfines heroische Worte hätte Wilhelm vielleicht gezögert und sich womöglich noch woanders nach Ida umgesehen, ehe er keuchend die Treppen hinaufsprang.

Ein Schrei ließ Wilhelm die Stufen zum Dachboden hinauffliegen.

Ein Mann wollte sich dort gerade auf Ida stürzen, wilde dunkle Locken, ein zornfunkelnder Blick. Wilhelm überlegte keine Sekunde, sondern warf sich auf ihn und streckte ihn mit einem Faustschlag nieder.

»Otto!«

»Wilhelm!«

»Sie!«, keuchte die Oberlehrerin.

Helene fiel heulend auf den zu Boden gegangenen Dichter, Fräulein Stieglitz setzte schon zu einer Erwiderung an, die sicherlich sehr aufschlussreich gewesen wäre, wenn sie sich nicht im letzten Moment noch anders entschlossen und die Lippen fest zusammengepresst hätte.

Ida schließlich wandte sich Wilhelm zu: »Der Mörder ...«, begann sie, doch dann gaben ihre Beine unter ihr nach. Im letzten Moment konnte Wilhelm sie auffangen. Entsetzt starrte er auf das Blut, das ihren Nacken herabrieselte.

Mit Ida in den Armen stand er nun vor der Oberlehrerin, der Hysterischen und dem Mann, den er niedergeschlagen hatte. »Keine Bewegung«, sagte er, weil ihm auf die Schnelle nichts Besseres einfiel.

Fräulein Stieglitz sah ihn abschätzig an.

Wilhelm schaute auf seine Arme herab, in denen leblos Ida lag.

»Otto!«, heulte Helene auf.

»Das ist also ... der Sohn vom Joseph«, bemerkte Wilhelm in der Hoffnung, dass ihm schon noch irgendetwas Brauchbareres einfallen würde, wenn er nur lange genug Zeit schinden konnte.

Die Lippen der Oberlehrerin zuckten hämisch. »Ich glaube

nicht, dass der Joseph einen Sohn hat. Einer wie der hat genug damit zu tun, seine Vergangenheit zu vergessen.«

»Der Joseph ist tot.«

Kurz hob sie die Brauen. »Also war er's doch?«

Wilhelm gab einen undefinierbaren Laut von sich. »Er hat noch gesagt, dass der wahre Mörder da am Dachboden sitzt.«

»So?«

Ein paar Atemzüge lang herrschte eine schneidende, klirrende Stille zwischen Ihnen, bloß unterbrochen von Helenes hysterischem Klagen und Idas Stöhnen. Hilflos sah Wilhelm zwischen den Frauen umher, während ihm langsam dämmerte, dass der alte Hausdiener womöglich recht gehabt hatte. Und Ida. Ida hatte natürlich von Anfang an recht gehabt.

»Also wer ist das?«, fragte er, indem er auf den Mann am Bode deutete.

»Ottooooooo!«, erklang Helenes Stimme.

»Wer ist Otto?«, wiederholte er seine Frage.

Langsam musste er sich etwas einfallen lassen. Diese Situation war ganz und gar nicht lehrbuchgemäß, und die Aussicht, hier vollkommen allein Entscheidungen treffen zu müssen, behagte Wilhelm durchaus nicht. Außerdem brauchte Ida dringend Hilfe, deren Blut er immer heißer auf seinen Fingern spürte.

»Der Otto ...« Fräulein Stieglitz lächelte, und dem Gendarmen rieselte ein Schauer unter seinem Uniformkragen den Nacken hinab. »Wissen Sie eigentlich, dass Otto mir die rosa Bänder extra gekauft hat, um mich an unsere Kinderzeit zu erinnern? So einfach hat er sich das vorgestellt, mein Bruder. Er kommt hier an wie ein Landstreicher, der sich nicht einmal die Eisenbahnfahrt von Wien leisten kann, und meint, dass so ein läppischer Firlefanz genügt, dass ich mich wieder um ihn kümmere. Weil ich ihm als Kind einmal etwas versprochen habe ... Damals schon wollte er nichts anderes sein als ein berühmter Dichter – und ich sollte ihm dabei helfen.«

»Die rosa Bänder an den Mädchen, die waren von ihm?«

»Natürlich.«

»Das heißt …«

Bevor Wilhelm noch zu einer Schlussfolgerung ansetzen konnte, polterten plötzlich die Schritte von jenen Gendarmen die Treppe herauf, die in all dem Chaos im Wirtshaus bemerkt hatten, dass ihr Kamerad plötzlich viel zu eilig davongestürmt war. Und nun standen sie reichlich verwirrt am Dachboden und blickten planlos zwischen den Anwesenden umher. Kein Wunder, denn da war Wilhelm, in den Armen eine totenbleiche Lehrerin mit blutbeflecktem Kragen. Dort kauerte ein wimmerndes Frauenzimmer über einem Mann, dem ebenfalls das Bewusstsein abhandengekommen war – und die Oberlehrerin stand in unangenehmes Schweigen gehüllt daneben und sah sie an mit Blicken wie aufgepflanzte Bajonette.

»Da habts den Mörder«, sagte Wilhelm nur und stolperte mit Ida aus der Kammer.

»Wie – der Tote?«

»Der ist nicht tot. Der ist der Dichter!«

Die Gendarmen sahen drein, als wäre ihnen im Moment nicht ganz klar, was es in dieser ganzen Angelegenheit mit einem Dichter auf sich hatte. Doch zum Fragenstellen – das hatte man ihnen gründlich eingebläut – fehlte ihnen der Rang. Mit allem aufgestauten Zorn, der von der missglückten Verhaftung des Hausdieners in ihnen noch schwelte, stürzten sie sich daraufhin auf den bewusstlosen Mann, legten ihn in Eisen und schickten ihn, noch bevor er wieder ganz zu sich gekommen war, auf den Weg ins Grazer Kriminal, wo man ihn gewiss nach allen Regeln der Kunst verhören würde.

Etwas überfordert harrten derweil ein paar Männer bei dem immer noch hysterisch schluchzenden Fräulein Ammann und der eisig schweigenden Oberlehrerin aus, bis ein Arzt kam.

Dr. Carl war zuerst ins Gasthaus gerufen worden, wo er für Joseph nichts mehr hatte tun können. Dem angeschossenen Mann hatte er einen eiligen Verband an- und dem von einem Bierkrug niedergestreckten Gendarmen eine kalte Kompresse aufgelegt, ehe ein Bursche ihn aufgeregt zum Pensionat zurückgerufen hatte.

Den beiden Frauenzimmern verordnete er umgehend Ruhe, weshalb man vorsichtshalber von einem sofortigen Verhör absah. Immerhin hatte man ja nun den Mörder. Jedenfalls war die Mehrheit sich darüber einig, dass der ganze Fall abgeschlossen sei. Entweder war es der Hausdiener gewesen, der sich durch seinen Tod der Gerichtsbarkeit entzogen hatte – oder es war doch der andere. Dann würde man ohnehin noch herausfinden, wie alles zusammenhinge. Der Rest waren Formalitäten, die genauso gut ein Weilchen warten konnten.

»Und sie?« Wilhelm hatte Ida inzwischen im Erdgeschoss auf eine selten genutzte Chaiselongue gebettet und harrte angespannt, während der Arzt sich über die Lehrerin beugte.

»Gehirnerschütterung«, stellte er nach ein paar oberflächlichen Untersuchungen fest.

Wilhelm atmete auf.

»Bringen Sie sie weg. Irgendwohin, wo sie Ruhe hat.«

Und so geschah es nicht bloß mit Ida, sondern auch mit den restlichen acht Schülerinnen, die noch im Pensionat verblieben waren.

Nach allem, was passiert war, stand es natürlich außer Frage, dass das Institut am Annaberg keineswegs unbehelligt weitergeführt werden konnte. Zuerst aber musste alles gründlich untersucht werden – immerhin hatte ja der Mörder dreier Fräulein dort wer weiß wie lange unter dem Dach gehaust.

Die Schülerinnen wurden also zunächst im Pfarrhaus untergebracht, bis sie von ihren Familien abgeholt oder in eine andere Schule verfrachtet werden konnten. Ebenso wurden die Lehrerinnen – sehr zum Missfallen der Pfarrhaushälterin – dort einquartiert.

Eigentlich, so war man sich einig, war es unnötig, auch noch eine Schildwache vor dem Haus aufzustellen, denn wer sollte denn noch vor wem beschützt werden? Der Hausdiener, der vielleicht tatsächlich einmal ein gefährlicher Revolutionär gewesen war, war tot, der mutmaßliche Mörder, der sich im Pensionat verborgen hatte, war auf dem Weg ins berüchtigte Kriminal und von dort aus wahrscheinlich bald unterwegs zum Galgen. Selbst die Köchin, die mit der ganzen Angelegenheit nun wirklich nichts zu tun hatte, war unverzüglich mit ihren Habseligkeiten und zwei Flaschen Rum als Reserve zu einer Cousine aufgebrochen, die irgendwo in der Umgebung von Stift Rein wohnte. Und außerdem handelte es sich bei den Pensionärinnen und deren Lehrerinnen ja auch nicht um Arrestanten, die man festhalten musste. Wozu also noch eine Schildwache?

Wilhelm jedoch bestand darauf, dass man der Vorschrift Genüge tun musste, und verblieb selbst vor dem Pfarrhaus. Insgeheim musste er sich wohl eingestehen, dass er nicht bloß der Vorschrift wegen (die in diesem Falle ja gar nicht so streng gewesen wäre) die Wache übernehmen wollte, sondern dass er nach diesen schauderhaften Ereignissen vielleicht auch in der Nähe einer bestimmten Person bleiben wollte. Ja, er konnte es vor sich selbst nicht leugnen, er machte sich Sorgen um Ida, die, seit sie ihm in die Arme gestürzt war, nicht mehr richtig zu Bewusstsein gekommen war.

Und während er in die Nacht hinausschaute und sich fragte, wie viele solcher Mörder wohl noch ihr Unwesen treiben mochten, dämmerte ihm, dass Fräulein Ida Fichte ihm tatsächlich am Herzen lag. Im Stillen malte er sich aus, dass er sie vielleicht doch eines Tages heiraten könnte. Nach diesem Erfolg würde es ja gewiss nicht mehr allzu lange dauern, bis man ihn wenigstens zum Wachtmeister beförderte, und dann wäre es nur recht und billig, dass er auch eine Frau Wachtmeisterin sein Eigen nannte. Immerhin hatte er mit niemandem je so gut nachdenken können wie mit Ida. Außerdem war sie angenehm hübsch, aber ohne dass er sich Sorgen machen musste, dass sich allzu viele andere nach ihr umschauten. Sie war auch kein blutjunges Mädel mehr. Aber so ein junges Frauenzimmer wäre wohl ohnehin nichts für einen Wachtmeister in spe …

Diese Gedanken gefielen ihm ausgesprochen gut, und er begann zufrieden vor sich hin zu summen, während er auf den kommenden Tag wartete.

16

*… in welchem es noch einmal ganz anders kommt und endlich
alles aufgeklärt wird …*

Ida erwachte, weil jemand von innen an ihre Schädeldecke
klopfte. Jedenfalls schien es ihr im ersten Moment so. Erst als
sie unter leisem Stöhnen den Kopf wandte, fiel ihr wieder ein,
dass sie ja in einem unbequemen Bett in einer Kammer des
Pfarrhauses lag. Kurz überlegte sie noch, wie sie denn da hingekommen war. Sollte sie nicht im Pensionat sein? – Und mit
einem Mal war alles wieder da: der Dichter am Dachboden, der
Mörder, der Bruder der Oberlehrerin, der sie so heftig gegen
einen Dachbalken gestoßen hatte, dass ihr das Blut über den
Nacken gelaufen war. Helene, die vor ihren Augen zerbrach,
Fräulein Stieglitz, die auftauchte und …
 Vorsichtig tastete sie nach ihrem Hinterkopf. Der Schmerz
ließ sie zusammenzucken, aber immerhin war sie sich nun
sicher, dass sie wirklich wach war und die nächsten Tage wohl
eine heftige Beule unter ihrem Haarknoten tragen würde. Seufzend wollte sie sich wieder auf die Kissen sinken lassen, als
ein Gedanke sie abermals zusammenfahren ließ. »Die Stieglitz …«, murmelte sie, doch sie konnte den Rest nicht mehr
zu fassen bekommen.
 Es war etwas Wichtiges, dessen war sie sich sicher, aber
sosehr sie sich auch anstrengte, sie konnte sich nicht mehr
entsinnen, was es war.
 »Die Stieglitz …«, wiederholte sie ein ums andere Mal und
hoffte bereits, wieder in Schlaf zu sinken, als es abermals in
ihrem Kopf klopfte. Nein, es tappte – aber nicht *in* ihrem Kopf,
sondern außen. Draußen vor der Tür.
 Ida wollte sich aufrichten, doch die rasche Bewegung
versetzte den Raum um sie in Drehung. Sie lauschte auf das
Tappen, bis sie eine Tür knarren hörte. Zunächst dachte sie,

dass es eine der Schülerinnen, die gemeinsam in dem einzigen ausreichend großen Zimmer des Pfarrhauses untergekommen waren, sein könnte, die nun in der Nacht Trost und Zuspruch bei einer der Lehrerinnen suchte.

Hoffentlich war sie nicht an die Tür von Fräulein Stieglitz geraten …

Die fromme Haushälterin hatte ja erst ihre Bedenken gehabt, die acht verschreckten und aufgewühlten Fräulein aus dem Pensionat ausgerechnet in *ihrem* Pfarrhaus unterzubringen, doch schließlich war ihr nichts anderes übrig geblieben, als sich dem Gebot der Nächstenliebe zu beugen. Das Wirtshaus, in dem kurz zuvor der alte Hausdiener erschossen worden war, wäre noch weit unpassender gewesen.

Die Mädchen waren in dieser Nacht in ihrem notdürftigen Lager ja weitestgehend auf sich allein gestellt gewesen. Von den Ereignissen des Tages übermannt, hatte es keine Lehrerin gegeben, die ein Auge auf sie gehabt oder ihnen gut zugeredet hätte. Ganz im Gegenteil, allgemein hatte man die acht Zöglinge vor allem als recht lästige Nebendarstellerinnen empfunden, die man jedoch nicht so rasch loswerden konnte, ohne die Anforderungen des guten Tons gröbstens zu verletzen.

Kein Wunder also, dass Ida schon fast erwartete, die klagende Stimme eines der Mädchen zu vernehmen. Umso verwirrter war sie, als sie stattdessen ein Kratzen und Rascheln zu hören meinte, Keuchen und unterdrückte Laute, dann ein dumpfes Scheppern, als hätte jemand einen Schemel umgeworfen.

Langsam, um das Zimmer nicht wieder in Drehung zu versetzen, richtete sie sich auf.

Kurz war es still, dann vernahm sie wieder das Keuchen und Rascheln.

Einen Moment fragte sie sich, ob es nicht womöglich doch etwas ganz anderes war, was sie da hörte. *Ratten?*, durchfuhr sie ein Gedanke, den sie rasch wieder zu verdrängen suchte. Vielleicht war es auch bloß eine Katze auf nächtlicher Mäusejagd? Oder die Haushälterin war dem Pfarrer in gewisser Weise näher zugetan? Es wäre sicherlich nicht das erste Mal, dass so etwas vorkäme.

Eilig verwarf sie diese Ideen jedoch, als sie ein Röcheln hörte, das ihr einen Schauer über den Rücken jagte. Irgendetwas ging da nicht mit rechten Dingen zu. Langsam stellte sie ihre Füße auf den Boden, atmete durch. Nach und nach beruhigte sich der Wellengang der Dielenbretter. Die Beule an ihrem Hinterkopf pochte wütend, aber sie hatte sich so weit in der Gewalt, dass sie aufstehen konnte.

Vorsichtig schlich sie zu ihrer Kammertür und öffnete sie, wobei das selten benutzte Schloss einen jammernden Ton von sich gab. Die Geräusche waren wieder verstummt, nur das Knarren des alten Holzes war hier und da zu hören. Zaghaft streckte Ida ihren Kopf auf den Gang hinaus, der in tiefem Dämmer lag. Eine Gestalt, die in schmerzvoller Verzückung die Hände zum Himmel reckte, ließ ihr Herz einen Satz machen, ehe sie erkannte, dass das einzig Lebendige an diesem geschnitzten Heiligenbild die Holzwürmer waren, die darin hausten.

Angespannt ließ sie ihren Blick den Gang hinunterschweifen, bis sie einen schwachen Kerzenschein bemerkte, der aus einer halb geöffneten Tür drang. Entschlossen ging sie auf das Licht zu, angetrieben von Neugier und vielleicht auch von der vagen Ahnung, dass sie irgendetwas tun musste – selbst wenn sie nicht die geringste Idee hatte, was.

»Ist alles in Ordnung?«, fragte sie möglichst unbefangen, als sie in das Zimmer trat.

Helene, die im schwachen Licht einer Kerze am Nachttisch in ihrem Bett lag und zur Decke starrte, gab keinen Laut von sich.

Als Ida näher trat, bemerkte sie den umgestürzten Sessel am Fußende des Bettes, auf dem Helene wohl ihre Kleidungsstücke abgelegt hatte. »Geht es dir gut?« Besorgt beugte sie sich über die Liegende – und fuhr erschrocken zurück, als der Kerzenschein sich dumpf in ihren Augen spiegelte. »Helene?«

Natürlich bekam sie keine Antwort. Denn Fräulein Helene Ammann war tot.

Mit klopfendem Herzen blickte Ida sich um. Unter dem Waschtischchen, auf dem eine angeschlagene Emailleschüssel stand, lag ein Polster. Der Gedanke, dass Helene womöglich damit erstickt worden war, durchzuckte sie ebenso rasch wie die Erkenntnis, dass es dafür mindestens noch eine weitere Person brauchte.

Der Mörder! Natürlich war es nicht Otto gewesen. Das war zu einfach, zu offensichtlich, und überhaupt … Wie eine Welle stürmte schlagartig alles auf Ida ein, dass sie einige Atemzüge lang nur wie erstarrt dastehen konnte. Fast schien es ihr, als sickerte durch die Beule an ihrem Hinterkopf die Erkenntnis direkt in ihr Hirn. Dieser verkrachte Künstler hatte doch immer nur nach einer neuen Inspirationsquelle gesucht. Auch wenn Helene offenbar nicht die Muse gewesen war, die er sich erträumt hatte, und auch seine Unterbringung am Dachboden seiner Kreativität nicht unbedingt zuträglich gewesen war – er war kein Mann der Tat. Er war einfach da gewesen und hatte seine Ideen aus den Dingen gesaugt, die um ihn herum geschahen.

Ohne seine Schwester und Helene wäre er nichts gewesen.

Seine Schwester! Ida schlug sich die Hand vor den Mund, als sie die Erinnerung mit ihrer ganzen Wucht traf. Sie wollte aus dem Zimmer stürzen, als plötzlich eine Gestalt aus dem Schatten auf sie zutrat.

Sicherlich wäre es einfacher gewesen, wenn diese gleich die Gelegenheit genutzt hätte, um Idas Schädel zu zertrümmern, während sie sich über Helene gebeugt hatte. Irgendein schwerer Gegenstand wäre gewiss zur Hand gewesen. Doch etwas schien sie im Schatten zurückgehalten zu haben. Vielleicht hatte ja auch sie erst Kraft und Willen für diese eine letzte Tat sammeln müssen.

»War das jetzt unbedingt notwendig?«, sagte Fräulein Stieglitz, indem sie in den schwachen Lichtkreis der Kerze trat. »Wenn Sie einfach in Ihrem Bett geblieben wären, hätten wir uns diese lästige Szene nun ersparen können.«

»Sie … wie …?«, stotterte Ida, ehe sie die alles entscheidende Frage über die Lippen brachte. »Haben Sie Helene wirklich …? Wieso?«

In der schwachen Flamme, welche das Zimmer erhellte, konnte man das Zucken in der Miene der Oberlehrerin nicht erkennen, als sie erwiderte: »Weil sie meinen Bruder verführt, verraten und der Gendarmerie ausgeliefert hat. Meinen Sie wirklich, Fräulein Fichte, dass ich sie da so einfach davonkommen lasse?«

Natürlich hätte auch nun nichts dagegengesprochen, Ida den Garaus zu machen. Schockiert, geschwächt und mit erschüttertem Hirnkasten hätte sie der Oberlehrerin so gut wie nichts entgegenzusetzen. Aber irgendetwas hielt Fräulein Stieglitz immer noch zurück. Vielleicht war es bloß der sadistische Drang, die Situation länger zu genießen, vielleicht wollte sie auch die einzige Person, die ihr nun noch zuhören konnte, nicht allzu rasch beseitigen.

Ohne sie aus den Augen zu lassen, wich Ida Schritt für Schritt zurück, bis sie ein Möbelstück in ihrem Rücken spürte. In einem atemlosen Versuch davonzukommen, taumelte sie herum, spürte, wie der Schmerz wieder Wellen in ihrem Kopf schlug, wollte auf die Tür zustürzen, doch in diesem Moment hatte Fräulein Stieglitz sie schon am Arm gepackt. Unkoordiniert versuchte Ida sich aus ihrem Griff zu winden und stieß dabei die Waschschüssel von ihrem Tischchen. Mit einem Klirren fiel sie auf den Boden und ergoss einen Schwall Wasser über den fadenscheinigen Teppich.

Einen Augenblick lang verharrten die beiden Frauen vor Schreck wie versteinert, doch die Oberlehrerin hatte sich einen Herzschlag schneller wieder in der Gewalt. Grob riss sie Ida zurück und brachte sie schmerzhaft zu Fall. Es fehlte nicht viel, und sie wäre mit dem Kopf auf die Bettkante gestürzt, stattdessen spürte sie nur einen wütenden Schmerz in ihrer Schulter, der sie für einige Augenblicke schier benebelte.

Das Getöse war unterdes im Pfarrhaus nicht völlig unbemerkt geblieben.

Allerdings war es nicht die Haushälterin, die es gehört hatte.

Nachdem sie die Pensionärinnen und ihre Lehrerinnen tags zuvor nur widerwillig aufgenommen hatte, war plötzlich ein solches Bedürfnis, ihre christlichen Verfehlungen zu beichten, über sie gekommen, dass sie die Nacht ganz an der Seite des Pfarrers verbracht hatte, weshalb sie für jegliche weltliche Störung nicht mehr zugänglich war.

»Halten Sie still«, befahl Fräulein Stieglitz, als sie ihr knochiges Knie auf Idas Brust setzte und aus ihrem Rock ein rosa Band zog.

»Sie!«, keuchte Ida auf. »Die Mädchen …«

»Natürlich. Dachten Sie, dass mein Bruder dazu in der Lage gewesen wäre?«

Ida versuchte sich zu wehren, aber mehr als ein paar konfuse Bewegungen brachte sie nicht zustande.

»Er ist vielleicht ein großer Dichter, aber er war weder fähig, in Wien mehr als ein paar läppische Geschichtchen und Zeitungsartikel zu veröffentlichen, noch auf sonst irgendeine Art sein Geld zu verdienen.«

Ida brauchte einen Moment, um dies alles zu begreifen. »Sie haben —«

»Ja«, zischte Fräulein Stieglitz und zog ihr das Crêpe-de-Chine-Band um den Hals.

Idas Gegenwehr war nicht mehr als ein paar hilflose Versuche, ihren Händen zu entschlüpfen. Sie würgte, versuchte zu schreien, doch der Crêpe de Chine hatte ihr die Stimme abgeschnitten, und ihre Umgebung hatte die unklare Konsistenz von Spiegelungen im Wasser angenommen.

»Und nachdem er dann bei mir, in meinem Institut untergekrochen war, fand er sich auch nicht in der Lage, mehr zu schreiben, als was ich ihm erzählt habe! Wie hätte er denn da einem einzigen Fräulein das Genick brechen können – es hat ja kaum dazu gereicht, ihnen das Herz zu brechen.« Sie zog das Band an, und Ida keuchte auf, als sich der feine Stoff in ihren Hals schnitt. »Haushälterin und Muse sollte ich ihm sein, das spielten wir damals. Und er wollte mir Bänder kaufen, versprach er mir, für jeden Tag des Jahres andere. Lächerlich!«

Mit einem Ruck zerrte sie die Schlinge enger. Panisch kämpfte Ida darum, die Oberlehrerin von sich wegzudrängen.

»Und ausgerechnet rosafarbene brachte er mir mit …«

Verzweifelt strampelte Ida, doch sie konnte weder die Oberlehrerin von sich stoßen noch das Band um ihren Hals lockern. Das Pochen in ihrem Hinterkopf drohte ihr den Schädel zu spalten, und während das Brennen in ihrer Brust zunahm und das Kerzenlicht vor ihren Augen merkwürdig zu flimmern begann, erblickte sie, was sie im ersten Moment wohl für den Todesengel hielt. Einen Herzschlag später wunderte sie sich jedoch, wieso jener Todesengel ein Nachthemd trug und die Statur eines schlaksigen Mädchens hatte. Und während das rosa Band ihr den letzten Atem abschnitt, blieb ihr gerade noch genug Zeit, um zu erkennen, dass es Rudolfine war, die da in der Tür stand.

Rudolfine von Oberg, die tatsächlich von den nächtlichen Geräuschen geweckt worden war und zunächst gedacht hatte, dass entweder der Geist oder der Mörder noch sein Unwesen trieb, konnte ihren Augen nicht trauen. Was verständlich war, denn man beobachtete ja nicht alle Tage die eigene Oberlehrerin, wie sie auf einer Kollegin kniete und selbige mit einem Band zu erdrosseln suchte.

Gott sei Dank hatte sie sich zuvor entschlossen, dem unheimlichen Poltern auf die Spur zu gehen, und sich nicht wie ihre Kameradinnen zitternd unter den Decken verkrochen. Der Schock über ihre Entdeckung hielt zum Glück nur kurz an, und Rudolfine rettete kurzerhand das Leben von Fräulein Fichte. Sie riss das nächstbeste Fenster auf und schrie.

Nun zeigte sich, dass es doch ein großes Glück war, dass Wilhelm darauf bestanden hatte, vor dem Pfarrhaus Schildwache zu halten. Denn auch wenn er gerade mehr schlafend als wachend an der Hausmauer lehnte – als er diese Töne vernahm, hatte er sogleich seine Sinne wieder beisammen.

Auf die Schar der übrigen Pensionärinnen nicht achtend, die ihm einer ängstlichen Schafherde gleich aus einem Winkel nachblickte, hetzte er in den ersten Stock hinauf, von wo er den heroischen Schrei Rudolfines vernommen hatte.

Unterwegs kam ihm eine Gestalt entgegen, die einer rasenden Megäre glich. Einem Reflex folgend, den er sich später nicht mehr erklären konnte, versuchte er zunächst, sie aufzuhalten, und schlug ihr, als sie Anstalten machte, ihm die Augen auszukratzen, den Kolben seines Gewehrs über den Kopf. Stöhnend sank sie nieder, und erst da erkannte Wilhelm, dass er das Fräulein Stieglitz höchstselbst niedergestreckt hatte.

Nur kurz zögerte er, was er nun zu tun hätte, doch alles in ihm drängte ihn weiterzueilen. Der Schrei war von oben gekommen, und eine vage Ahnung sagte ihm, dass dort auch Ida sein musste. Der Kerzenschein führte ihn in Helenes Kammer.

Das Herz wollte ihm stehen bleiben, als er die Tote auf dem Bett liegen sah, die Augen noch immer starr zur Decke gerichtet. Eine endlose Sekunde lang meinte er, Fräulein Fichte vor sich zu haben. Doch dann erblickte er neben der umgestürzten Waschschüssel in einer Lache Wasser den zusammengekrümmten Körper von Ida. Das rosa Band hatte sich so eng um ihren Hals gezogen, dass es kaum zu sehen war.

Wie in einem Alptraum gefangen hörte Wilhelm sich selbst hilflose Wortfetzen stammeln, sah seine ungeschickt flatternden Finger, die das grausam zusammengedrehte Band nicht zu fassen bekamen. Vielleicht zitterte schon eine Träne in seinem Augenwinkel, als er es nicht und nicht schaffte, das Band zu lösen. Vielleicht saß schon ein Fluch auf seinen Lippen, den er sich jedoch tapfer verbiss, bis – endlich! – der Crêpe de Chine nachgab und sich ein schmerzhaftes Röcheln Idas Kehle entrang.

»Jesusmariaundjosef, Jesusmariaundjosef«, stammelte er ein ums andere Mal, während er am Boden kniete und Ida in seinen Armen wiegte. »Oh Gott, Jesusmariaundjosef …«

Nur ein tonloses Krächzen kam aus ihrem Mund, als sie versuchte, etwas zu sagen, woraufhin Wilhelm, der gerade nur die Seligkeit einer glücklichen Rettung verspürte, nichts andres tat, als sie umso fester an sich zu drücken. Er achtete auch weder auf die acht Paar Augen, die sich bald neugierig im Türspalt zeigten, noch auf den Pfarrer und seine Haushälterin, welche kurz darauf ebenfalls – und überraschenderweise gemeinsam – auftauchten.

Im Grunde war ihm in diesem Moment, der ihm so merkwürdig aus der Zeit gefallen schien, alles egal, solange er nur Ida in Sicherheit wusste. Ein Gedanke, der ihm plötzlich eine unerwartete Röte ins Gesicht trieb.

Gleich darauf rastete die Wirklichkeit wieder ein.

Die Mädchen wurden eilig aus dem Zimmer gescheucht, und die Haushälterin entdeckte ihre mütterliche Seite, indem sie die Fräulein mit warmer Milch und beruhigenden Worten versorgte. Der Pfarrer legte eine ungeahnte Geschicklichkeit an den Tag, als er die niedergestreckte Oberlehrerin, über welche er am Treppenabsatz fast gestolpert wäre, auf Wilhelms Befehl hin an einen Stuhl fesselte, welcher passenderweise unter einem besonders dramatischen Kruzifix stand, ehe er sich mit einem raschen Gebet um die Tote kümmerte.

Gendarmerie und Arzt waren derweil verständigt worden, wobei Letzterer für Fräulein Ammann nichts, für Ida jedoch zum Glück einiges tun konnte.

Wilhelm musste eiligst vor seinen Vorgesetzten aufsalutieren und ausführlich Meldung erstatten, es gab eine Verhaftung und Verhöre – und als der folgende Tag sich neigte, warf irgendjemand in Graz zufrieden einen schweren Berg Akten auf den Tisch und erklärte die Angelegenheit für erledigt.

Ein paar Tage später stand Wilhelm Koweindl wieder vor dem Pfarrhaus.

Die Haushälterin warf ihm einen skeptischen Blick zu, als er einen militärischen Gruß andeutete und verlangte, sich persönlich nach dem Befinden von Fräulein Fichte zu erkundigen.

Nach den dramatischen Ereignissen, die endlich dazu geführt hatten, dass man den ominösen Bänder-Mörder dingfest machen konnte, war Ida strengste Bettruhe verordnet worden – sowohl vom Doktor als auch vom Pfarrer höchstpersönlich –, bis sie sich von ihrer Verletzung und den Strapazen vollkommen erholt hatte.

»Ich werd einmal schauen, ob sie wen empfangen kann«, brummte die Haushälterin.

»Ich bitte drum«, erwiderte Wilhelm und trat rasch in den Vorraum, ehe sie ihm die Tür vor der Nase zumachen konnte.

Ein paar Minuten später war sie wieder da und bedeutete ihm, dass er gnädigerweise in Idas Zimmer hinaufgehen durfte. »Aber dass Sie mir das Fräulein Lehrerin nicht wieder durcheinanderbringen. Der Doktor hat gesagt, sie darf sich nicht aufregen.«

»Selbstverständlich«, beeilte er sich zu antworten.

Ganz offensichtlich machte seine Uniform im Pfarrhaus weit weniger Eindruck als anderswo.

Etwas zaghaft betrat Wilhelm endlich das Zimmer, in dem er Ida noch etwas blass, aber eindeutig lebendig am Fenster sitzend fand. Eine Verbeugung kam ihm irgendwie fehl am Platz vor, zu salutieren ebenfalls. »Es freut mich wirklich, dass Sie … dass ich nach dir sehen darf«, begann Wilhelm holprig.

Idas Miene erhellte sich, und sie deutete ihm, sich zu ihr zu setzen.

»Ich hoffe, du hast dich schon ein wenig erholt?«

Sie nickte nur. Tatsächlich spürte sie immer noch die Beule am Hinterkopf, und es würde wohl eine Weile dauern, bis sie wieder ohne Schmerzen schlucken und sprechen konnte. Einen Bluterguss an ihrem Hals verbarg sie unter einem Spitzentuch.

»Dabei hätte ich … also wir, die Gendarmerie quasi … ohne dich nicht einmal den Richtigen gefunden … nach dieser ganzen Sache. Ich wollte nur …«

Ehe Wilhelm den Satz beenden konnte, war auf einmal die Tür aufgegangen, und die Haushälterin trat ungeniert ins Zimmer. War sie auch zuvor wenig begeistert gewesen, sämtliche Fräulein und Lehrerinnen des Pensionats im Pfarrhaus aufnehmen zu müssen, so kümmerte sie sich nun mit der gnadenlosen Fürsorge einer Glucke um ihren Schützling. Mit strengem Blick taxierte sie Wilhelm, während sie Ida einen Becher warme Milch und ein Butterbrot hinstellte.

»Most gibt's keinen«, sagte sie zu ihm gewandt.

Wilhelm nickte nur ergeben.

Ida trank vorsichtig etwas und wartete, bis die Haushälterin wieder abgezogen war, ehe sie fragte: »Hat sie denn noch etwas gesagt, hat sie gestanden?« Sie musste den Namen von Fräulein Stieglitz nicht aussprechen, sie wussten auch so, wer gemeint war.

»Erst als es hieß, dass sonst ihr Bruder gehenkt würde. Der Wahnsinnige hat nämlich genug geredet, dass man ihm so allerhand anhängen könnte – bloß keine Morde. Jedenfalls behaupten das die Herren Kriminalisten in Graz. Meinereins war ja bei den hochoffiziellen Befragungen nicht zugegen. Aber wenn du mich fragst, ist er genauso schlimm wie seine Schwester. Gottlob ist das jetzt vorbei.«

Ida zupfte die Kruste von ihrem Butterbrot und knabberte daran. »Ich bin auch froh, dass …« Sie schluckte, um das schmerzhafte Kratzen in ihrer Stimme loszuwerden. »Aber weißt du, ich befürchte, ich habe etwas furchtbar Dummes gemacht. Das alles hätte womöglich schon viel früher ein Ende finden können. Da, schau.« Sie schob einen kleinen, abgerissenen Zettel zu Wilhelm hin.

Mit gerunzelten Brauen nahm er das kleine Papier und studierte die Zeilen darauf.

Wenn am Abend sich der Mond
über Hügel weit hebt,
schenke meinem Herzen Flügel,
dass es deines mit sich trägt.
Und die Träume, die uns wecken,
halte fest in deiner Hand,
niemals sollst du sie verlieren,
bindet sie ein Rosenband.

»Das ist ein Gedicht«, stellte er dann fest.

»Ich habe es erst vor ein paar Tagen wieder in meiner Rocktasche entdeckt. Sie haben mir ja alle meine Sachen ins Pfarrhaus gebracht, und da … Ich muss es irgendwann eingesteckt haben … und bei allem, was geschehen ist, habe ich einfach nicht mehr daran gedacht.«

»Wer hat das geschrieben?«

»Ich glaube, es war Otto.« Ida unterbrach sich, nahm einen Schluck Milch, ehe sie weitersprechen konnte. »Es ist nicht die Handschrift von einer der Schülerinnen, und … ich kann mir nur vorstellen, dass der Zettel bei Annas Briefen gelegen hat, die ich vom Schreibtisch der Oberlehrerin … na ja … oder dass er aus Charlottes Tagebuch gefallen ist. Verstehst du, ich … wir hatten vielleicht die ganze Zeit eine Schriftprobe, die uns über Otto zu Fräulein Stieglitz hätte führen können. Und die Rosenbänder … das hätte schon viel früher ein Hinweis für uns sein können, und dann wäre vielleicht eher jemand auf die Idee gekommen, dass …«

Wilhelm fasste sie bei der Hand, um ihren Redefluss zu unterbrechen. »Vielleicht, vielleicht auch nicht. Lass das, Ida. Ohne dich hätte ich ja nicht einmal herausgefunden, woher der Mörder die Bänder hatte. Ganz abgesehen davon, welche Farbe sie haben«, fügte er mit einem schiefen Grinsen hinzu.

»Aber was ist denn bei diesen ganzen Befragungen herausgekommen«, wechselte Ida das Thema, obwohl Wilhelm wahrscheinlich ohnehin nicht sehen konnte, dass sich ihre Wangen ein wenig röteten. »Weißt du wenigstens irgendwas?«

»Ich weiß so einiges«, gab er schelmisch zurück. »Bloß von der Sache … was eben so geredet wird. Der Dichter und seine Schwester … Er bezeichnete die Stieglitz sogar als seine erste Muse, die ihn zum ersten Mal zum Dichter gemacht hat … ich befürchte, das ist auch so eine Metapher … Jedenfalls, der Joseph hat wohl die ganze Zeit gewusst, wer da in der Kammer haust.«

»Wenn er doch nur irgendetwas gesagt hätte!«

»Er wird schon geahnt haben, weshalb er lieber keine Aufmerksamkeit auf sich ziehen wollte.«

»Und Helene hat auch bald herausgefunden, wer dort oben wohnt.« Ida seufzte bei dem Gedanken an ihre Kollegin, die zumindest in manchen Stunden fast so etwas wie eine Freundin gewesen war. »Irgendetwas muss schon an diesem Otto dran gewesen sein, dass sie ihm so dermaßen verfallen ist ... selbst als er mit den anderen Fräulein anbandelte.«

Wilhelm brummte eine halblaute Frage, was genau Frauen an einem glücklosen Dichter faszinierend finden mochten. »Eine Liebelei konnte die Stieglitz jedenfalls nicht zulassen, und deshalb brachte sie die Fräulein eine nach der anderen um«, sagte er etwas lauter, dann sah er Ida an. »Aber wieso hatte die Erste, die Charlotte Linhard, ausgerechnet ein Nachthemd an?«

»Der Zettel.« Ida deutete auf das Blatt mit den Versen. »Wahrscheinlich hat Otto sie nach dem Tanzerl-Abend noch zu einem Stelldichein aufgefordert. Vielleicht hat sie die Nachricht zu spät entdeckt. Die Stieglitz sah Charlotte aus dem Haus schleichen – und konnte nicht länger an sich halten.«

Er nickte. »Sie hat angeblich im Verhör behauptet, dass sie ihren Bruder schützen wollte, dass er nicht entdeckt wird, und dass sie die Mädchen schützen wollte, dass sie nicht von Männern verdorben werden. Aber dann habe sie gemeint, dass sie ihrem Bruder nach dem Mord jedes Detail berichtet habe, wie sie das Fräulein erdrosselt hat, wie es sich anfühlte – und diese Erzählung habe ihn so inspiriert, dass er auf der Stelle wieder zu schreiben begann. Abartig.«

»Der Zeitungsartikel!«, fuhr Ida auf. »Natürlich, schon nach dem ersten Mord ist irgendetwas in der Zeitung gestanden, das die Mädchen ganz aus der Fassung gebracht hat ... Obwohl sie eigentlich gar keine Zeitung lesen dürften.«

Wilhelm nickte nur. »Diese rosafarbenen Bänder hat übrigens Otto der ersten Toten umgebunden. Zur Zierde oder so ... Bei der zweiten, beim Fräulein Buchenberg, war es bereits die Stieglitz, offenbar um alle auf eine falsche Fährte zu locken.«

»Sie wusste ja durch Annas Briefe, dass sie auch in Otto verliebt war.«

»Stimmt. Die Briefe gingen wirklich über eine Nachsendeadresse nach Wien und von dort wieder zurück ins Pensionat, wo jedes Schreiben zuerst durch ihre Hände muss«, erwiderte Wilhelm. »Und die Stieglitz ist damals übrigens tatsächlich bereits früher als angenommen von ihren Erledigungen aus der Stadt zurückgekehrt. Sie hat dann bei der Post das Hausmädchen mit den Briefen ertappt, die ihr natürlich Rede und Antwort stehen musste. Statt zum Pensionat zurückzukehren, hielt sie sich daraufhin verborgen, offenbar, um Anna in irgendeiner Form zurechtzuweisen.«

»An diesem Nachmittag hatten die Mädchen ihre kleine Landpartie.«

»Und anscheinend dachte Anna, dass Otto dort im Wald wäre. Vielleicht hatten die beiden ja auch zuvor ein Stelldichein vereinbart, und sie trennte sich von den anderen Mädchen. Als sie seinen Namen rief, war das für die Oberlehrerin das Zeichen, dass das Fräulein unwiederbringlich verloren war und sie sie töten müsste, um ihren Bruder und das Pensionat zu retten.«

»Wieder mit einem Menstruationsgürtel«, sagte Ida.

»Weil offenbar wieder nichts anderes zur Hand war …«, bejahte Wilhelm mit einem verhaltenen Schauder.

»Und dann erzählte die Stieglitz ihrem Bruder, was sie getan hatte, und er zog daraus seine Inspiration und schrieb diese Geschichte vom ›Liebeszeichen der Rosenbänder‹. Grausig«, meinte Ida nach einer Weile. »Was er sich von ihrer Liebe erhofft hat, hat ihm ihr Tod gegeben …«

»Ich befürchte, jemand, der bei Verstand ist, kann das nicht begreifen«, erwiderte Wilhelm. »Die Stieglitz wollte das Beste für ihren Bruder und tötete, um ihn zu beschützen und ihm Inspiration zu verschaffen. Und zugleich tötete sie die Mädchen, um sie von ihm und allen Männern fernzuhalten. Sie wollte um alles in der Welt ihr Pensionat in Ordnung halten.«

»Sie war immer streng, hart. Zu sich und zu anderen.«

»Das Fräulein von Eber dann war wohl schlicht eine zu viel für die Oberlehrerin. Angeblich hätte es wieder ein Stelldichein hinter der Gartenmauer geben sollen, die Stieglitz konnte das nicht ertragen und hat sie kurzerhand mit einem der Bänder erdrosselt, die ihr Otto eigentlich zum Geschenk hatte machen wollen.«

»Traurig, dass es so enden musste …«, sagte Ida leise.

»Verrückt würde ich das nennen«, entgegnete Wilhelm.

»Aber ist es nicht auch tragisch, dass zwei Leben so aus den Fugen geraten können? Was muss mit Fräulein Stieglitz geschehen sein, dass sie so einen Hass auf Männer haben konnte … und zugleich ihren Bruder so sehr liebte, dass sie … das muss furchtbar sein.«

Eine Weile schwiegen sie.

Wilhelm sah aus dem Fenster, das einen betrüblichen Ausblick auf den Friedhof bot, während Ida langsam ihre Milch trank.

»Was wirst du jetzt eigentlich machen?«, fragte er endlich und wagte, Ida dabei in die Augen zu sehen.

»Ich weiß es nicht«, erwiderte sie. »Das Pensionat gibt es nicht mehr …«

Wilhelm wollte bereits ansetzen, ihr einen ganz anderen Vorschlag zu machen, als Ida fortfuhr: »Manchmal muss man sein Leben eben selbst in die Hand nehmen. Ich habe gestern eine Anzeige in der Zeitung aufgegeben. Irgendwo muss doch jemand Bedarf an einer Lehrerin haben. Und ich bin ja frei, ich kann jede Stellung annehmen.«

Wilhelm biss sich auf die Zunge und schwieg.

»Ja«, sagte er dann. »Ich bin mir sicher, dass du eine gute Stellung finden wirst.«

Epilog

… oder was noch zu klären wäre …

Es waren wohl vier oder fünf Wochen vergangen, als Ida und Wilhelm einander bei einer kleinen Buschenschank am Murufer wiedertrafen.

Selbst in Zivil war Wilhelm mit seiner bemerkenswerten Höhe nicht zu übersehen. Allerdings übersah er vollkommen, dass Ida, die in ihrem adretten Nachmittagskleid gerade überhaupt nicht wie eine Lehrerin aussah, in ihrem Haar ein besonders schönes, abendhimmelblau schimmerndes Band trug. Er konnte ja nicht sehen, dass es blau war …

Das Pensionat am Annaberg gab es inzwischen nicht mehr, und bevor Ida eine neue Stellung als Hauslehrerin antreten würde, hatte Wilhelm darauf bestanden, dass er sie wenigstens einmal noch ausführen durfte. Heimlich fürchtete er vielleicht, dass sie sich dann in ihrer neuen Position, als vornehme Privatlehrerin, nicht mehr mit einem einfachen Gendarmen sehen lassen wollte.

»Wie schön, dass du gekommen bist!«

Ida blinzelte ihm zu. »Hast du daran gezweifelt?«

»Ja, nein … aber es freut mich, du jetzt wirklich da bist.«

Sie setzen sich zu Most und Spagatkrapfen und plauderten über dies und das, über den frisch geschlossenen Dreierbund und das Wetter, über eine neue Bahntrasse Richtung Süden, über die Möglichkeit, Fotografien auch in Zeitungen abzudrucken, und über Gott und die restliche Welt. Sosehr sie sich auch bemühten, die Ereignisse am Annaberg nicht zu erwähnen, irgendwann landeten sie doch bei den Bänder-Morden.

»Aber Gott sei Dank ist es jetzt vorbei«, meinte Wilhelm schließlich, um das unangenehme Thema zu beenden.

»Diese Sache, ja. Wer weiß, wie viele andere es noch gibt … Menschen sind womöglich so.«

Wilhelm nickte und seufzte. Vielleicht dachte er bei diesen Worten an seinen Vater, der die Mutter geprügelt hatte, bis sie sich die Zungenspitze abgebissen hatte. Vielleicht dachte er an Joseph, der womöglich wirklich damals den Infanteristen erschlagen hatte und am Ende mit einem ungeladenen Gewehr in den Händen erschossen wurde. Vielleicht dachte er auch an sich selbst, als er keinen Augenblick gezögert hatte, Fräulein Stieglitz niederzustrecken.

»Aber deshalb muss es eben auch Leute wie dich geben, die dafür sorgen, dass … wieder alles gut wird«, versuchte Ida sein trübes Schweigen zu unterbrechen.

Wilhelm sah mit einem wehen Lächeln auf. »Und du wirst weiterhin Lehrerin sein?«, fragte er unvermittelt.

»Ich hatte Glück«, erwiderte Ida schlicht. »Ein Herr, ein studierter Zoologe, suchte für seinen Sohn ausgerechnet eine Lehrerin, die auch in den Klassischen Sprachen bewandert ist. Angeblich handelt es sich um einen so zarten Knaben, dass man ihn unmöglich männlicher Erziehung überlassen kann.«

»Glück würde ich das nicht nennen …«, murmelte Wilhelm.

»Wieso?«

Wilhelm starrte auf seine Hände, als könnte er dort die passenden Worte für alles finden, was er in dieser Stunde gerne gesagt hätte. Er brauchte einige Sekunden, bis er endlich wieder seinen Blick hob und Ida in die Augen sah. »Ich finde nur eines schade«, sagte er mit einem vorsichtigen Lächeln, »dass ich niemals wirklich wissen werde, welche Farbe deine Augen haben.«

Ein Wort zum Schluss

Auch wenn es sich hier um eine historische Erzählung handelt, die »jenseits der Mur« in der Gegend rund um Gratwein spielt, so ist der Annaberg samt dem Pensionat und allem, was dort geschehen ist, vollkommen meiner Phantasie entsprungen.

Weit genauer habe ich hingegen den Lehrerinnen-Alltag des ausgehenden 19. Jahrhunderts recherchiert, wobei ich vor allem in Ilse Brehmers und Gertrud Simons Buch »Geschichte der Frauenbildung und Mädchenerziehung in Österreich« (in: Brehmer, Ilse u. Simon, Gertrud [Hg.]: Geschichte der Frauenbildung und Mädchenerziehung in Österreich. Leykam, Graz 1997) eine wertvolle Quelle gefunden habe; sowie über die Vorschriften und Anforderungen der Gendarmerie zu jener Zeit, wobei mir die Diplomarbeit von Michael Matthias Esterle »Das österreichische Gendarmeriegesetz 1850 vor dem Hintergrund der damals geltenden militärischen Vorschriften« (in: Esterle, Michael Matthias: Das österreichische Gendarmeriegesetz 1850 vor dem Hintergrund der damals geltenden militärischen Vorschriften. Dipl. Graz 2013) wertvolle Hinweise geliefert hat.

Dass es diese Geschichte aber aus meiner Phantasie schließlich aufs Papier geschafft hat, habe ich neben meinem Mann Gerald, der mich dazu animiert hat, mich doch endlich einmal an einem Krimi zu versuchen, vielen weiteren Menschen zu verdanken.

Allen voran Marion Wiesler, mit der es immer wieder ein Vergnügen ist, mir alle möglichen Szenarien und Plot-Twists für unsere Geschichten auszudenken.

Ein großer Dank gilt auch meinem Agenten Carsten Polzin, der mich unterstützt und ermutigt – und diesem Krimi schließlich zu einem Verlag verholfen hat.

Schreiben allein ist eine Sache. Es braucht aber auch jemanden, der anschließend ein professionelles Auge darauf wirft. Dafür danke ich meiner Lektorin Christiane Geldmacher.

Abschließend möchte ich gerne auch meinen Leser*innen danken, denn ohne Sie gäbe es niemanden, dem ich die Abenteuer von Ida Fichte und Wilhelm Koweindl erzählen könnte.